वे पंद्रह दिन

लेखक की अन्य पुस्तकें

वे पंद्रह दिन

(1 अगस्त, 1947 से 15 अगस्त, 1947 के निर्णायक दिनों की गथा)

प्रशांत पोल

ज्ञान गंगा, दिल्ली

प्रकाशक : ज्ञान गंगा, 2/42, अंसारी रोड, दरियागंज, नई दिल्ली–110002
 / संस्करण : 2024 / मूल्य : तीन सौ पचास रुपए
मुद्रक : आर–टेक ऑफसेट प्रिंटर्स, दिल्ली अनुवाद : सुरेश चिपलूनकर

VE PANDRAH DIN *by* Shri Prashant Pole ₹ 350.00
Published by **Gyan Ganga,** 2/42, Ansari Road, Daryaganj, New Delhi-2
ISBN 978-93-87968-61-5

1947 के विभाजन की त्रासदी में, क्रूरता और बर्बरता के उस भयानक कालखंड में, अनेक सर्वसामान्य नागरिकों और स्वयंसेवकों ने अपने प्राणों की परवाह न करते हुए, लाखों हिंदू-सिख भाई-बहनों को सुरक्षित भारत में पहुँचाया। इतिहास में उनके नाम भी दर्ज नहीं हैं!

उन सभी अनाम वीरों को, यह पुस्तक सादर समर्पित!

प्रस्तावना

भूतकाल की सम्यक् समझ और इतिहास से सतत सीखना। ये बातें सतही तौर पर जितनी सहज, सरल जान पड़ती हैं, निश्चित रूप से उतनी आसान नहीं हैं। इसीलिए विश्व के सभी सामाजिक समूह तथा उनकी विचारशैली एक सिरे से दूसरे सिरे तक हिलोरें खाती हुई दिखाई देती है।

इतिहास को सहेजने, जतन करने के प्रयास में अनेक समाज-समूह इसी इतिहास में लिप्त हुए से दिखाई देते हैं। ऐसा लगता है कि यह अनेक समाज-समूहों की कोई कार्यक्रम पत्रिका है, जिसमें बीती बातों को, इतिहास को याद किया जा रहा है। ऐसे में भूतकाल के यश-अपयश का विश्लेषण, उसकी निर्मम चीर-फाड़ एवं उससे प्राप्त निष्कर्षों के आधार पर वर्तमान के साथ जुड़ाव असंभव सा लगता है।

जब भूतकाल के तेजस्वी-ओजस्वी पराक्रम की धरोहर वर्तमान में प्रतिबिंबित होती है, तभी प्रेरणाएँ मजबूत होती हैं। किंतु जब उस प्रतिबिंब का प्रभाव आसपास दिखाई नहीं देता, तब शक, संदेह या नकारात्मकता बढ़ी हुई दिखाई देती है।

सभी समाजों में 'पुराना जाए मर, चाहे जलाओ, चाहे दफनाओ' वाला विचार प्रवाह दिखाई देता है। इसी प्रवाह के पुरोधा, 'भूतकाल से—वर्तमान के साथ—भविष्य की ओर' काल प्रवाह की निरंतरता को जाने-अनजाने नकारते हुए लगते हैं। कहीं ऐसा तो नहीं कि हम पूर्व गौरव से ग्रसित हैं? इस शंका से ग्रसित लोगों के सिर से 'पोलिटिकल करेक्टनेस' का भूत उतारना कठिन हो जाता है। कभी-कभी यह पोलिटिकल करेक्टनेस ही उनका सुरक्षा कवच बन जाती है। यदि कोई गार्गी-मैत्रेयी के बारे में बोलता है, तो ये लोग सती प्रथा का मुद्दा उठा देते हैं। यदि व्यास-वाल्मीकि जैसे महान् प्रतिभा पुरुषों के महाकाव्यों की चर्चा, जो सामाजिक पार्श्वभूमि की महानता के आड़े आ रही हो, तो तुरंत ये लोग एकलव्य का दुर्भाग्यपूर्ण उदाहरण देने लगते हैं। ऐसे शूरवीर, जिन्होंने स्वराज्य रक्षण के लिए

अपना बलिदान दिया हो, उनकी बात निकले तो ये लोग 'मिर्जा राजा जयसिंह का क्या ?' ऐसा प्रश्न उपस्थित करते हैं।

हमारे प्राचीन अतिरेकी गौरव का उत्तर 'गैर-जिम्मेदाराना इतिहास भंजन' हो ही नहीं सकता। आवश्यकता होती है सम्यक् दृष्टिकोण की, वे सारी घटनाएँ क्यों घटीं, उनकी विश्लेषणात्मक चिकित्सकीय जाँच की और यह जाँचते समय सामाजिक अस्मिता, तर्क एवं भविष्य को जानने की प्रक्रिया में इतिहास की भूमिका महत्त्वपूर्ण होती है तथा इसमें संतुलन बनाए रखना पड़ता है। यदि यह संतुलन बिगड़ा तो समाज-समूहों के इतिहास का ज्ञान, भूतकाल का भान और समकालीन वास्तविकता से निर्मित होने वाली समझ, सूझ-बूझ में एक प्रकार का अनुशेष उत्पन्न होता दिखाई देता है और निश्चित रूप से इसमें आश्चर्यजनक जैसा कुछ नहीं है।

यदि हमें ऐसे अनुशेष से बचना है तो बड़े ही ध्यान से, वस्तुनिष्ठता के साथ इतिहास का प्रलेखन हर समाज में होने की आवश्यकता है। ऐसे इतिहास-लेखन में अनुशासन, पॉलिटिकल करेक्टनेस के दबाव से मुक्त रखना एवं प्रलेखन में रंजकता का होना, ये तीनों ही अंग आवश्यक हैं।

जब ये तीनों मुद्दे, तीनों घटक एक साथ होंगे, तभी इतिहास का भारीपन-रुखापन दूर होगा, वस्तुनिष्ठ विश्लेषण से सत्य का दामन थामा जाएगा और इतिहास पढ़ने वालों को इतिहास की तरफ देखने की समग्र दृष्टि प्राप्त होगी।

यही त्रिवेणी संगम मेरे मित्र श्री प्रशांत पोल ने अपनी सशक्त शैलीदार लेखनी से 'वे पंद्रह दिन' नामक इस पुस्तक में बड़े ही प्रभावी ढंग से प्रस्तुत किया है। इस पुस्तक की विशेषता है, 'विषय पर इसका निरंतर फोकस'। संपूर्ण पुस्तक केवल और केवल 'उन' पंद्रह दिनों के बारे में ही है, जिन्होंने 1 अगस्त से 15 अगस्त, 1947 के बीच इतिहास को प्रत्यक्ष रूप में घटित होते हुए देखा है।

कोई सोया हुआ व्यक्ति जब करवट लेता है, तब उसके आसपास का व्यावहारिक परिवेश स्वाभाविक रूप से बदल जाता है, तो यहाँ तो सवाल एक समाज की जीवनशैली का, एक संस्कृति का और सभ्यता का है। एक ऐसा समय, जब पूरे समाज में उथल-पुथल और मंथन की प्रक्रिया हो रही थी, तब इतिहास को सही आकार-प्रकार देने वाले आंदोलन में समाज के पुरोधा अपना जीवनयापन किस प्रकार कर रहे थे ? उनकी हरकतें, क्रियाकलाप क्या दरशा रहे थे ? उनकी कथनी और करनी में क्या कोई अंतर था ? क्या वह अंतर परिलक्षित भी हो रहा था ?

ऐसे अनेक प्रश्नों का ऊहापोह इस पुस्तक में किया गया है। पुस्तक का आकार कुछ छोटा है, जो कि स्वाभाविक है, क्योंकि प्रशांतजी की यह पुस्तक कोई पी.एच. डी. का शोध प्रबंध तो है नहीं, और इसी वजह से विषयवस्तु का 'फोकस' कहीं भटक नहीं पाया। संदर्भों में काट-छाँट किए बिना इतिहास के एक विशेष भाग पर मार्मिक किंतु फिर भी प्रवाही शैली में विषयवस्तु का निवेदन बड़ी ही उपयुक्त पद्धति से किया गया है।

विभाजन के इतिहास का यह भाग बड़ा ही 'शोकात्मक नाट्यमूल्यता' लिये हुए है। मुख्य रंगमंच पर एक घटनाक्रम मंचित होते हुए, उप-रंगमंच, विंग, मेकअप-रूम, बैक-स्टेज और सामने प्रेक्षागृह में दर्शक पर क्या घटित हो रहा है, इस पर प्रशांतजी के कैमरे का फोकस निरंतर बना हुआ है। इसलिए उनके लेखन में सर्वंकशता और व्यापकता स्वाभाविक रूप से प्रतिबिंबित होती है।

प्रशांतजी की सामाजिक पहचान रा.स्व. संघ के ज्येष्ठ जिम्मेदार कार्यकर्ता के रूप में है, किंतु वे कुछ समय पत्रकारिता के क्षेत्र में भी रहे हैं और अच्छे लेखक भी हैं। अपने विचार किसी पर लादते नहीं हैं। विभाजन के कालखंड में नेताओं का मूल्यमापन करते समय पूरे घटनाक्रम को निर्लिप्त भाव से तत्कालीन नायकों की असहायता एवं परेशानी को अधोरेखित करते हैं एवं पाठकों को विचार करने के लिए प्रवृत्त भी करते जाते हैं।

प्रत्येक खबर पवित्र होती है और उसे उसी पवित्रता के साथ प्रस्तुत किया जाना चाहिए। 'वृत्त एवं विचार' इनका घालमेल करना गलत होता है। पत्रकारिता का यह जो मूल्य है, वह प्रशांतजी की इस पुस्तक में कसौटी पर कसकर सहेजा गया है और निश्चित रूप से यह एक उल्लेखनीय बात है।

प्रशांतजी एक उत्तम 'मैनेजमेंट गुरु' भी हैं। प्रबंधन शास्त्र में एक विशेष प्रकार का रूखापन होता है, परंतु उनकी लेखन-निवेदन शैली में इसकी लेशमात्र भी झलक नहीं है। पुस्तक के मूल विषय की अचूकता, उन ऐतिहासिक घटनाक्रमों के बारे में समाज की अनभिज्ञता एवं शोध आधारित प्रस्तुतीकरण एवं उनकी रोचक शैली के कारण 'वे पंद्रह दिन' एक स्मरणीय पुस्तक बन गई है, यह निश्चित है।

तमाम सबूत एवं तथ्य मेहनत से एकत्रीत करने एवं उन्हें प्रस्तुत करते समय की प्रशांतजी की कड़ी मेहनत पुस्तक के प्रत्येक पृष्ठ पर दिखाई देती है। जाने कहाँ-कहाँ से खोजकर लाए गए दुर्लभ चित्रों के कारण इस पुस्तक का संग्रह मूल्य कई गुना बढ़ गया है।

देश-विभाजन के समय हमारे देश में 'लिखित साहित्य' की कमी नहीं, परंतु उनमें से अधिकांश लेखकों ने 'पॉलिटिकल करेक्टनेस' को ध्यान में रखा और अप्रिय सत्य की ओर से अपनी आँखे मूँदे रखीं। तत्कालीन सामाजिक और राजकीय रंगभूमि पर पहले के लेखकों का कैमरा घूमा ही नहीं, यह बात भी इस पुस्तक को अन्य साहित्य से एकदम अलग खड़ा करती है।

यदि किसी एक कालखंड की उपेक्षा कर दी जाए, तो उस उपेक्षा की भी उपेक्षा होने लगती है। प्रशांतजी की यह पुस्तक इस प्रवृत्ति के सामने एक महत्त्वपूर्ण प्रश्नचिह्न लगाती है।

अंत में, प्रशांतजी का एक लेखक के रूप में हार्दिक अभिनंदन एवं उन्हें प्रोत्साहन देने वाले समस्त जनों को मनःपूर्वक धन्यवाद। मुझे इस पुस्तक की प्रस्तावना लिखने का जो सम्मान प्रदान किया गया, इस हेतु मैं लेखक एवं प्रकाशक दोनों का आभारी हूँ।

—डॉ. विनय सहस्त्रबुद्धे

वर्ष प्रतिपदा, विक्रम संवत्, 2076

अध्यक्ष, भारतीय सांस्कृतिक संबंध परिषद्

(ICCR)

मन की बात

इस पुस्तक का यह विषय मुझे कब सूझा, यह कहना कठिन है, स्मरण भी नहीं है। परंतु लगभग पिछले पच्चीस वर्ष से यह विषय मेरे मस्तिष्क में घूम रहा था।

उसी समय कभी-कभार भारत-पाकिस्तान विभाजन से संबंधित पुस्तकों का वाचन आरंभ किया और देखते-देखते मेरे दिमाग में अनेकानेक प्रश्नों की विलक्षण प्रश्नावली निर्माण होती गई। अखंड भारत का विभाजन हमारे इतिहास का सर्वाधिक रक्तरंजित प्रकरण है। जितना यह सच है कि विभाजन के इस विषय पर बहुत कुछ लिखा जा चुका है, उतना ही यह भी सत्य है कि बहुत कुछ और भी लिखा जाना चाहिए। देश की जनता के सामने उस कालखंड की कई बातों का आना आवश्यक है। दस से पंद्रह लाख लोग क्रूरता और नृशंसता की बलि चढ़ जाते हैं, डेढ़ करोड़ से अधिक लोग विस्थापित हो जाते हैं, यह कोई मामूली घटना नहीं है। विश्व के किसी भी देश के इतिहास में यह भीषण घटना है, परंतु इस संबंध में भारतीयों में एक विशिष्ट प्रकार की उदासीनता दिखाई देती है। संभवत: हम भारतीयों को इस कालिख और रक्त से भरे कालखंड का स्मरण करने की इच्छा ही नहीं रही।

वैसे देखा जाए तो जर्मनी के लोग भी हिटलर और उसके भयानक अत्याचारों को याद करना नहीं चाहते। परंतु फिर भी उन्होंने उस कालखंड एवं इतिहास को सहेजकर रखा है। जर्मनी में अनेक स्थानों पर स्थित हिटलर के यातना कैंपों को जस-का-तस सुरक्षित रखा गया है। जर्मनी में अनेक संग्रहालयों में हिटलर के समय की वस्तुएँ, चित्र, हथियार, यातना देने के औजार, कपड़े, कागजात, अखबार जैसी अनेक वस्तुएँ स्मरण के रूप में सुरक्षित रखी हैं।

परंतु हम भारतीयों ने हमारे इस विभाजन के कालखंड के बारे में क्या किया? कुछ भी नहीं। धीरे-धीरे ये कटु स्मृतियाँ लोगों के मस्तिष्क से विरल होती जाएँगी और अगले कुछ वर्षों में यह कालखंड सबूतों के अभाव में इतिहास से मिट जाएगा।

किसी भी देश के लिए यह स्थिति ठीक नहीं है। भावी पीढ़ी के समक्ष यह इतिहास समग्रता एवं प्रामाणिकता के साथ आना ही चाहिए। इसीलिए मैंने इस विषय का अध्ययन करना आरंभ किया। यह कालखंड पढ़ते समय मन में प्रश्न उठा कि विभाजन के उस गहमागहमी वाले दौर में भारत का नेतृत्व क्या कर रहा था? फिर शोध करना आरंभ किया। आज से बीस-पच्चीस वर्ष पहले इंटरनेट इतना उन्नत नहीं था। इस कारण विभिन्न पुस्तकों एवं मासिक पत्रिकाओं के संदर्भों पर ही निर्भर रहना पड़ता था...और ये पुस्तकें अथवा पत्रिकाएँ प्राप्त करना भी सहज नहीं था। परंतु फिर भी मैंने धीरे-धीरे तमाम संदर्भ एकत्रीत करना आरंभ किया।

विभाजन की सारी घटनाओं के केंद्र में भले ही कांग्रेस, नेहरू, गांधी और जिन्ना हों, परंतु भारत के उत्तर-पश्चिम भाग में राष्ट्रीय स्वयंसेवक संघ एक बड़ी शक्ति के रूप में सामने आ रहा था। मैं इस बात का भी शोध करने लगा कि उस समय संघ के तत्कालीन प्रमुख, अर्थात् सरसंघचालक श्रीगुरुजी कहाँ पर थे। तब पता चला कि विभाजन की गहमागहमी के विशेष कालखंड अर्थात् पाँच से आठ अगस्त के बीच गुरुजी सिंध प्रांत में थे। कराची और हैदराबाद में उनकी बड़ी-बड़ी सभाएँ हुई थीं। परंतु इस बारे में और अधिक ठोस जानकारी नहीं मिल रही थी।

उन दिनों मैंने गुरुजी के साथ लगातार रहे उनके निजी सचिव डॉ. आबाजी थत्ते को पत्र लिखा। तत्काल ही आबाजी की तरफ से उसका विस्तारपूर्वक उत्तर भी आया। उन्होंने मुझे भेंट करने के लिए बुलाया। शायद 1995-96 में नागपुर के संघ कार्यालय में हमारी डेढ़-दो घंटे की भेंट हुई, बहुत सारी बातें हुईं। आबाजी थत्ते की स्मृतियाँ एकदम साफ और ताजा थीं। गुरुजी के उस अंतिम सिंध दौरे के बारे में उन्होंने कई छोटी-बड़ी लेकिन महत्त्वपूर्ण बातें मुझे बताईं।

सन् 1997 में भारतीय स्वतंत्रता की पचासवीं वर्षगाँठ मनाई जा रही थी। ऐसा विचार था कि उस अवसर पर इस पुस्तक को लिखकर प्रकाशित किया जाए। परंतु तब तक मुझे बहुत से संदर्भ ठीक से मिल नहीं पाए थे। जो पुस्तकें मुझे चाहिए थीं, वे भी नहीं मिल रही थीं या ऐसा कहें कि इस कार्य के लिए जो समय दिया जाना चाहिए था, वह मैं नहीं दे सका, और यह विषय उस समय फिर रह गया।

इस बीच में मैं जिन-जिन लोगों से मिलता था और इस पुस्तक तथा विषय के बारे में बताता था, उन सभी को यह कल्पना बेहद रोमांचित करती थी। जबलपुर में हमने सुमित्रा ताई महाजन को 'मकर संक्रमण व्याख्यानमाला' में आमंत्रित किया था। उस समय भी उनसे चर्चा करते समय उन्हें इस पुस्तक के विषय की कल्पना

बताई थी। उन्हें यह बात पसंद आई थी और अगले ही दिन उन्होंने भोपाल में स्वर्गीय अनिल माधव दवे से चर्चा करके मुझे फोन किया कि, 'पुस्तक भेज दीजिए, हम लोग इसे हिंदी में भी प्रकाशित करेंगे।' लेकिन मेरी पुस्तक तैयार कहाँ थी? केवल कल्पना भर थी। पुस्तक लेखन का संयोग ही नहीं बन रहा था।

अंततः दो वर्ष पहले, जब 'एकता' नामक मासिक पत्रिका में मेरी 'भारतीय ज्ञानाचा खजिना' नामक लेखमाला समाप्त हुई, तब संपादकजी का आग्रह था कि आगे भी कुछ नियमित लिखते रहें। तब विभाजन का यह विषय एक लेखमाला के रूप में लिखने का विचार मन में मजबूत हुआ और धीरे-धीरे यह लेखमाला ठोस आकार लेने लगी।

यह लेखमाला प्रकाशित होते समय मिलिंदजी ओक, अजिंक्य कुलकर्णी जैसे मित्रों का यह विचार सामने आया कि 2018 में ही 1 अगस्त से 15 अगस्त तक यह लेखमाला सोशल मीडिया में निरंतर आनी चाहिए। और ऐसा हुआ भी… एक इतिहास बना। इस लेखमाला का प्रत्येक प्रकरण, प्रत्येक अध्याय (अर्थात् प्रतिदिन का एक अध्याय) काफी बड़ा था। 'फेसबुक अथवा व्हाट्स एप्प पर प्रतिदिन एक ही विषय की सामग्री लगातार कौन फारवर्ड करेगा अथवा इस विषय के लेखन को कौन शेयर करेगा', यह एक स्वाभाविक शंका मन में थी ही। परंतु सभी शंकाओं-कुशंकाओं को आधारहीन करते हुए यह लोमहर्षक लेखमाला लाखों लोगों तक पहुँची। हिंदी में इस लेखमाला का अनुवाद उज्जैन के मेरे मित्र सुरेश चिपलूनकरजी ने बड़ी ही तत्परता एवं कुशलता के साथ किया। अंग्रेजी का अनुवाद पुणे के देवीदास देशपांडेजी ने किया। कन्नड़ एवं तमिल भाषा में भी इस लेखमाला का अनुवाद हुआ। जर्मनी से मेरे बेटे ने कई स्क्रीनशॉट भेजे, जिनसे पता चला कि यह लेखमाला यूरोप में भी जमकर वायरल हुई।

यह लेखमाला लिखते समय मैं किसी जुनून के वशीभूत हो गया था। '1947 के अगस्त महीने' में ही जीवन व्यतीत कर रहा था। जैसे भी और जहाँ से भी मिलते जाएँ, उस कालखंड के संदर्भ एकत्रीत करता जा रहा था। जैसे-जैसे नए संदर्भ मिलते जाते थे, उनके साथ ही इतिहास का एक-एक नया पृष्ठ मेरे समक्ष खुलता चला जाता था।

ऐसा भी नहीं कि मुझे प्राप्त होने वाले सभी संदर्भ सही होते थे, उनमें कुछ गलत भी निकले। वि.स. वालिंबे यह मराठी साहित्य-जगत् का एक बड़ा नाम है। पूरे अनुसंधान के साथ लिखना उनकी विशेषता है। परंतु फिर भी '1947' नामक

पुस्तक में उनके द्वारा दिया गया एक संदर्भ पूरी तरह से गलत निकला।

विषय था, 'नॉर्थ वेस्ट फ्रंटियर प्रोविंस'। एकमात्र मुस्लिम बहुल प्रदेश, जो खान अब्दुल गफ्फार खान (सीमांत गांधी अथवा बादशाह खान) ने कांग्रेस की झोली में डाल दिया था। 1947 में इस सीमावर्ती मुस्लिम प्रांत में कांग्रेस का शासन था। जाहिर है कि सभी ऐसा मान रहे थे कि विभाजन के बाद अन्य कांग्रेस शासित राज्यों के साथ ही यह प्रदेश भी हिंदुस्तान में शामिल होगा। स्वयं अब्दुल गफ्फार खान का भी ऐसा ही आग्रह था। परंतु नेहरू की जिद थी कि यह 'आम सहमति' से हो, अर्थात् इस पर सार्वमत लिया जाए। आगे चलकर कांग्रेस इस सार्वमत के दौरान पीछे हट गई। खान साहब को ऐसा लगा कि कांग्रेस ने उनके साथ विश्वासघात किया है *(अफगानिस्तान के विषय पर निरंतर लेखन करने वाली लेखिका प्रतिभा रानडे का एक लेख 'अंतर्नाद' के 2018 के दीपावली अंक में है—'आक्रोश का अवकाश'। इस लेख में उन्होंने अस्सी के दशक में (जब वे अफगानिस्तान में थीं), बादशाह खान उनके घर पर आए थे, उस घटना का विवरण लिखा है। इस भेंट में खान साहब ने प्रतिभा रानडे से कहा था, 'वास्तव में हमें तो हिंदुस्तान में ही रहना था·· गांधीजी ने वैसा वचन भी दिया। परंतु बाद में उन्होंने हमारे साथ विश्वासघात कर दिया। गांधी-नेहरू ने स्वतंत्रता तो हासिल कर ली, परंतु हम लोगों को कुत्तों के (पाकिस्तान) सामने फेंक दिया। यह दुःख मैं कभी नहीं भूल सकता। गांधी-नेहरू ने हमें धोखा दिया।')* यह सारा इतिहास इस पुस्तक में है ही।

परंतु सार्वमत के जो आँकड़े श्री वि.स. वालिंबेजी ने अपनी '1947' नामक शीर्षक वाली पुस्तक के पृष्ठ 280 पर दिए हैं, वे एकदम गलत हैं। वालिंबे द्वारा दिए गए आँकड़े इस प्रकार हैं—5,72,798 लोगों ने मतदान में भाग लिया··इनमें से पाकिस्तान के पक्ष में 2,89,244 मत मिले, जबकि इसके विरोध में 2,83,544 अर्थात् कुल फर्क केवल 5,690 मतों का ही था।

मैं भी शुरुआत में इन्हीं आँकड़ों के माध्यम से अपना मत व्यक्त करने वाला था। परंतु अपनी आदत के अनुसार इन आँकड़ों को जब क्रॉस चेक करने लगा तब यह ध्यान में आया कि वालिंबेजी द्वारा दिए गए आँकड़े एकदम गलत हैं।

कहने का तात्पर्य है कि मुझे मिलने वाला प्रत्येक संदर्भ मुझे जाँचना पड़ता था। इसीलिए मैं पूरे विश्वास से कह सकता हूँ कि इस पुस्तक में दी गई प्रत्येक घटना पूर्णतः सत्य है एवं उसके संदर्भ/साक्ष्य मेरे पास सुरक्षित हैं।

मुझे ऐसा लगता है कि स्वतंत्रता प्राप्ति के कालखंड की इस गहमागहमी में

'वे पंद्रह दिन' बहुत महत्त्वपूर्ण थे। इन पंद्रह दिनों की घटनाओं ने देश के तत्कालीन नेतृत्व की क्षमता एवं सीमाएँ स्पष्ट रूप से उजागर कर दी थीं। हम लोग जिन हाथों में अपना देश सौंपने जा रहे थे, वह नेतृत्व उत्तुंग है या बौना, यह दर्शाने वाले उपरोक्त पंद्रह दिन रहे। भारत जब स्वतंत्रता की दहलीज पर खड़ा था, उस समय जो नेता इस देश का नेतृत्व कर रहे थे, उन्हें विभाजन की गंभीरता समझ ही नहीं आई थी।

अनेक लोगों को इस बात पर विश्वास ही नहीं होता कि गांधीजी ने लाहौर के हिंदू-सिख निर्वासितों से स्पष्ट रूप से कह दिया था कि मरणासन्न लाहौर के साथ आप लोग भी उदात्त मन से मृत्यु को स्वीकार करें। सरदार पटेल, खान अब्दुल गफ्फार खान एवं अनेक कांग्रेस नेताओं का विरोध होने के बावजूद अंतरराष्ट्रीय रणनीतिक रूप से अत्यंत महत्त्वपूर्ण 'नॉर्थ-वेस्ट फ्रंटियर प्रोविंस' को सार्वमत की जिद से खो देने की नेहरू की करनी किसी को समझ नहीं आती। विभाजन के कालखंड के उस अत्यंत विस्फोटक, दाहक एवं संवेदनशील परिस्थिति में देश का नेतृत्व करने वाली कांग्रेस एकदम निष्क्रिय कैसे रह सकती थी, यह प्रश्न बारंबार पाठक के मन को त्रस्त करता है।

* * *

1 अगस्त से 15 अगस्त, 2018 तक के पंद्रह दिनों में जब यह लेखमाला सोशल मीडिया पर हंगामा मचा रही थी, उस समय अनेक लोगों ने, विशेषकर नौजवानों ने विशेष रूप से कहा कि इन घटनाओं में से उन्हें एक भी घटना की जानकारी नहीं है। नब्बे प्रतिशत पाठकों ने 'मुस्लिम नेशनल गार्ड' का नाम भी नहीं सुना था। उस दौर में राष्ट्रीय स्वयंसेवक संघ नामक संगठन सिंध, पंजाब, बलूचिस्तान जैसे क्षेत्रों में भी इतना सक्रिय था, यह बात भी अनेक पाठकों को पता नहीं है।

दुर्भाग्य से इस गंभीर एवं ऐतिहासिक विषय पर कोई खास दस्तावेजीकरण उपलब्ध नहीं है। इस कालखंड का अधिकांश साहित्य या तो भावनाओं के आवेग में लिखा गया है अथवा एकदम विपरीत दृष्टिकोण को ध्यान में रखकर लिखा गया है। ऐसे में सत्य को खोजना बहुत कठिन होता है।

और इसीलिए यह पुस्तक लिखने का साहस किया है। इतिहास के साथ पूर्ण रूप से ईमानदार रहते हुए विभाजन के उन अंतिम पंद्रह दिनों में देश के नेतृत्व ने कैसा व्यवहार किया, यह दर्शाने का एक छोटा सा प्रयास भर है।

इस पुस्तक के लेखन में मुझे अनेक लोगों ने सहायता की। अनेक लोगों ने तत्परता से संदर्भ ग्रंथ लाकर दिए। गांधीजी के अनेक संदर्भ मुझे अपने मित्रों की सहायता से प्राप्त हुए, उन सभी का मन:पूर्वक आभार व्यक्त करता हूँ। यह पुस्तक एक लेखमाला के रूप में 'एकता' नामक पत्रिका में निरंतर प्रकाशित करने हेतु पत्रिका के तत्कालीन संपादक श्री विद्याधर ताठे एवं वर्तमान संपादक श्री मनोहर कुलकर्णी का आभार।

'भारतीय सांस्कृतिक संबंध परिषद्' (ICCR) नामक सम्मानित एवं महत्त्वपूर्ण संस्थान के अध्यक्ष डॉ. विनय सहस्त्रबुद्धेजी ने अपने व्यस्त समय में से कुछ समय निकालकर इस पुस्तक की प्रस्तावना लिखी, उनका भी हृदय से आभार। इस लेखमाला की संपूर्ण कालावधि में विविध संदर्भ उपलब्ध करवाने जैसा बहुमूल्य कार्य करने वाले सुमेधा, इंद्रनील, निहारिका, नरेंद्र जैन इत्यादि सभी का आभार व्यक्त करता हूँ।

इस पुस्तक के हिंदी अनुवाद को सोशल मीडिया में सक्रिय उज्जैन के मेरे मित्र सुरेश चिपलुनकरजी ने अत्यंत व्यवस्थित ढंग से और कुशलता से आकार दिया। उनका साधुवाद।

और अंत में, आप सभी पाठकों को, जिन्होंने सोशल मीडिया पर इस लेखमाला को ऐतिहासिक परिमाण दिए, उन्हें नमन करता हूँ। आशा है, इस पुस्तक को आप अधिक-से-अधिक लोगों तक पहुँचाने का प्रयास करेंगे!

आपका

—प्रशांत पोल

जबलपुर

वे पंद्रह दिन

लेखक की पुस्तकें

भारतीय ज्ञान का खजाना
प्रभात
प्रशांत पोल

वे पंद्रह दिन
(1 अगस्त, 1947 से 15 अगस्त, 1947 के निर्णायक दिनों की गाथा)
प्रशांत पोल

TREASURE TROVE OF INDIAN KNOWLEDGE
An exploration into India's rich and amazing heritage
PRABHAT
PRASHANT POLE

पहला : 1 अगस्त, 1947

शुक्रवार, 1 अगस्त, 1947। यह दिन अचानक ही महत्त्वपूर्ण बन गया। इस दिन कश्मीर के संबंध में दो प्रमुख घटनाएँ घटीं, जो आगे चलकर बहुत महत्त्वपूर्ण सिद्ध होनेवाली थीं। इन दोनों घटनाओं का आपस में वैसे तो कोई संबंध नहीं था, परंतु आगे होने वाले रामायण-महाभारत में इनका स्थान आवश्यक होने वाला था।

1 अगस्त को गांधीजी श्रीनगर पहुँचे, यह थी वह पहली बात। गांधीजी का यह पहला ही कश्मीर दौरा था। इससे पहले 1915 में, अर्थात् जब गांधीजी दक्षिण अफ्रीका से वापस आए ही थे, और पहला विश्वयुद्ध चल रहा था, उस समय कश्मीर के महाराजा हरिसिंह ने गांधीजी को कश्मीर आने के लिए व्यक्तिगत निमंत्रण दिया था। उस समय महाराजा हरिसिंह की आयु केवल बीस वर्ष थी। लेकिन 1947 में तो सारा परिदृश्य नाटकीय तरीके से बदल चुका था। अब इस समय महाराजा हरिसिंह और जम्मू-कश्मीर प्रशासन को गांधीजी का दौरा कतई नहीं चाहिए था। स्वयं महाराजा हरिसिंह ने वायसरॉय लॉर्ड माउंटबेटन को एक पत्र लिखा, जिसमें उन्होंने लिखा कि "···सभी दृष्टि से एवं समग्र विचार करने पर मैं आपसे कहना चाहता हूँ कि महात्मा गांधी का प्रस्तावित कश्मीर दौरा इस समय रद्द किया जाना चाहिए। यदि उन्हें आना ही है तो वे शरद ऋतु समाप्त होने के पश्चात् आएँ। हम पुनः एक बार बताना चाहते हैं कि गांधीजी अथवा अन्य किसी भी राजनेता को कश्मीर की स्थिति सुधरने तक यहाँ नहीं आना चाहिए···" कहा जा सकता है कि यह कुछ-कुछ ऐसा ही था, मानो मेजबान के इनकार के बावजूद कोई किसी के घर जाए। वैसे गांधीजी को भी इस बात की पूरी अनुभूति थी कि 'कश्मीर अब भारत और पाकिस्तान, दोनों के लिए एक नाक का सवाल बन चुका है।'

स्वतंत्रता बस, एक पखवाड़े की दूरी पर थी, लेकिन फिर भी अभी तक

कश्मीर ने अपना निर्णय घोषित नहीं किया था। इसीलिए गांधीजी भी नहीं चाहते थे कि उनके कश्मीर दौरे का अर्थ 'उनके द्वारा कश्मीर के भारतीय संघ में शामिल होने हेतु कैंपेन करना' निकाला जाए, क्योंकि यह बात उनके गढ़े हुए व्यक्तित्व और निर्माण की गई छवि के लिए मारक सिद्ध होती। 29 जुलाई को कश्मीर के दौरे के लिए निकलने से पहले उन्होंने दिल्ली की अपनी नियमित प्रार्थना सभा में कहा था, "मैं कश्मीर के महाराजा से यह कहने नहीं जा रहा हूँ कि वे भारत में शामिल हों या पाकिस्तान में शामिल हों। क्योंकि कश्मीर के बारे में निर्णय लेने का अधिकार वास्तव में कश्मीरी जनता को है। उसी को यह तय करना चाहिए कि उन्हें कहाँ शामिल होना है और इसीलिए मैं कश्मीर में कोई भी सार्वजनिक कार्यक्रम नहीं करनेवाला हूँ...यहाँ तक की प्रार्थना भी...यह सब व्यक्तिगत रूप से ही करूँगा...।"

गांधीजी रावलपिंडी मार्ग से होते हुए 1 अगस्त को कश्मीर के श्रीनगर में दाखिल हुए। चूँकि इस बार उन्हें महाराजा ने निमंत्रण नहीं दिया था, इसलिए वे किशोरीलाल सेठी के घर ठहरे। उनका मकान भले ही किराए का था, परंतु खासा बड़ा था। वर्तमान के श्रीनगर में, जो बार्झुला का बोन एंड जॉइंट अस्पताल है, उसके एकदम नजदीक यह घर था। सेठी साहब जंगलों के ठेकेदार थे। ये साहब कांग्रेस और नेशनल कॉन्फ्रेंस, दोनों के नजदीकी हुआ करते थे। परंतु इस समय नेशनल कॉन्फ्रेंस के नेता शेख अब्दुल्ला को महाराजा ने जेल में डाल रखा था। नेशनल कॉन्फ्रेंस के अनेक नेता कश्मीर से बाहर निकाल दिए गए थे। इन सभी नेताओं पर यह आरोप था कि वे शेख अब्दुल्ला के नेतृत्व में महाराजा के खिलाफ षड्यंत्र कर रहे हैं।

इसीलिए जब 1 अगस्त को जब गांधीजी रावलपिंडी मार्ग से श्रीनगर आ रहे थे, उस समय चकलाला में बख्शी गुलाम मोहम्मद और ख्वाजा गुलाम मोहम्मद सादिक, इन दोनों नेशनल कॉन्फ्रेंस के नेताओं ने उन्हें कोहला पुल तक छोड़ा और वापस लाहौर चले गए। गांधीजी के साथ उनके सचिव प्यारेलाल और दो भतीजियाँ थीं। श्रीनगर में प्रवेश के बाद गांधीजी सीधे किशोरीलाल सेठी के घर गए। थोड़ा विश्राम करने के बाद उनको दाल सरोवर पर ले जाया गया।

गांधीजी के इस संपूर्ण दौरे में नेशनल कॉन्फ्रेंस के कार्यकर्ता उनके आसपास बने हुए थे। ऐसा क्यों? क्योंकि कश्मीर के इस दौरे से पहले गांधीजी ने नेहरू के माध्यम से सारी जानकारी प्राप्त कर ली थी। कश्मीर में पंडित नेहरू के सबसे नजदीकी मित्र थे—शेख अब्दुल्ला, जो कि जेल में बंद थे। हालाँकि फिर भी

शेख साहब की बेगम तथा अन्य अनुयायियों ने गांधीजी की सारी व्यवस्थाओं को अंजाम दिया।

कश्मीर में गांधीजी से आधिकारिक रूप से भेंट करनेवाले पहले शासकीय व्यक्ति थे, रामचंद्र काक। ये महाराजा हरिसिंह के अत्यंत विश्वासपात्र थे। कश्मीर के प्रधान थे। नेहरू की 'घृणा सूची' में सबसे पहला स्थान रखनेवाले व्यक्ति थे, क्योंकि जब 15 मई, 1946 में शेख अब्दुल्ला को उनकी कश्मीर विरोधी कारस्तानी के लिए जेल में ठूँसा गया था, उस समय नेहरू ने उनका मुकदमा लड़ने के लिए वकील के रूप में कश्मीर आने की घोषणा की थी। तब इन काक महाशय ने नेहरू के कश्मीर में प्रवेश पर प्रतिबंध लगाने की घोषणा की और मुजफ्फराबाद के पास नेहरू को गिरफ्तार भी कर लिया था। तभी से रामचंद्र काक, नेहरू को फूटी आँख नहीं सुहाते थे। रामचंद्र काक ने गांधीजी को महाराजा हरिसिंह का लिखा हुआ एक पत्र दिया, जो कि सीलबंद था। वास्तव में, यह पत्र गांधीजी से भेंट का निमंत्रण ही था। महाराजा के 'हरि निवास' स्थित आवास पर 3 अगस्त को यह भेंट होना तय हुआ।

नेहरू की ब्रीफिंग के अनुसार ही गांधीजी के इस संपूर्ण प्रवास में उनके चारों तरफ केवल नेशनल कॉन्फ्रेंस के कार्यकर्ता ही थे। शेख साहब की अनुपस्थिति में उनकी बेगम अकबर जहां और उनकी लड़की खालिदा ने गांधीजी के इस तीन दिवसीय प्रवास के दौरान कई बार भेंट की। परंतु 1 अगस्त के दिन श्रीनगर में गांधीजी ने एक भी राष्ट्रवादी हिंदू नेता से भेंट नहीं की।

□

1 अगस्त के दिन ही दूसरी एक और महत्त्वपूर्ण घटना आकार ले रही थी, जिसके कारण आगामी अनेक वर्षों तक भारतीय उपमहाद्वीप में असंतोष और अशांति रहनेवाली थी, और यह घटना भी कश्मीर के संदर्भ में ही थी। महाराजा हरिसिंह के नेतृत्व में जो कश्मीर राज्य था, वह काफी बड़ा था। सन् 1935 में इसमें से गिलगिट एजेंसी नामक भाग अंग्रेजों ने अलग करके उसे ब्रिटिश साम्राज्य से जोड़ दिया।

मूलत: देखा जाए तो संपूर्ण एवं अखंड कश्मीर एक तरह से पृथ्वी पर स्वर्ग ही है। इसके अलावा सामरिक एवं सैन्य दृष्टि से कश्मीर बहुत ही महत्त्वपूर्ण राज्य था (और है)। 3 देशों की सीमाएँ इस राज्य से मिलती थीं। सन् 1935 में दूसरा विश्वयुद्ध भले ही थोड़ा दूर था, लेकिन वैश्विक स्तर की राजनीति में बड़े परिवर्तन होने शुरू हो गए थे। रूस की शक्ति बढ़ रही थी। इसीलिए कश्मीर को रूस से

जोड़नेवाला जो भाग था, अर्थात् गिलगिट, उसे ब्रिटिश सत्ता ने महाराजा हरिसिंह से छीन लिया। आगे चलकर झेलम में काफी पानी बह गया। दूसरा विश्वयुद्ध भी समाप्त हो गया। उस युद्ध में भाग लेनेवाले सभी देश खोखले हो चुके थे। ब्रिटिश शासन ने भारत छोड़ने का निर्णय उसी समय ले लिया था। इस परिस्थिति को देखते हुए गिलगिट-बाल्टिस्तान नामक दुर्गम इलाके पर अपना नियंत्रण रखने में अंग्रेजों की कोई रुचि नहीं बची थी। इसीलिए उन्होंने भारत को आधिकारिक रूप से स्वतंत्रता देने से पहले, 1 अगस्त के दिन गिलगिट प्रदेश, वापस महाराजा हरिसिंह के हवाले कर दिया। 1 अगस्त, 1947 का सूर्योदय होते ही गिलगिट-बाल्टिस्तान के सभी जिला मुख्यालयों में अंग्रेजी हुकूमत का यूनियन जैक उतारकर कश्मीर का राजध्वज शान से फहराया गया, लेकिन इस हस्तांतरण के लिए महाराजा हरिसिंह कितने तैयार थे? कुछ खास नहीं···। ऐसा क्यों?

क्योंकि इस इलाके की रक्षा के लिए ब्रिटिश शासन ने 'गिलगिट स्काउट' नामक एक बटालियन तैनात की थी। इसमें कुछ ब्रिटिश अधिकारी छोड़ दें, तो अधिकांश सैनिक मुसलमान ही थे। 1 अगस्त को गिलगिट के हस्तांतरण के साथ ही मुसलमानों की यह फौज भी महाराजा के पास आ गई। हरिसिंह ने ब्रिगेडियर घंसारा सिंह को इस प्रदेश का गवर्नर नियुक्त किया, और उनका साथ देने के लिए गिलगिट स्काउट के मेजर डब्ल्यू.ए. ब्राउन और कैप्टन एस. मेथिसन नामक अधिकारी नियुक्त किए। गिलगिट स्काउट का सूबेदार, अर्थात् मेजर बाबर खान भी इन लोगों के साथ था। यह नियुक्तियाँ करते समय महाराजा हरिसिंह को बिल्कुल भी अंदाजा नहीं था कि केवल दो माह 3 दिन के भीतर ही संपूर्ण गिलगिट स्काउट गद्दारी पर उतर आएगी। वैसा हुआ और इस टुकड़ी ने ब्रिगेडियर घंसारा सिंह को बंदी बना लिया। 1 अगस्त के दिन गिलगिट के हस्तांतरण ने भविष्य की महत्त्वपूर्ण घटनाओं का आलेख पहले से लिख दिया था।

□

अखंड हिंदुस्तान की खंडित स्वतंत्रता जब देश की दहलीज पर खड़ी थी, उस समय पूर्वी और पश्चिमी सीमाओं पर प्रचंड नरसंहार चल रहा था। स्वतंत्रता अर्थात् विभाजन का दिन जैसे-जैसे निकट आता जाएगा, वैसे-वैसे यह नरसंहार बढ़ता ही जाएगा, ऐसा ब्रिटिश अधिकारियों का अनुमान था। इसीलिए उन्होंने इन दंगों की आग को कम करने हेतु हिंदू, मुस्लिम और सिखों की सम्मिलित सेना का प्रस्ताव रखा। इसी के अनुसार 'पंजाब बाउंड्री फोर्स' नामक सेना का निर्माण किया गया।

इसमें ग्यारह इन्फैंट्री शामिल थीं। इस टुकड़ी में पचास हजार सैनिक थे और इनका नेतृत्व करने के लिए चार ब्रिगेडियर थे, जिनके नाम थे—मोहम्मद अयूब खान, नासिर अहमद, दिगंबर बरार और थिमय्या। 1 अगस्त के दिन चारों ब्रिगेडियर्स ने लाहौर में उनके अस्थायी मुख्यालय में 'पंजाब बाउंड्री फोर्स' के बैनर तले अपने काम का प्रारंभ किया, लेकिन किसे पता था कि केवल अगले पंद्रह दिनों में ही इस सम्मिलित सेना को उनका लाहौर स्थित मुख्यालय धू-धू जलता हुआ देखना पड़ेगा।

□

इसी दौरान, सुदूर कलकत्ता में एक नया नाटक रचा जा रहा था¨

कांग्रेस के वरिष्ठ नेता एवं सुभाषचंद्र बोस के बड़े भाई, अर्थात् शरदचंद्र बोस ने 1 अगस्त को कांग्रेस से त्यागपत्र दे दिया। शरदचंद्र बोस एक विराट् व्यक्तित्व के धनी थे। चालीस वर्षों तक कांग्रेस में रहकर ईमानदारी एवं जी-जान से लड़नेवाले व्यक्ति के रूप में उनकी पहचान थी। सन् 1930 की ब्रिटिश इंटेलिजेंस की रिपोर्ट में उनका उल्लेख भी है। शरदचंद्र बोस और पंडित जवाहरलाल नेहरू में काफी कुछ समानता भी थी। जैसे कि दोनों का जन्म सन् 1889 में हुआ। दोनों की शिक्षा इंग्लैंड में हुई। दोनों ने वकालत की डिग्री इंग्लैंड से ही प्राप्त की। युवावस्था में दोनों के विचार वामपंथ की तरफ झुकते थे। आगे चलकर दोनों ही कांग्रेस में सक्रिय हुए एवं इन दोनों के आपसी संबंध काफी अच्छे थे।

लेकिन सन् 1937 में यह समीकरण बदला, जब बंगाल के प्रांतीय चुनावों में कांग्रेस को सबसे अधिक 54 स्थान प्राप्त हुए। उसके बाद दूसरे नंबर पर 'कृषक प्रजा पार्टी' और मुस्लिम लीग, दोनों को 37-37 सीटें मिलीं। बंगाल में कांग्रेस के नेता के रूप में शरदचंद्र बोस ने कांग्रेस पार्टी और मुख्यत: नेहरू के सामने प्रस्ताव रखा कि कांग्रेस और कृषक प्रजा पार्टी को मिलकर संयुक्त सरकार स्थापना करनी चाहिए, परंतु नेहरू ने यह प्रस्ताव अनसुना कर दिया।

सर्वाधिक सीटें जीतने के बावजूद कांग्रेस को विपक्ष में बैठना पड़ा और कृषक प्रजा पार्टी ने मुस्लिम लीग के साथ मिलकर सरकार बना ली। 'शेर-ए-बंगाल' के नाम से मशहूर ए.के. फजलुल हक बंगाल के प्रधानमंत्री बने। उसी समय से कांग्रेस बंगाल में कमजोर होती चली गई। आगे चलकर नौ वर्षों के बाद इस गलती की परिणति मुस्लिम लीग के सुहरावर्दी जैसे कट्टर मुस्लिम व्यक्ति के प्रधानमंत्री बनने में हुई। सुहरावर्दी वह कुख्यात व्यक्ति था, जिसके नेतृत्व में सन् 1946 में 'डायरेक्ट-ऐक्शन-डे' के नाम से 5 हजार निर्दोष हिंदुओं का नरसंहार किया गया।

उपरोक्त सारी घटनाएँ शरद बाबू को व्यथित कर रही थीं। उन्होंने समय-समय पर इस संबंध में कांग्रेस नेतृत्व को, विशेषकर नेहरू को सूचित भी किया, परंतु इसका कोई फायदा नहीं हो रहा था। नेहरू इस पर कतई ध्यान नहीं दे रहे थे। सन् 1939 में कांग्रेस के त्रिपुरी (जबलपुर) अधिवेशन के दौरान कांग्रेस अध्यक्ष पद के चुनाव में नेहरू ने सुभाषचंद्र बोस के विरोध में जबरदस्त कटु प्रचार किया था, उस कारण शरदचंद्र बोस का और भी चिढ़ जाना एकदम स्वाभाविक ही था। इन सारी घटनाओं के ऊपर एक और प्रहार हुआ—गांधी-नेहरू द्वारा बंगाल के विभाजन को मान्यता दे दी गई, जो कि शरद बाबू को कतई रास नहीं आया। इसीलिए अंततः उन्होंने 1 अगस्त को अपने चालीस वर्षीय कांग्रेसी जीवन से त्यागपत्र दे दिया। 1 अगस्त को ही शरदचंद्र बोस ने 'सोशलिस्ट रिपब्लिकन आर्मी' नामक पार्टी की स्थापना की एवं जनता को स्पष्ट रूप से यह बताने लगे कि देश का विभाजन एवं देश में जो अराजकता का वातावरण निर्मित हुआ है, उसके पीछे साफ तौर पर नेहरू के नेतृत्व की विफलता है।

□

1 अगस्त···भारत में घटनेवाली प्रचंड एवं तीव्र घटनाओं का यह दिन अब शाम में ढलने लगा था। पंजाब पूरी तरह आग और हिंसा के हवाले हो चुका था। रात के उस भयानक अँधेरे में पंजाब, सिंध, बलूचिस्तान के सैकड़ों गाँवों से उठनेवाली आग की लपटें दूर-दूर तक दिखाई दे रही थीं। राष्ट्रीय स्वयंसेवक संघ के 58,000 स्वयंसेवक पूरे पंजाब में हिंदू-सिखों की रक्षा में दिन-रात एक किए हुए थे। ठीक इसी प्रकार बंगाल की परिस्थिति भी अराजकता की तरफ तेजी से बढ़ रही थी।

स्वतंत्रता एवं उसके साथ ही विभाजन, अब केवल चौदह दिन दूर था···!

□

दूसरा : 2 अगस्त, 1947

17, यॉर्क रोड…। इस पते पर स्थित मकान, अब केवल दिल्ली के निवासियों के लिए ही नहीं, पूरे भारत देश के लिए महत्त्वपूर्ण बन चुका था। असल में, यह बँगला पिछले कुछ वर्षों से पंडित जवाहरलाल नेहरू का निवास स्थान था। भारत के 'मनोनीत' प्रधानमंत्री का निवास स्थान। और इस उपनाम या पद में से 'मनोनीत' शब्द मात्र तेरह दिनों में समाप्त होनेवाला था। क्योंकि 15 अगस्त से जवाहरलाल नेहरू स्वतंत्र भारत के पहले प्रधानमंत्री के रूप में कार्यकाल का आरंभ करने जा रहे थे।

17, यॉर्क रोड…। इस पते पर अधिकारियों एवं नागरिकों की हलचल तेजी से बढ़ने लगी थी। वैसे तो यॉर्क रोड यह पहले से ही महत्त्वपूर्ण मार्ग था। बंगाल की अशांत स्थिति के कारण अंग्रेजों ने जब अपनी राजधानी कलकत्ता से दिल्ली स्थानांतरित करने का निर्णय लिया, उस समय, अर्थात् सन् 1911 में एड्विन लुटियन नामक ब्रिटिश आर्किटेक्ट को 'नई दिल्ली' की रचना का कार्य सौंपा गया। लुटियन ने दिल्ली के इस महत्त्वपूर्ण इलाके की रचना का काम इसी यॉर्क रोड से प्रारंभ किया था। नेहरू जिस बँगले में रह रहे थे, वह सन् 1912 में बनाया गया था।

इसी बँगले में 2 अगस्त, 1947 की सुबह बेहद व्यस्तता और आपाधापी भरी थी। ब्रिटिश साम्राज्य की तरफ से हस्तांतरण के लिए केवल तेरह दिन बाकी थे। उस कार्यक्रम की तैयारी करना तो एक प्रमुख विषय था ही, परंतु अनेक महत्त्वपूर्ण विषय लगातार बहते झरने के समान नेहरू के सामने आते जा रहे थे। राष्ट्रगीत से लेकर मंत्रिमंडल के गठन तक की बड़ी लंबी कार्यसूची नेहरू के सामने थी। इन सबके बीच 15 अगस्त के दिन किस प्रकार की पोशाक पहनी जाए, इतनी छोटी-सी बात पर भी नेहरू ध्यान रखे हुए थे। कांग्रेस के कुछ नेता एवं प्रशासन के कई वरिष्ठ अधिकारी 17, यॉर्क रोड पर आकर बैठे थे। उन सभी से नेहरू को अलग-

अलग विषयों पर चर्चा करनी थी। इसी कारण, उस दिन नेहरू ने जल्दी-जल्दी में अपना नाश्ता समाप्त किया और एक अत्यधिक व्यस्त दिन का सामना करने की तैयारी में लग गए।

□

इधर दूसरी तरफ, भारत के स्वतंत्रता दिवस से पहले भारत में शामिल होनेवाले राज्यों के बारे में कई घटनाएँ लगातार घटित हो रही थीं। सरदार वल्लभभाई पटेल स्वयं एक-एक राज्य, एक-एक राजशाही पर अपनी निगाह बनाए हुए थे। इस काम के लिए उन्होंने अपने गृह विभाग में वी.के. मेनन जैसे अत्यधिक कुशल प्रशासनिक अधिकारी की नियुक्ति भी कर रखी थी। सरदार पटेल की सूचना के आधार पर 2 अगस्त को प्रातः वी.के. मेनन ने भारत के विषय को देखनेवाले विभाग के डिप्टी सेक्रेटरी, सर पेट्रिक को एक पत्र लिखा। इस पत्र में उन्होंने सूचित किया, 'भारत में आकार एवं आर्थिक दृष्टि से जो बड़े रजवाड़े हैं, जैसे कि मैसूर, बड़ौदा, ग्वालियर, बीकानेर, जयपुर एवं जोधपुर, वह भारतीय संघ में शामिल होने के लिए तैयार हैं। फिलहाल हैदराबाद, भोपाल एवं इंदौर ने इस संबंध ने कोई निर्णय नहीं लिया है।' इन रजवाड़ों का निर्णय अभी लंबित था।

भोपाल, हैदराबाद एवं जूनागढ़—इन तीन रजवाड़ों की इच्छा भारत के साथ रहने की कतई नहीं थी। इसी संदर्भ में, 2 अगस्त को भोपाल के नवाब ने जिन्ना

को एक पत्र लिखा। जिन्ना और भोपाल के नवाब हमीदुल्ला, दोनों अच्छे मित्र थे। अपने इस मित्र को लिखे पत्र में नवाब हमीदुल्ला ने लिखा, *'अस्सी प्रतिशत हिंदू जनसंख्यावाली मेरी भोपाल रियासत इस 'हिंदू भारत' में एकदम एकाकी और अलग-थलग पड़ गई है। मेरी इस रियासत को मेरे और इस्लाम के दुश्मनों ने चारों तरफ से घेर रखा है। कल रात को ही आपने यह स्पष्ट कर दिया था कि पाकिस्तान भी हमारी कोई मदद नहीं कर सकता है।'*

□

क्वीन विक्टोरिया रोड स्थित निवास में रहनेवाले डॉ. राजेंद्र प्रसाद की व्यस्तताएँ भी बहुत बढ़ गई थीं। हालाँकि भविष्य में भारत के पहले राष्ट्रपति बनने में काफी समय था, परंतु वर्तमान नेतृत्व में वे एक पितृपुरुष के समान सभी बातों पर चारों ओर ध्यान रखे हुए थे। स्वाभाविक सी बात थी कि सत्ता हस्तांतरण के इस प्रमुख एवं नाजुक समय पर उनके पास विभिन्न प्रकार की सलाह माँगनेवाले अथवा अन्य मसलों पर चर्चा करनेवालों की भीड़ बढ़ती ही जा रही थी। डॉ. राजेंद्र प्रसाद मूलत: बिहार से थे। इसलिए बिहार से आनेवाले अनेक प्रतिनिधिमंडल भिन्न-भिन्न प्रश्न लेकर उनके पास आते थे। इसी बीच 2 अगस्त की दोपहर को वे तत्कालीन रक्षामंत्री सरदार बलदेव सिंह को एक पत्र लिख रहे थे। यह पत्र 15 अगस्त का

उत्सव मनाने के विषय में था। उन्होंने लिखा, "पटना शहर में नागरिकों एवं प्रशासन के साथ सेना को भी इस उत्सव में शामिल होना चाहिए, ताकि इस कार्यक्रम की भव्यता में और भी वृद्धि होगी।"

सरदार बलदेव सिंह अकाली दल की तरफ से मंत्रिमंडल में शामिल हुए थे और वे डॉ. राजेंद्र प्रसाद का बहुत सम्मान करते थे। इसलिए वे राजेंद्र बाबू के पत्र पर समुचित काररवाई करेंगे, यह निश्चित ही था।

□

2 अगस्त की सुबह से ही संयुक्त प्रांत में (अर्थात् वर्तमान उत्तर प्रदेश में) एक अलग ही नाटक खेला जा रहा था। इस प्रदेश की हिंदू महासभा के नेताओं

को सरकार ने गत रात्रि को ही गिरफ्तार करके जेल भेज दिया था। इन पर आरोप लगाया गया था कि महासभा के नेतागण सरकार के विरुद्ध 'डायरेक्ट ऐक्शन' का शंखनाद करनेवाले हैं। 'डायरेक्ट ऐक्शन' नामक शब्द भारतीय राजनीति में बदनाम हो चुका था, क्योंकि केवल एक वर्ष पहले ही बंगाल में मुस्लिम लीग के हिंसक गुंडों ने 'डायरेक्ट ऐक्शन' के नाम पर 5 हजार से अधिक हिंदुओं का कत्लेआम एवं हजारों स्त्रियों के साथ बलात्कार किया था।

कांग्रेस कार्यसमिति ने आगे चलकर विभाजन का जो प्रस्ताव स्वीकार किया, उसके पीछे 'डायरेक्ट ऐक्शन' शब्द की पाशविक स्मृतियाँ प्रमुख रूप से थीं। इस कारण 'डायरेक्ट ऐक्शन' के नाम से हिंदू नेताओं को उठाकर जेल में ठूँसना बड़ा ही विचित्र मामला था, क्योंकि इस शब्द का उपयोग केवल मुस्लिम लीग से ही जोड़ा जा सकता था। यहाँ तक कि इस विचित्र समाचार को सिंगापुर से प्रकाशित होनेवाले 'इंडियन डेली मेल' नामक दैनिक ने भी प्रमुखता दी। शनिवार 2 अगस्त के अंक में प्रथम पृष्ठ पर उन्होंने यह समाचार प्रकाशित किया। इस समाचार के साथ ही हिंदू महासभा की दस प्रमुख माँगें भी प्रकाशित की। इस समाचार के कारण हिंदू महासभा के समर्थकों में बेचैनी का वातावरण निर्मित हो गया।

□

उधर, सुदूर ईस्टर्न फ्रंट के 'कोहिमा' से शनिवार 2 अगस्त को एक और समाचार ने धमाका किया, जो कि भारतीय संघ राज्य के लिए अच्छी बात नहीं थी। 'इंडिपेंडेंट लीग ऑफ कोहिमा' ने घोषणा की कि 15 अगस्त को वे भारतीय संघ राज्य में शामिल नहीं हो रहे हैं। वे एक निर्दलीय नागा सरकार का गठन करेंगे, जिसमें नागा जनजाति की जनसंख्यावाला संपूर्ण प्रदेश होगा। 15 अगस्त को आकार ग्रहण करने जा रहे भारतीय संघ राज्य के सामने एक के बाद एक लगातार चुनौतियाँ खड़ी होती जा रही थीं।

□

इन सब तनाव भरी खबरों की पृष्ठभूमि में देश-विदेश में भारतीय फिल्में लोगों का मनोरंजन कर ही रही थीं। सिंगापुर के डायमंड थियेटर में अशोक कुमार एवं वीरा अभिनीत फिल्म '8 दिन' काफी भीड़ खींच रही थी। इस फिल्म की कहानी उर्दू के प्रसिद्ध कथाकार सआदत हसन मंटो ने लिखी थी और संगीतकार एस.डी. बर्मन ने इसी फिल्म के द्वारा भारतीय फिल्म जगत् में पहला कदम रखा था।

□

सरदार पटेल के दिल्ली स्थित निवास (यानी वर्तमान में 1, औरंगजेब रोड) पर भी हलचलें तेज हो चुकी थीं। राज्यों के विलीनीकरण एवं साथ ही सिंध, बलूचिस्तान एवं बंगाल में भड़के हुए दंगे इत्यादि तमाम मुद्दों पर गृह मंत्रालय की समीक्षा जारी थी। इसी समय दोपहर को सरदार पटेल को पंडित नेहरू द्वारा लिखा एक पत्र प्राप्त हुआ। पत्र छोटा सा ही था। उसमें नेहरू ने लिखा था—"देखा जाए तो केवल एक औपचारिकता के नाते मैं आपको यह पत्र भेज रहा हूँ। मैं आपको अपने मंत्रिमंडल में शामिल होने का निमंत्रण देना चाहता हूँ। वैसे तो इस पत्र का कोई विशेष अर्थ नहीं है, क्योंकि आप तो पहले से ही मेरे मंत्रिमंडल के सुदृढ़ स्तंभ हैं⋯।" सरदार पटेल ने वह पत्र ग्रहण किया। थोड़ी देर उस पत्र की तरफ देखा। हल्के-से मुस्कुराए और तत्काल ही वे भारत-पाकिस्तान की सीमा (जो कि अभी तक घोषित नहीं हुई थी) पर भड़के हुए भीषण दंगों के बारे में अपने सचिव से चर्चा करने लगे।

□

दिल्ली की इस आपाधापी और व्यस्तता के बीच, उधर दूर महाराष्ट्र में आलंदी नामक स्थान पर कांग्रेस के अंदर वामपंथी विचारों वाले नेताओं का जमावड़ा लगा हुआ था। इस अंदरूनी वामपंथी समूह ने दो माह पहले ही तय कर लिया था कि 2 और 3 अगस्त को इस समूह की बैठक होगी। शंकरराव मोरे और भाऊसाहेब राउत के आह्वान पर कांग्रेस की यह वामपंथी मंडली वहाँ जमा हुई थी। भारत स्वतंत्र होनेवाला है और इस स्वतंत्र भारत की चाबी अब कांग्रेस के हाथों में आनेवाली है, यह उन्हें स्पष्ट रूप से दो माह पहले ही दिख गया था। अब इस समूह के सामने बड़ा सवाल यह था कि सत्ता हस्तांतरण की इस प्रक्रिया में वामपंथी और साम्यवादियों का क्या होगा? इसी का विचार मंथन करने के लिए यह बैठक दिल्ली से बहुत दूर बुलाई गई थी।

कांग्रेस के लिए काम कर रहे, लेकिन विचारों से वामपंथी, अनेक नेता जैसे—तुलसीदास जाधव, कृष्णराव धुलूप, ज्ञानोबा जाधव, दत्ता देशमुख, र.के. खाडिलकर, केशवराव जेधे जैसे नामचीन और वरिष्ठ नेता इस बैठक में आए थे। कांग्रेस के अंदर ही मजदूरों एवं किसानों के लिए एक अलग कार्यकर्ता संघ की स्थापना करने की उनकी योजना थी। किसी ने सोचा भी न था कि इस बैठक से ही आगे चलकर भविष्य में महाराष्ट्र की एक प्रमुख और बड़ी वामपंथी विचारों का पोषण करनेवाली तथा किसान-मजदूरों का पक्ष रखनेवाली पार्टी जन्म लेगी। 2 अगस्त को संपन्न हुई इस बैठक में इन बड़े वामपंथी नेताओं ने भारत विभाजन अथवा भीषण पाशविक अत्याचारों से युक्त दंगों के बारे में एक शब्द भी नहीं कहा। इन्हें केवल कांग्रेस में अपने भविष्य की चिंता सता रही थी।

□

दो अगस्त को ही मद्रास के एग्मोर इलाके में शाम को एक विशाल सभा में मद्रास प्रेसीडेंसी के खाद्य, औषधि एवं स्वास्थ्य मंत्री टी.एस.एस. राजन, एंग्लो इंडियन समुदाय से संवाद स्थापित करने में लगे हुए थे। अंग्रेजों के जाने के बाद एंग्लो इंडियन समुदाय का क्या होगा, यह प्रश्न अनेकों के मन में शंकाएँ उत्पन्न कर रहा था।

इस समुदाय को आश्वस्त करते हुए मंत्री महोदय ने कहा कि 'आपके इस छोटे से समुदाय ने अभी तक उत्तम पद्धति एवं संस्कार दिखाते हुए भारतीय समाज में मिल-जुलकर रहने की शानदार मिसाल पेश की है। आगे भी स्वतंत्रता

के पश्चात् आपको एक जिम्मेदार नागरिक की भूमिका निभानी है। कांग्रेस आपका पूरा ध्यान रखेगी।'

□

उधर पूना में, हिंदू महासभा ने एस.पी. कॉलेज पर एक सार्वजनिक सभा आयोजित की थी। देश की वर्तमान परिस्थिति, देश की स्वतंत्रता एवं विभाजन की घटनाओं पर इस सभा में स्वयं वीर सावरकर अपना भाषण देनेवाले थे।

देखते-ही-देखते सभा में जबदरस्त भीड़ हो गई। इसे सच में एक 'विशाल आमसभा' कहा जा सकता था। अपने गरजदार और वैचारिक आग से भरे भाषण में स्वातंत्र्य वीर सावरकर ने कहा कि 'आज देश में जो परिस्थिति निर्मित हुई है, इसके लिए प्रमुखता से केवल कांग्रेस ही नहीं, सामान्य जनता भी उतनी ही जिम्मेदार है। जनता ने समय-समय पर आँख मूँदकर लगातार कांग्रेस को जो समर्थन दिया, देश का विभाजन उसी की परिणति है। कांग्रेस के नेताओं द्वारा बारंबार एक ही वर्ग का तुष्टीकरण करने की वजह से यह वर्ग और इसके नेता विभाजन करने में सफल हुए हैं।'

□

उधर श्रीनगर में गांधीजी की पहली बहुप्रचारित यात्रा का आज दूसरा दिन समाप्त होने जा रहा है। आज का दिन कोई खास महत्त्वपूर्ण घटनाओं से भरा हुआ नहीं था। सुबह की प्रार्थना के पश्चात् गांधीजी के ठिकाने, अर्थात् किशोरीलाल सेठी के निवास स्थान पर अकबर जहां अपनी बेटी को लेकर आईं। इस मुलाकात में भी उन्होंने गांधीजी के सामने बार-बार यही सिद्ध करने का प्रयास किया कि उनके शौहर, अर्थात् शेख अब्दुल्ला को जेल से रिहा किया जाना कैसे और क्यों जरूरी है।

आज के दिन भी गांधीजी के चारों तरफ नेशनल कॉन्फ्रेंस के ही मुस्लिम नेताओं का चुस्त घेरा बना हुआ था। हालाँकि आज गांधीजी ने अनेक लोगों से भेंट की, जिसमें हिंदू नेता भी थे। रामचंद्र काक द्वारा दिए गए निमंत्रण के अनुसार कल, अर्थात् 3 अगस्त को गांधीजी कश्मीर के महाराजा हरिसिंह से भेंट करनेवाले हैं।

□

आज के दिन भी लाहौर, रावलपिंडी, पेशावर, चटगाँव, ढाका, अमृतसर इत्यादि स्थानों से लगातार हिंदू-मुस्लिम दंगों की खबरें आती रही हैं। जैसे-जैसे रात का अँधेरा गहरा होता जा रहा है, वैसे-वैसे संपूर्ण प्रदेश के क्षितिज पर आग और धुएँ की बड़ी-बड़ी लपटें दिखाई देने लगीं हैं···2 अगस्त की यह काली और भयानक रात ऐसी ही अशांत रहनेवाली है···

□

तीसरा : 3 अगस्त, 1947

आज के दिन गांधीजी की महाराजा हरिसिंह से भेंट होना तय थी। इस संदर्भ का एक औपचारिक पत्र कश्मीर रियासत के दीवान रामचंद्र काक ने गांधीजी के श्रीनगर में आगमन वाले दिन ही दे दिया था। आज 3 अगस्त की सुबह गांधीजी के लिए हमेशा की तरह ही थी। अगस्त का महीना होने के बावजूद किशोरीलाल सेठी के घर अच्छी-खासी ठंड थी। अपनी नियमित दिनचर्या के अनुसार गांधीजी मुँह अँधेरे ही उठ गए थे। उनकी नातिन 'मनु' तो मानो उनकी परछाईं समान ही थी। इस कारण, जैसे ही गांधीजी उठे, वह भी जाग गई थी।

मनु गांधीजी के साथ ही सोती थी। लगभग एक वर्ष पहले अपने नोवाखाली दौरे के समय गांधीजी मनु को अपनी बाँहों में लेकर सोते थे। यह उनका 'सत्य के साथ एक प्रयोग' था। एक अत्यंत पारदर्शी एवं स्वच्छ मन वाले गांधीजी के अनुसार इसमें कुछ भी गलत नहीं था। हालाँकि इस खबर की बहुत गरमागरम चर्चाएँ हुईं। कांग्रेस के नेताओं ने इस मामले में कुछ भी बोलना उचित नहीं समझा, वे मौन ही बने रहे। जबकि देश के कई भागों में 'सत्य के इस कथित प्रयोग' के बारे में विरोधी जनमत स्पष्ट रूप से प्रकट होने लगा था। अंततः बंगाल का अपना दौरा समाप्त करके जब गांधीजी बिहार के दौरे पर निकले, उस समय मनु उनसे अलग हो गई।

इधर श्रीनगर में ऐसा कुछ भी नहीं था। गांधीजी और मनु की वैसी खबरें पीछे रह गई थीं। अपनी नातिन के साथ गांधीजी का रहना-सोना अब कौतूहल की बात नहीं थी। बहरहाल, सूर्योदय से पहले ही गांधीजी की प्रातः प्रार्थना पूर्ण हो चुकी थी और वे उनके ठहरने के स्थान की साफ-सफाई में लग गए थे। सारी नित्य क्रियाएँ संपन्न होने के बाद लगभग ग्यारह बजे गांधीजी कश्मीर के महाराजा हरिसिंह के 'गुलाब भवन' नामक राजप्रासाद में पहुँचे। भले ही गांधीजी की यह भेंट महाराजा की इच्छा के विरुद्ध थी, परंतु फिर भी महाराजा ने गांधीजी के स्वागत में कोई

भी कमी नहीं छोड़ी थी। स्वयं महाराजा हरिसिंह, महारानी तारादेवी सिंह के साथ राजप्रासाद के विशाल प्रांगण में गांधीजी के स्वागत हेतु खड़े थे। युवराज कर्णसिंह भी वहाँ अपने शाही अंदाज में स्वागत हेतु तत्पर थे। महारानी तारादेवी ने तिलक एवं आरती के साथ उनका परंपरागत स्वागत किया।

(उस गुलाब भवन नामक राजप्रासाद के जिस वृक्ष के नीचे गांधीजी और महाराजा की भेंट हुई थी, उस वृक्ष पर इस भेंट की स्मारिका के बतौर एक ताम्र पट्टिका लगाई गई है। हालाँकि उस ताम्र पट्टिका पर इन दोनों की भेंट की दिनांक गलत लिखी गई है। गांधीजी महाराजा हरिसिंह से 3 अगस्त, 1947 को मिले थे, जबकि इस ताम्र पट्टिका में जून 1947 ऐसा लिखा है।)

उस दिन राजप्रासाद में विचरण करते समय गांधीजी के चेहरे पर किसी किस्म का दबाव या तनाव नहीं दिखाई दे रहा था। वे अत्यंत सहजता से वहाँ घूम-फिर रहे थे। महाराजा हरिसिंह और गांधीजी के बीच लंबी चर्चा हुई। परंतु इस समूची चर्चा में गांधीजी ने महाराजा को 'भारत में शामिल हों' ऐसा एक बार भी नहीं कहा। यदि गांधीजी ने वैसा कहा होता, तो उनके मतानुसार यह उचित नहीं होता। क्योंकि गांधीजी का ऐसा मानना था कि वे भारत और पाकिस्तान, दोनों देशों के पितृपुरुष हैं। हालाँकि दुर्भाग्य से उन्हें यह जानकारी ही नहीं थी कि पाकिस्तान माँगनेवाले मुसलमान उन्हें एक 'हिंदू नेता' ही मानते हैं। उनसे द्वेष करते हैं और इसीलिए

पाकिस्तान में गांधीजी का रत्ती भर भी सम्मान और स्थान नहीं हैं।

अंग्रेजों के चले जाने के बाद कश्मीर रियासत को कौन सी भूमिका निभानी चाहिए अथवा कौन सा निर्णय लेना चाहिए, इस संबंध में गांधीजी को कुछ कहना ही नहीं था। इसलिए महाराजा और उनके बीच कोई राजनीतिक चर्चा हुई ही नहीं। अलबत्ता गांधीजी की इस 'निरपेक्ष' भेंट के परिणामस्वरूप नेहरू का 'कश्मीर एजेंडा' लागू करने में मदद मिली। 3 अगस्त को यह भेंट हुई और 10 अगस्त को महाराजा के विश्वासपात्र और नेहरू को कैद में ठूँसनेवाले कश्मीर रियासत के दीवान रामचंद्र काक को महाराजा ने अपनी सेवाओं से मुक्त कर दिया। दूसरा परिणाम यह रहा कि नेहरू के खास मित्र, यानी शेख अब्दुल्ला को कश्मीर की जेल से 29 सितंबर को छोड़ दिया गया।

सरसरी तौर पर देखा जाए तो गांधीजी की इस भेंट का परिणाम इतना ही दिखाई देता है। परंतु यदि गांधीजी ने इन दोनों माँगों के अलावा, इसी के साथ महाराजा हरिसिंह से भारत में शामिल होने का अनुरोध किया होता या वैसी सलाह दी होती, तो तय जानिए कि अक्तूबर 1947 से काफी पहले, अगस्त 1947 में ही कश्मीर का भारत में विलीनीकरण हो चुका होता। आज कश्मीर के जो ज्वलंत प्रश्न देश के सामने खड़े हैं, वे उत्पन्न ही नहीं होते।

किंतु ऐसा होना न था···

□

मंडी

हिमालय की गोद में बसा हुआ, एक छोटा-सा शहर। मनु ऋषि के नाम पर इसका नाम 'मंडी' पड़ा है। व्यास (बिआस) नदी के किनारे पर स्थित यह स्थान नयनाभिराम एवं प्राकृतिक दृश्यों से भरपूर है। 1947 में यह सुंदर इलाका अपने-आप में एक रियासत था। परंतु इस रियासत के राजा के मन में यही बात चल रही थी कि अंग्रेजों की दासता से मुक्त होने के बाद मंडी स्वतंत्र ही रहे। भारत में शामिल न हो। इसी प्रकार, मंडी के पड़ोस में स्थित 'सिरमौर' राज्य के राजा ने भी भारत में विलीन न होने की बात रखते हुए उसे स्वतंत्र रखने का निश्चय किया था। हालाँकि ये सभी बेहद छोटी-छोटी रियासतें यह भी समझ रही थीं कि जब कई बड़ी रियासतें मिलकर एक बड़ा देश बन ही रहा है, तो उनका स्वतंत्र रहना संभव नहीं होगा।

इसी बीच उन्हें यह जानकारी मिली कि कश्मीर के महाराजा भी अपनी रियासत को स्वतंत्र रखने के विचार में हैं। तब इन्होंने यह योजना बनाई कि जम्मू-कश्मीर, पंजाब और शिमला इत्यादि के पहाड़ी राज्यों का एक वृहद् संघ बनाकर उसे भारत से स्वतंत्र ही रखा जाए। इसी सिलसिले में मंडी और सिरमौर, दोनों राज्यों के राजाओं ने पिछले हफ्ते ही लॉर्ड माउंटबेटन से भेंट की थी। 'पहाड़ी राज्यों के एक वृहद् संघ संबंधी प्रस्ताव पर विचार करने के लिए और समय चाहिए', ऐसी माँग रखी थी। इन्होंने स्पष्ट शब्दों में कह दिया कि फिलहाल भारत में शामिल होने के संधि-पत्र पर हस्ताक्षर करना संभव नहीं है। अभी हमें और समय चाहिए।

दिल्ली स्थित अपने भव्य एवं प्रभावशाली वायसरॉय कार्यालय में बैठे लॉर्ड लुई माउंटबेटन इन दोनों राजाओं का पत्र बार-बार पढ़ रहे थे। असल में, जितने अधिक राजे-रजवाड़े स्वतंत्र रहने का आग्रह करते, देश छोड़ते समय अंग्रेजों के सामने उतनी अधिक दिक्कतें पैदा होतीं। इसीलिए ऐसे छोटी-छोटी रियासतों का स्वतंत्र रहना या भारत में शामिल होने से असहमति व्यक्त करना, माउंटबेटन को सख्त नापसंद था, लेकिन फिर भी लोकतंत्र और अपने पद का सम्मान रखने की खातिर माउंटबेटन ने इसी संदर्भ में सरदार पटेल को एक पत्र लिखना आरंभ किया।

3 अगस्त की दोपहर, सरदार पटेल को यह पत्र लिखते समय (और यह जानते-बूझते हुए भी कि इस पत्र पर कोई अनुकूल निर्णय होनेवाला नहीं है)

माउंटबेटन ने मंडी और सिरमौर, दोनों राजाओं को विलीनीकरण के पत्र पर हस्ताक्षर करने के लिए थोड़ा और समय देने का अनुरोध सरदार पटेल से किया।

□

डॉ. बाबासाहब आंबेडकर आज दिल्ली में ही थे। पिछले कुछ दिनों से उनके पास भी तरह-तरह के कामों की भीषण व्यस्तता थी। उनके 'शेड्यूल कास्ट फेडरेशन' नामक संगठन के कार्यकर्ता, देश भर से विविध कामों के लिए एवं उनका मार्गदर्शन लेने के लिए दिल्ली आ रहे थे। दर्जनों पत्र लिखने-पढ़ने बाकी थे, परंतु बाबासाहब को यह परिस्थिति बड़ी रुचिकर लगती थी। अर्थात् जितना अधिक काम होगा, वे अपने काम में गहराई और गंभीरता से डूब जाना पसंद करते थे। ऐसे विभिन्न कामों का बोझ तो उनके लिए उत्सव के समान ही था।

इसीलिए जब पिछले सप्ताह नेहरू ने उन्हें आगामी मंत्रिमंडल में शामिल होने के संबंध में पूछा था, तब बाबासाहब ने उसका सकारात्मक उत्तर दिया। बाबासाहेब ने कहा, "कानून मंत्रालय में कोई खास काम नहीं है, इसलिए मुझे कोई ऐसी जिम्मेदारी दीजिए, जिसमें बहुत सारा काम करना पड़े।" नेहरू हँसे और बोले, "निश्चित ही, एक बहुत बड़ा काम मैं आपको सौंपने जा रहा हूँ।"

और आज दोपहर को ही प्रधानमंत्री जवाहरलाल नेहरू का पत्र बाबासाहब आंबेडकर को मिला। इस पत्र के माध्यम से उन्होंने बाबासाहब को स्वतंत्र भारत का पहला कानून मंत्री नियुक्त किया था। बाबासाहब और उनकी शेड्यूल कास्ट फेडरेशन के लिए यह बहुत ही महत्त्वपूर्ण एवं आनंददायक अवसर था।

□

इधर दिल्ली की इस अगस्त वाली उमस भरी भयानक गरमी में सिरिल रेडक्लिफ साहब को बहुत कष्ट हो रहा था। ब्रिटेन के यह निर्भीक एवं निष्पक्ष माने जानेवाले न्यायाधीश महोदय, भारत के विभाजन की योजना पर काम करने के लिए

मुश्किल से तैयार हुए थे। प्रधानमंत्री एटली ने उनकी न्यायप्रियता एवं बुद्धिमानी को देखते हुए लगभग जिद पकड़ते हुए, उन्हें इस काम के लिए राजी किया था। इसमें पेंच यह था कि माउंटबेटन को भारत का विभाजन करने के लिए कोई ऐसा व्यक्ति चाहिए था, जिसे भारत के बारे में कोई खास जानकारी नहीं हो। न्यायमूर्ति रेडक्लिफ इस कसौटी पर खरे उतरते थे।

दिल्ली आने पर 'कुछ भी जानकारी नहीं होना' यह कितना बड़ा बोझ और सिरदर्द है, यह रेडक्लिफ साहब को जल्दी ही समझ में आ गया। एक अत्यंत विशाल प्रदेश, जिसमें नदियाँ, नाले, पहाड़ियों का प्रचंड जाल बिछा हुआ है, ऐसे विस्तीर्ण प्रदेश के नक्शे पर एक ऐसी विभाजक लकीर खींचना, जिसके कारण हजारों परिवारों का सबकुछ उजड़ जानेवाला है। पीढ़ियों से रह रहे लाखों परिवारों के लिए अचानक कोई जमीन परायी हो जानेवाली है...बहुत कठिन कार्य था यह!

रेडक्लिफ साहब को इस कार्य के जटिलता की पूरी जानकारी थी और वे उनकी क्षमता के अनुसार, पूरी निष्पक्षता के साथ विभाजन करने का प्रयास भी कर रहे थे। उनके बँगले के 3 बड़े-बड़े कमरे तरह-तरह से कागजों से और भिन्न-भिन्न प्रकार के नक्शों से पूरी तरह भर चुके थे। आज 3 अगस्त के दिन उनका काफी सारा काम लगभग खत्म हो चुका था। पंजाब के कुछ विवादित क्षेत्रों का बँटवारा अभी बाकी रह गया था, जिस पर वे अपना अंतिम विचार कर रहे थे। इसी बीच, उन्हें मेजर शॉर्ट का लिखा हुआ एक पत्र प्राप्त हुआ। मेजर शॉर्ट एक सैनिक मानसिकता वाला, पक्का ब्रिटिश अधिकारी था। भारत की सामान्य जनता की प्रतिक्रियाएँ एवं राय रेडक्लिफ साहब तक पहुँचाने के लिए उसने यह पत्र लिखा था। उस पत्र में उसने स्पष्ट शब्दों में लिखा था, "जनता का ऐसा मानना है कि माउंटबेटन जैसा चाहेंगे, रेडक्लिफ बिना विरोध किए बिल्कुल वैसा ही निर्णय देंगे।"

रेडक्लिफ इस पत्र पर विचार करते रहे। पत्र का यह हिस्सा वास्तव में सच ही था, क्योंकि रेडक्लिफ पर माउंटबेटन का गहरा प्रभाव तो निश्चित ही था।

□

3 अगस्त की दोपहर लगभग चार बजे, 17, यॉर्क हाउस स्थित जवाहरलाल नेहरू के निवास से एक प्रेस नोट जारी किया गया। चूँकि राजनीतिक गहमागहमी के दिन थे, तो रोज ही कोई-न-कोई प्रेस नोट निकलता था अथवा प्रेस कॉन्फ्रेंस आयोजित होती ही थी। परंतु आज का प्रेस नोट देश और पत्रकारों के लिए विशेष महत्त्व रखता था।

इस प्रेस नोट के माध्यम से नेहरू ने अपने मंत्रिमंडलीय सहयोगियों के नाम घोषित किए थे। यह स्वतंत्र भारत का पहला मंत्रिमंडल था। इसीलिए इस प्रेस नोट का अपने-आप में एक विशिष्ट महत्त्व था। इस प्रेस नोट में नेहरू ने अपने सहयोगियों के नाम क्रमानुसार दिए थे, जो कि इस प्रकार थे—

- सरदार वल्लभभाई पटेल
- मौलाना अबुल कलाम आजाद
- डॉ. राजेंद्र प्रसाद
- डॉ. जॉन मथाई
- जगजीवन राम
- सरदार बलदेव सिंह
- सी.एच. भाभा
- राजकुमारी अमृत कौर
- डॉ. भीमराव आंबेडकर
- डॉ. श्यामाप्रसाद मुखर्जी
- षणमुगम चेट्टी
- नरहरि विष्णु गाडगिल

इन बारह सदस्यों में से राजकुमारी अमृत कौर एकमात्र महिला थीं, जबकि डॉ. बाबासाहब आंबेडकर शेड्यूल कास्ट फेडरेशन पार्टी के, डॉ. श्यामाप्रसाद मुखर्जी हिंदू महासभा के और सरदार बलदेव सिंह पंथिक पार्टी के प्रतिनिधि के रूप में मंत्रिमंडल में लिए गए थे।

□

उधर सुदूर पश्चिम में राममनोहर लोहिया का एक प्रेस नोट अखबारों के

कार्यालयों में पहुँच चुका था, जिसने लाखों गोवा निवासियों को निराश कर दिया था। लोहिया ने अपने प्रेस नोट के माध्यम से यह सूचित किया था, "गोवा की स्वतंत्रता, भारत की स्वतंत्रता के साथ में होना संभव नहीं है। इस कारण गोवा के निवासी अपनी स्वतंत्रता की लड़ाई आगे जारी रखें।"

□

विभाजन की भीषण घटनाओं एवं इस त्रासदी से दूर, उधर महाराष्ट्र में आलंदी नामक स्थान पर कांग्रेस में काम करनेवाले कम्युनिस्ट कार्यकर्ताओं की बैठक का आज दूसरा एवं अंतिम दिन था। कल से ही इन वामपंथी कार्यकर्ताओं में मंथन का दौर जारी था।

अंततः यह तय किया गया कि कांग्रेस के अंदर ही एक साम्यवादी विचारों वाले तथा किसानों-मजदूरों के हितों की बात करनेवाले, एक शक्तिशाली गुट का निर्माण किया जाए। शंकरराव मोरे, केशवराव जेधे, भाऊसाहेब राउत, तुलसीदास जाधव इत्यादि नेताओं द्वारा इस आंतरिक गुट का नेतृत्व सामूहिक रूप से किया जाए, यह भी तय किया गया। अर्थात् अब महाराष्ट्र में एक नए साम्यवादी दल का उदय होने जा रहा था।

□

श्रीनगर में गांधीजी के प्रवास का आज अंतिम दिन था। कल सुबह वे जम्मू के लिए निकलने वाले थे। इस कारण, आज शाम उनकी मेजबानी बेगम अकबर जहां करनेवाली थीं। उन्होंने बाकायदा गांधीजी को शाम के भोजन हेतु निमंत्रण दिया था। चूँकि शेख अब्दुल्ला पर गांधीजी का अत्यधिक स्नेह था, इसलिए इस भोजन के निमंत्रण को ठुकराने का सवाल ही नहीं था। भले ही शेख अब्दुल्ला जेल में थे, किंतु उनकी अनुपस्थिति में बेगम साहिबा ने गांधीजी की अगवानी और स्वागत की जबरदस्त तैयारी की थी। नेशनल कॉन्फ्रेंस के कार्यकर्ता स्वयं सारी व्यवस्था देख रहे थे। यहाँ तक कि खुद बेगम साहिबा और उनकी लड़की खालिदा, यह दोनों भी गांधीजी के स्वागत के लिए दरवाजे पर ही खड़ी रहीं।

जब गांधीजी ने इस शेख अब्दुल्ला परिवार के इस राजसी ठाटबाट को देखा, तो वे बेचैन हो गए। यह इंतजाम उनकी कल्पना से परे था। उन्होंने सोचा ही नहीं था कि उनकी मेजबानी ऐसे शाही अंदाज में होगी। उन्होंने बेगम साहिबा के समक्ष अपनी हल्की अप्रसन्नता व्यक्त की, लेकिन फिर भी गांधीजी उस पार्टी में पूरे समय रुके रहे।

□

3 अगस्त की काली एवं बेचैन रात धीरे-धीरे आगे सरक रही थी। लाहौर से, पठानकोट से और उधर बंगाल से लाखों संपन्न परिवार शरणार्थी के रूप में इस खंडित भारत के अंदर धीरे-धीरे आगे बढ़ते जा रहे थे। उन्हें अपने प्राणों का भय था। जीवन भर की कमाई और चल-अचल संपत्ति को पूर्वी एवं पश्चिमी पाकिस्तान में छोड़कर भागने की मर्मांतक पीड़ा थी। भारत में शरणार्थी बनने की विकलता थी। भूख, प्यास, थके हुए शरीर, बीवी-बच्चों के भीषण कष्ट इत्यादि सहन करने के त्रासदी थी, लेकिन, उधर दिल्ली में राजनीति अपनी गति से जारी ही थी।

अधिकृत रूप से भारत के विभाजन में अब केवल बारह रातें ही बाकी बची थीं।

□

चौथा : 4 अगस्त, 1947

आज 4 अगस्त...सोमवार। दिल्ली में वायसरॉय लॉर्ड माउंटबेटन की दिनचर्या रोज के मुकाबले जरा जल्दी प्रारंभ हुई। दिल्ली का वातावरण उमस भरा था। बादल घिरे हुए थे, लेकिन बारिश नहीं हो रही थी। कुल मिलाकर पूरा वातावरण निराशाजनक और एक बेचैनी से भरा था। वास्तव में देखा जाए तो सारी जिम्मेदारियों से मुक्त होने के लिए माउंटबेटन के सामने अभी ग्यारह रातें और बाकी थीं। हालाँकि उसके बाद भी वे भारत में ही रहनेवाले थे, भारत के पहले 'गवर्नर जनरल' के रूप में, लेकिन उस पद पर कोई खास जिम्मेदारी नहीं रहनेवाली थी, क्योंकि 15 अगस्त के बाद तो सबकुछ भारतीय नेताओं के कंधे पर आनेवाला ही था।

परंतु अगले ग्यारह दिन और ग्यारह रातें लॉर्ड माउंटबेटन के नियंत्रण में ही रहनेवाली थीं। इन दिनों में घटित होनेवाली सभी अच्छी-बुरी घटनाओं का दोष अथवा प्रशंसा उन्हीं के माथे पर, अर्थात् ब्रिटिश साम्राज्य के माथे पर आनेवाली थी। इसीलिए यह जिम्मेदारी बहुत बड़ी थी और उतनी ही उनकी चिंताएँ भी...

सुबह की पहली बैठक बलूचिस्तान प्रांत के संबंध में थी। फिलहाल इस संपूर्ण क्षेत्र में अंग्रेजों का निर्विवाद वर्चस्व बना हुआ था। ईरान की सीमा से लगा यह प्रांत, मुस्लिम बहुल था। इस कारण, ऐसा माना जा रहा था कि यह प्रांत तो पाकिस्तान में शामिल हो ही जाएगा। लेकिन इस कल्पना में एक पेंच था। बलूच लोगों के तार, संस्कृति एवं मन कभी भी पाकिस्तान के पंजाब और सिंध प्रांत के मुसलमानों से जुड़े हुए नहीं थे। बलूच लोगों की अपनी एक अलग विशिष्ट संस्कृति थी, स्वयं को अलग भाषा थी। बलूच भाषा काफी कुछ ईरान के सीमावर्ती बलूच लोगों से मिलती-जुलती थी। इस बलूच भाषा और संस्कृति में 'अवस्ता' नामक भाषा की झलक दिखाई देती थी, जो कि संस्कृत भाषा से मिलती हुई थी। इसी कारण पाकिस्तान में शामिल होना, कभी भी बलूच जनता के सामने पहला या अंतिम विकल्प नहीं था।

बलूच जनता का मत भी दो भागों में बँटा हुआ था। कुछ लोगों की इच्छा थी कि बलूचों को ईरान में विलीन करना चाहिए, लेकिन समस्या यह थी कि ईरान में शिया मुसलमानों का शासन था और बलूच तो सुन्नी मुसलमान थे। इस कारण वह विकल्प खारिज कर दिया गया। अधिकांश नेताओं का मानना था कि भारत के साथ मिलना अधिक सही होगा। इस विचार को कई नेताओं का समर्थन भी हासिल था, लेकिन भौगोलिक समस्या आड़े आ रही थी। बलूच प्रांत और भारत के बीच में पंजाब और सिंध का इलाका आता था, इसलिए इस विकल्प को भी मजबूरी में खारिज करना पड़ा। अंतत: दो ही विकल्प बचे थे कि या तो बलूचिस्तान एक स्वतंत्र राष्ट्र के रूप में रहे या फिर मजबूरी में पाकिस्तान के साथ मिल जाए, जहाँ संभवत: सुन्नियों का बहुमत रहेगा। माउंटबेटन की आज की बैठक इसी विषय को लेकर होने जा रही थी।

इस विशेष बैठक में बलूचिस्तान के 'खान ऑफ कलात' कहे जानेवाले मीर अहमद यार खान और मोहम्मद अली जिन्ना शामिल थे। जिन्ना को 7 अगस्त के दिन कराची जाना था, इसीलिए उनकी सुविधा को देखते हुए 4 अगस्त के दिन सुबह यह बैठक रखी गई थी।

खान ऑफ कलात के साथ कायदे आजम

इस बैठक में मीर अहमद यार खान ने, 'भविष्य के पाकिस्तान' के संदर्भ में अनेक शंकाएँ उपस्थित कीं। उनके अनेक प्रश्न थे। माउंटबेटन का स्वार्थ यह था कि बलूचिस्तान को पाकिस्तान में विलीन हो जाना चाहिए। क्योंकि छोटे-छोटे स्वतंत्र देशों के बीच सत्ता का हस्तांतरण करना उनके लिए कठिन कार्य था। इसीलिए जब इस बैठक में मोहम्मद अली जिन्ना, बलूच नेता मीर अहमद यार खान को बड़े-बड़े भारी भरकम आश्वासन दे रहे थे, उस समय लॉर्ड माउंटबेटन यह साफ-साफ समझ रहे थे कि ये आश्वासन खोखले साबित होनेवाले हैं। परंतु फिर भी अपनी परेशानी कम करने के लिए वे जिन्ना के समर्थन में 'हाँ' में 'हाँ' मिलाते रहे। डेढ़-दो घंटे चली इस महत्त्वपूर्ण बैठक के अंत में, मीर अहमद यार खान पाकिस्तान में विलीन होने के पक्ष में थोड़े से झुके हुए दिखाई दिए। परंतु फिर भी उन्होंने अपना अंतिम निर्णय घोषित नहीं किया और यह बैठक अनिर्णय की स्थिति में समाप्त हो गई।

□

उधर दूर पंजाब प्रांत के लायलपुर जिले में आतंक ने आज अपना प्रभाव

दिखाना आरंभ कर दिया है। पंजाब का लायलपुर इलाका बेहद उपजाऊ जमीन वाला है। इसीलिए यहाँ के लोग धनवान एवं समृद्ध हैं। कपास एवं गेहूँ की जबरदस्त पैदावार होती हैं। कपास के कारण कई सूती मिलें, कारखाने इस जिले में हैं। आटे और शक्कर की भी कई मिलें हैं। लायलपुर, गोजरा, तन्देवाला, जरन्वाला इन नगरों में बड़े-बड़े बाजार हैं। ये सारी मिलें, कारखाने, बाजार, अधिकतर हिंदू-सिख व्यापारियों के नियंत्रण में ही हैं। बड़ी-बड़ी साठ कंपनियाँ हिंदुओं और सिखों के पास हैं, जबकि मुसलमानों के पास केवल दो ही हैं। समूचे जिले की 75% जमीन सिखों के पास है। खेती से संबंधित शासन की कमाई का 80% हिस्सा सिखों के माध्यम से ही आता है। लायलपुर में पिछले वर्ष, 1946 में हिंदुओं और सिखों ने इकसठ लाख, नब्बे हजार रुपए का कर भरा था, जबकि मुसलमानों ने केवल 5 लाख तीस हजार रुपए का।

जब यह खबरें आने लगीं कि लायलपुर पाकिस्तान में शामिल होगा और मुस्लिम लीग के पोस्टर दिखाई देने लगे, तब भी हिंदू और सिख व्यापारियों ने इस बात को गंभीरता से नहीं लिया। जिले के डिप्टी कमिश्नर हमीद, मुसलमान होने के बावजूद निष्पक्ष रवैया अपनाए हुए थे। इसलिए हिंदू-सिखों को कभी भी ऐसा लगा ही नहीं कि उन्हें इस क्षेत्र में कोई दिक्कत होगी।

आज, यानी 4 अगस्त, 1947 को, जिले के जरनवाला में 'मुस्लिम नेशनल गार्ड' की एक बैठक चल रही है। 15 अगस्त से पहले इस पूरे जिले के हिंदू-सिख व्यापारियों और किसानों को यहाँ से मारकर कैसे भगाना है, और उनकी संपत्ति-

जमीन-मकान अपने कब्जे में कैसे लिये जाएँ``इस बारे में गंभीर चर्चा चल रही हैं। लाहौर से आए मुस्लिम नेशनल गार्ड के पदाधिकारियों ने इस बात पर जोर दिया कि हिंदू-सिखों की लड़कियों को छोड़कर सभी को मारा जाए। आज की रात को छोटी-छोटी कार्यवाहियाँ करने का निश्चय किया गया। मध्यरात्रि को सूती मिलों के मालिकों के मकानों पर हमला करना तय हुआ।

यदि आज की रात, यानी 4 अगस्त, 1947 को किसी व्यक्ति ने हिंदू और सिखों से यह कहा होता कि "अगले 3 सप्ताह के भीतर लायलपुर जिले के लगभग सभी हिंदू-सिख अपनी-अपनी संपत्ति, समृद्धि, मकान, जमीन छोड़कर निस्सहाय स्थिति में, शरणार्थी शिविर में रोटी के दो टुकड़ों के लिए मोहताज होनेवाले हैं। इनमें आधे से अधिक हिंदू-सिख काट दिए जाएँगे और कई हजार हिंदू लड़कियों को उठा लिया जाएगा।" तो निश्चित ही उस व्यक्ति को लोगों ने पागल कहा होता।

परंतु दुर्भाग्य से यही सही था, और वैसा ही हुआ भी।

☐

दिल्ली के 17, यॉर्क रोड, अर्थात् नेहरू के निवास स्थान पर तमाम दौड़-धूप जारी थी। स्वतंत्र भारत के पहले मंत्रिमंडल का गठन होने जा रहा था। इस संबंध की अनेक औपचारिकताएँ पूरी करनी थीं। कल डॉ. राजेंद्र प्रसाद को मंत्रिमंडल स्थापना के संबंध में जो पत्र दिया जाना था, वह रह गया था। इसलिए आज सुबह नेहरू ने वह पत्र डॉ. राजेंद्र प्रसाद के घर भिजवाया।

☐

इधर श्रीनगर में गांधीजी की सुबह हमेशा की तरह ही हुई। पिछले 3 दिनों से उनका निवास स्थान, अर्थात् किशोरीलाल सेठी का घर, काफी आरामदेह था। परंतु अब गांधीजी के प्रस्थान का समय आ चुका था। उनका अगला ठिकाना जम्मू था। हालाँकि वहाँ पर वे अधिक समय रुकनेवाले नहीं थे, क्योंकि उन्हें आगे पंजाब में जाना था। इसलिए नित्य प्रार्थना समाप्त करने के बाद गांधीजी ने स्वल्पाहार ग्रहण किया। शेख अब्दुल्ला की बीवी, यानी बेगम अकबर जहां और उनकी लड़की, सुबह से ही गांधीजी को विदा करने के लिए पहुँचे हुए थे। बेगम साहिबा की तहेदिल से यह इच्छा थी कि गांधीजी अपने संपूर्ण प्रभाव का इस्तेमाल करते हुए शेख अब्दुल्ला को जेल से बाहर निकालने का प्रयास करें। इसी विषय पर वे बारंबार गांधीजी को स्मरण दिलवाती रहती थीं। गांधीजी भी अपने दाँत विहीन पोपले मुँह से मुसकराते हुए, उन्हें समर्थन देते रहते थे।

(उस समय बेगम साहिबा को कतई अंदाजा नहीं था कि गांधीजी की इस मेजबानी और

उनकी लगातार विनती का फायदा होगा, और शेख अब्दुल्ला साहब उनकी सजा पूरी होने से काफी पहले, केवल डेढ़ माह में ही जेल से बाहर आएँगे।)

दरवाजे के बाहर गाड़ियों का काफिला खड़ा था। मेजबान, यानी किशोरीलाल सेठी स्वयं सारी व्यवस्थाओं पर ध्यान रखे हुए थे। महाराजा हरिसिंह के राजदरबार से भी एक अधिकारी गांधीजी की विदाई हेतु नियुक्त किया गया था। ठीक दस बजे गांधीजी के इस काफिले ने अपनी पहली कश्मीर यात्रा का समापन करते हुए, जम्मू की दिशा में प्रवास शुरू किया।

□

सईद हारून, उन्नीस वर्ष का एक लड़का। जिन्ना का परम भक्त। कराची में ही पैदा हुआ और बड़ा हुआ। आगे जाकर कॉलेज में 'मुस्लिम नेशनल गार्ड' के संपर्क में आया और उनका कट्टर कार्यकर्ता बन गया।

दोपहर चार बजे कराची के क्लिफटन नामक एक धनाढ्य बस्ती में स्थित एक मसजिद में उसने कुछ मुसलमान युवकों की एक बैठक रखी थी। कराची से सारे-के-सारे हिंदुओं को मारकर भगाने के लिए भिन्न-भिन्न उपायों पर चर्चा करने के लिए यह बैठक थी।

7 अगस्त को साक्षात् जिन्ना कराची में पधारने वाले थे। उनके स्वागत की तैयारियाँ भी इस चर्चा का एक प्रमुख मुद्दा था। मुस्लिम नेशनल गार्ड के सभी कार्यकर्ता भावुक हो चले थे। पिछले कुछ दिनों से इन सभी का प्रशिक्षण चल रहा था, लेकिन इनमें से एक लड़के, गुलाम रसूल का कहना था, "आर.एस.एस. वाले ज्यादा अच्छे तरीके से प्रशिक्षण देते हैं।" अंत में यह सहमति बनी कि आर.एस.एस. के कार्यकर्ता और कुछ सिखों को छोड़कर बाकी कहीं से अधिक प्रतिकार होने की उम्मीद कम ही है। इसके अनुसार ही हिंदुओं पर हमला किया जाएगा।

□

सुबह वायसरॉय हाउस में बलूचिस्तान संबंधी अपनी बैठक निपटाकर बैरिस्टर मोहम्मद अली जिन्ना अपने 10, औरंगजेब रोड स्थित बँगले में वापस आए। दिल्ली के लुटियन जोन का यह बँगला जिन्ना ने सन् 1938 में खरीदा था। इस विशालकाय बँगले की दीवारों ने पिछले चार-पाँच वर्षों में अनेक महत्त्वपूर्ण राजनीतिक बैठकें देखी थीं। जिन्ना कुछ माह पहले ही समझ चुके थे कि दिल्ली से अब उनका दाना-पानी उठने वाला है। इसीलिए उन्होंने यह बँगला एक महीने पहले ही, प्रसिद्ध व्यवसायी रामकृष्ण डालमिया को बेच दिया था।

जिन्ना को यह आभास हो चला था कि अब शायद अगली दो या 3 रातें ही इस बँगले में उनकी अंतिम रातें साबित होने जा रही हैं। इस कारण, सामान की पैकिंग और साज-सँभाल के लिए उन्हें थोड़ा वक्त चाहिए था। गुरुवार, 7 अगस्त की दोपहर को वे लॉर्ड माउंटबेटन द्वारा उपलब्ध करवाए गए विशेष डकोटा विमान से कराची जानेवाले थे। कराची, यानी पाकिस्तान में...उनके सपनों के देश में...।

इस बीच उन्होंने एक प्रतिनिधिमंडल को समय दे रखा था। यह प्रतिनिधिमंडल था, दक्षिण भारत की विशाल रियासत, हैदराबाद के निजाम का। निजाम, भारत में विलय नहीं चाहता था। उसे पाकिस्तान में शामिल होना था। भौगोलिक रूप से यह

नितांत असंभव था। इसीलिए निजाम को स्वतंत्र राष्ट्र के रूप में, यानी 'हैदराबाद स्टेट' के रूप में, ही रहने की इच्छा थी। स्वतंत्र राष्ट्र की इच्छा रखनेवाले हैदराबाद के निजाम को अन्य देशों के साथ व्यापार करने के लिए एक बंदरगाह की आवश्यकता थी। चूँकि हैदराबाद भारत के बीच में स्थित था, और उसके पास कोई समुद्री किनारा नहीं था, इसलिए 'हैदराबाद स्टेट' को भारत के बीच से किसी बंदरगाह के लिए 'सुरक्षित मार्ग' मिले, इस हेतु 'मोहम्मद अली जिन्ना, लॉर्ड माउंटबेटन को एक पत्र लिखें', ऐसी विनती लेकर यह प्रतिनिधिमंडल आया था, जिससे जिन्ना चर्चा करनेवाले थे।

जिन्ना ने हैदराबाद के इस प्रतिनिधिमंडल की अच्छी खातिरदारी की। वे निजाम को दु:खी नहीं करना चाहते थे, क्योंकि आखिर एक बड़े भू-भाग पर

निजाम का शासन था। उनके पास अकूत धन-संपदा थी और वह मुसलमान भी थे। इसीलिए जिन्ना ने इस प्रतिनिधिमंडल की बातें बड़े ध्यान से सुनीं। वायसरॉय को वे ठीक वैसा ही पत्र लिखेंगे, ऐसा आश्वासन भी उन्होंने इस प्रतिनिधिमंडल के सदस्यों को दिया।

शाम ढलने लगी थी। आकाश में अभी भी बादल छाए हुए थे। गोधूलि बेला के इस वातावरण में एक प्रकार की उदासीनता पसर चुकी थी। हालाँकि इस लगभग उत्साहहीन माहौल में भी मोहम्मद अली जिन्ना, "मैं अगले दो दिनों में ही मेरे सपनों के देश, यानी पाकिस्तान जानेवाला हूँ", ऐसा विचार करके अपने मन को उत्साहित रखने का असफल प्रयास कर रहे थे।

□

उधर दूर, बंबई के लेमिंग्टन रोड पर नाज सिनेमा के पास, राष्ट्रीय स्वयंसेवक संघ का कार्यालय

कार्यालय हालाँकि छोटा-सा ही है, परंतु आज के दिन इस पूरे परिसर में एक विशिष्ट चैतन्यता का आभास हो रहा है। अनेक स्वयंसेवक कार्यालय की तरफ जाते दिखाई दे रहे हैं। शाम का अँधेरा हो चुका है। दीया-बत्ती का समय है। आज कार्यालय में प्रत्यक्ष सरसंघचालक श्री गुरुजी उपस्थित हैं।

बंबई के संघ अधिकारियों के साथ गुरुजी की तय की गई बैठक समाप्त हुई। बैठक के पश्चात् संघ की प्रार्थना हुई। विकीर के बाद स्वयंसेवक व्यवस्थित कतारों से बाहर निकले। सभी को गुरुजी से भेंट करने की इच्छा थी। गुरुजी के साथ ऐसी अनौपचारिक बैठकें बहुत लाभदायी सिद्ध होती थीं।

परंतु आज के दिन स्वयंसेवकों के मन में, इस बैठक को लेकर कौतूहल के साथ ही चिंता भी है क्योंकि कल से गुरुजी चार दिनों के सिंध प्रवास पर जा रहे हैं। 3 जून के निर्णय के अनुसार, समूचा सिंध प्रांत पाकिस्तान के कब्जे में जानेवाला है। कराची, हैदराबाद, नवाबशाह जैसे समृद्ध शहरों वाला सिंध प्रांत भारत में नहीं रहेगा, इसकी त्रासदी प्रत्येक स्वयंसेवक के मन में है।

संघ स्वयंसेवकों के मन में इससे भी अधिक चिंता का कारण यह है कि सिंध प्रांत में जबरदस्त दंगे शुरू हो गए हैं। मुस्लिम लीग के 'मुस्लिम नेशनल गार्ड' ने 15 अगस्त से पहले सिंध से सभी हिंदुओं का सफाया करने का निश्चय किया है। चूँकि कराची शहर, जिन्ना का निवास होने के कारण, होने जा रहे पाकिस्तान की 'अस्थायी राजधानी' जैसा बन चुका है। इसलिए इस शहर में बड़े पैमाने

पर पुलिस और सेना का बंदोबस्त है। इसी कारण कराची शहर में हिंदुओं पर होनेवाले आक्रमणों और अत्याचारों की संख्या तुलनात्मक रूप से कम है। लेकिन हैदराबाद, नवाबशाह जैसे शहरों एवं ग्रामीण भागों में बड़े पैमाने पर हिंसाचार, हिंदुओं की लड़कियाँ उठा ले जाना, उनके मकान और कारखाने जलाना, दो-चार हिंदू कहीं अलग से दिखाई दे जाएँ तो उन्हें दिन-दहाड़े काट डालना जैसी असंख्य घटनाएँ सामने आ रही हैं।

ऐसी विकट परिस्थिति में गुरुजी की सुरक्षा की चिंता प्रत्येक स्वयंसेवक के मन में है और उनके चेहरे पर झलक रही है।

समूचा सिंध प्रांत जल रहा है, दंगों की आग भड़क चुकी है। हिंदुओं की लड़कियाँ उठाना मुसलमान गुंडों का प्रिय शगल बन चुका है। अनेक स्थानों पर, जहाँ पुलिस कम संख्या में है, वहाँ पुलिस का भी सक्रिय समर्थन इन मुस्लिमों को मिला हुआ है। इस कठिन परिस्थिति में संघ के स्वयंसेवक अपने स्तर पर हिंदुओं की यथासंभव मदद कर रहे हैं और उन्हें सुरक्षित भारत पहुँचाने का रास्ता साफ कर रहे हैं।

इन्हीं बहादुर संघ स्वयंसेवकों से भेंट करने के लिए गुरुजी अपने साथ डॉक्टर आबाजी थत्ते को लेकर सिंध प्रांत के दंगाग्रस्त इलाके में जा रहे हैं...।

□

रात के ग्यारह बज चुके हैं। अगस्त महीने की यह नमी भरी रात है। सिंध, बलूचिस्तान, बंगाल—इन प्रांतों में अधिकांश हिंदुओं और सिखों के घरों में रतजगा जारी है। दहशत के इस वातावरण में भला किसी को नींद आती भी तो कैसे? घर के बाहर युवाओं की गश्त चल रही है, जबकि घर के अंदर जितने भी शस्त्र मौजूद हैं, उन्हें लेकर सभी आबाल वृद्ध, चिंतित चेहरे लेकर रात भर बैठे रहते हैं। देश के आधिकारिक विभाजन में अब केवल दस रातों का ही समय बचा है।

लायलपुर जिले का जरनवाला गाँव...शहीद भगतसिंह का पैतृक गाँव। गाँव तो क्या, लगभग शहरी इलाके को टक्कर देता हुआ ही है। इस गाँव में हिंदू और सिख बड़ी संख्या में रहते हैं। इसलिए उनका आशावाद ऐसा है कि शायद इस गाँव पर मुसलमानों का हमला नहीं होगा, लेकिन रात के ग्यारह बजे अचानक गाँव की 3 दिशाओं से पचास-पचास के जत्थों में, मुस्लिम नेशनल गार्ड के हमलावर कार्यकर्ता तेज धारोंवाली तलवारें, फरसे और चाकुओं के साथ 'अल्ला-हो-अकबर' का नारा लगाते हुए दौड़ते आए। इस हमलावर भीड़ ने सरदार करतार सिंह के घर को सबसे पहले निशाना बनाया। करतार सिंह का मकान सादा मकान

नहीं, बल्कि एक मजबूत गढ़ी है। अंदर सरदार करतार सिंह का 18 सदस्यीय परिवार है। वे भी अपनी-अपनी कृपाणें एवं तलवार लेकर तैयार बैठे हैं। स्त्रियों के हाथों में लाठियाँ और चाकू हैं। करतार सिंह की आँखों में गुस्से से खून उतर आया है।

इतने में मकान के बाहर से केरोसिन में भिगोया हुआ, कपास और कपड़े का बना हुआ, एक जलता हुआ गोला बाहर पड़ी खटिया पर आ गिरा। खटिया जलने लगी। इतने में वैसे ही कई कपड़े के जलते हुए गोले घर के अंदर बरसने लगे। मजबूरी में करतार सिंह और उनके परिवार को, किले जैसे मजबूत घर से बाहर निकलने के अलावा कोई विकल्प बचा ही नहीं। 'जो बोले सो निहाल, सत् श्री अकाल' का उद्घोष करते हुए, क्रोध की ज्वाला अपनी आँखों में लिए, करतार सिंह के परिवार के ग्यारह पुरुष अपनी तलवारें और कृपाणें लेकर बाहर निकले। लगभग आधे घंटे तक उन्होंने मुसलमानों के उस विशाल आक्रांता समूह का बड़ी हिम्मत और वीरता से जवाब दिया, लेकिन इन सिखों में से नौ वहीं पर मार दिए गए। गाँववाले अन्य हिंदू इनकी मदद के लिए दौड़े आए, इसलिए केवल दो लोगों को ही बचाना संभव हो सका। घर में छिपी बैठी सात स्त्रियों में से चार वृद्ध स्त्रियों को मुस्लिम नेशनल गार्ड के कार्यकर्ताओं ने जलाकर मार डाला, जबकि दो जवान सिख लड़कियों को वे उठाकर भाग निकले। करतार सिंह की पत्नी कहाँ गई, किसी को नहीं मालूम...।

मुसलमानों द्वारा दहशत का निर्माण किया जा चुका था। 4 अगस्त की मध्य रात्रि तक अनेक स्थानों पर ऐसे ही हजारों हिंदू-सिख परिवार, अपना सबकुछ वहीं छोड़-छाड़कर हिंदुस्तान में शरण लेने की मन:स्थिति में आ चुके थे...!

□

पाँचवाँ : 5 अगस्त, 1947

आज अगस्त महीने की 5 तारीख...आकाश में बादल छाए हुए थे, लेकिन फिर भी थोड़ी ठंड महसूस हो रही थी। जम्मू से लाहौर जाते समय रावलपिंडी का रास्ता अच्छा था, इसीलिए गांधीजी का काफिला पिंडी मार्ग से लाहौर की तरफ जा रहा था।

रास्ते में 'वाह' नामक एक शरणार्थी शिविर लगता था। गांधीजी के मन में इच्छा थी कि इस शिविर में जाकर देखा जाए, लेकिन उनके साथ जो कार्यकर्ता थे, वे चाहते थे कि गांधीजी वहाँ न जा सकें, क्योंकि 'वाह' के उस शरणार्थी शिविर में दंगों से बचे हुए हिंदू-सिखों का तात्कालिक बसेरा था। इन हिंदुओं और सिखों की दर्दनाक आपबीती हृदयद्रावक थी। ये सभी शरणार्थी, जो कल लखपति थे, आज अपना घर-बार छोड़कर इस शिविर में शरण लेने आए थे। इनमें से अनेक के परिजन मुस्लिम गुंडों के हाथों मारे गए थे। अनेक की बहनों, बेटियों, पत्नियों के साथ उनकी आँखों के सामने ही बलात्कार किया गया था, जो उन्होंने खून के घूँट पीकर सहन किया। इसीलिए स्वाभाविक ही था कि कांग्रेस और गांधीजी के प्रति इन परिवारों का क्रोध इस शरणार्थी शिविर में साफ-साफ दिखाई दे रहा था।

कांग्रेस के कार्यकर्ता सोचते थे कि गांधीजी को इस शिविर में ले जाना उनकी सुरक्षा के लिए ठीक नहीं होगा। परंतु गांधीजी का निश्चय अटल था कि "मैं 'वाह' के शरणार्थी शिविर जरूर जाऊँगा और उन परिवारों से भेंट करूँगा।" अंततः यह निश्चित हुआ कि गांधीजी वहाँ जाएँगे। दोपहर होते-होते गांधीजी का काफिला इस शरणार्थी शिविर में पहुँचा।

'वाह' का यह शरणार्थी शिविर एक तरह से रक्तरंजित इतिहास का जीवंत उदाहरण था। पिछले माह तक इस शिविर में शरणार्थियों की संख्या पंद्रह हजार तक पहुँच चुकी थी, लेकिन जैसे-जैसे 15 अगस्त का दिन नजदीक आ रहा था, वैसे-

वैसे इस शिविर के शरणार्थियों की संख्या कम होती जा रही थी क्योंकि यह पता चल चुका था कि यह क्षेत्र पाकिस्तान के कब्जे में जानेवाला है। हिंदू और सिख परिवारों ने यह समझ लिया था कि अब वे पाकिस्तान में सुरक्षित नहीं रहेंगे। इसलिए सभी निर्वासित लोग, जैसे भी संभव हो रहा था, पूर्वी पंजाब की तरफ भागते चले जा रहे थे। गांधीजी जब पहुँचे, तब शिविर में नौ हजार लोग थे। इनमें अधिकांशत: पुरुष ही थे, कुछ प्रौढ़ और बुजुर्ग महिलाएँ भी थीं, लेकिन एक भी जवान लड़की इस पूरे शिविर में नहीं थी, क्योंकि शिविर में पहुँचने से पहले ही मुस्लिम नेशनल गार्ड के कार्यकर्ताओं ने या तो उनका अपहरण करके बलात्कार किया था अथवा हत्या कर दी थी। यह शरणार्थी शिविर नहीं, बल्कि 'यातना शिविर' जैसा प्रतीत हो रहा था। बारिश हो चुकी थी, चारों तरफ कीचड़ जमा था। अनेक टेंट टपक रहे थे, स्थान-स्थान पर राशन-पानी लेने के लिए लंबी-लंबी कतारें लगी हुई थीं।

गांधीजी के पहुँचने के बाद कुछ शिविरार्थियों को, जिस स्थान पर कम-से-कम कीचड़ था, वहाँ एकत्र किया गया। नौ हजार में से लगभग एक-डेढ़ हजार शरणार्थी गांधीजी को सुनने के लिए जमा हो गए। कीचड़ और गंदे पानी के बेहद बदबूदार माहौल में, गांधीजी ने पहले अपनी प्रार्थना की और उसके पश्चात् शिविरार्थियों के साथ संवाद आरंभ किया। भीड़ में से दो सिख खड़े हुए, उनका कहना था, "यह शिविर तत्काल ही पूर्वी पंजाब में स्थानांतरित किया जाए, क्योंकि

15 अगस्त के बाद यहाँ पाकिस्तान का शासन हो ज़ाएगा···पाकिस्तान का शासन, यानी मुस्लिम लीग का शासन। जब ब्रिटिशों के शासन में ही मुसलमानों ने हिंदुओं और सिखों के इतने सारे कत्ल-बलात्कार किए हैं तो जब उनका शासन आ जाएगा, तब हमारा क्या होगा, इसकी कल्पना भी नहीं की जा सकती।"

इस पर गांधीजी थोड़ा मुसकराए और अपनी धीमी आवाज में बोलने लगे, *"आप लोगों को 15 अगस्त के बाद के दंगों का भय सता रहा है, लेकिन मुझे ऐसा नहीं लगता। मुसलमानों को पाकिस्तान चाहिए था, वह उन्हें मिल चुका है। इसलिए अब वे दंगा करेंगे, ऐसा मुझे तो कतई नहीं लगता। इसके अलावा स्वयं जिन्ना साहब और मुस्लिम लीग के कई नेताओं ने मुझे शांति और सौहार्द का भरोसा दिलाया है। उन्होंने मुझे आश्वस्त किया है कि पाकिस्तान में हिंदू और सिख सुरक्षित रहेंगे। इसलिए हमें उनके आश्वासन का आदर करना चाहिए। यह शरणार्थी शिविर पूर्वी पंजाब में ले जाने का कोई कारण मुझे समझ नहीं आता। आप लोग यहाँ पर सुरक्षित रहेंगे। अपने मन में से दंगों का भय निकाल दें। यदि मैंने पहले से ही नोआखाली जाने की स्वीकृति नहीं दी होती, तो 15 अगस्त को मैं आपके साथ यहीं पर रहता··। इसलिए आप लोग चिंता न करें।" (Mahatma Volume 8, Life of Mohandas K. Gandhi—D.G. Tendulkar)*

जब गांधीजी शिविर में यह सब बोल रहे थे, उस समय सामने खड़ी भीड़ के चेहरों पर क्रोध; चिढ़ और हताशा साफ दिखाई दे रही थी। लेकिन फिर भी इन शरणार्थियों के मन में मुसलमानों के प्रति इतना भय और क्रोध क्यों है, यह गांधीजी की समझ में नहीं आ रहा था। हालाँकि बाद में गांधीजी ने अपने प्रतिनिधि के रूप में डॉक्टर सुशीला नायर को इसी शरणार्थी कैंप में ठहरने का आदेश दिया।

□

उधर लाहौर की दोपहर···

लाहौर यानी प्रभु रामचंद्र के पुत्र 'लव' के नाम पर स्थापित शहर। पंजाबी संस्कृति का मायका, शालीमार उद्यान का शहर, नूरजहां और जहांगीर के मकबरे वाला शहर, महाराजा रंजीतसिंह का शहर, अनेक मंदिरों, मसजिदों और गुरुद्वारों का शहर··· कामिनी कौशल का शहर···। पंजाबी रंग-ढंग में रचा-बसा, उत्साह से लबालब भरा लाहौर शहर।

परंतु आज 5 अगस्त, 1947 की यह दोपहर बड़ी सुस्त-सी थी। लगभग उदासी भरी दोपहर। क्योंकि आज लाहौर शहर के सभी हिंदू और सिख व्यापारियों ने

'शहर बंद' का आयोजन किया था। इन समुदायों पर लगातार होनेवाले हमले और अत्याचारों के विरोध में इन्होंने आज का बंद आयोजित किया था। इससे पहले हिंदू-सिख प्रतिनिधि मंडल ने विभिन्न स्तरों पर अपनी बात मजबूती से रखी थी। आज से तीन-साढ़े तीन महीने पहले ही, अर्थात् अप्रैल में ही, लाहौर, रावलपिंडी सहित आसपास के इलाकों में मुसलमानों द्वारा किए गए आक्रमणों के जख्म हरे ही थे, और आगे भी इन हमलों की तेजी में कोई कमी होने के चिह्न नजर नहीं आ रहे थे।

मुस्लिम नेशनल गार्ड की आक्रामकता बढ़ती ही जा रही थी। उनकी धमकियाँ और प्रतिदिन के उत्पात बढ़ रहे थे। कहने के लिए तो 'नेशनल मुस्लिम गार्ड' का मुस्लिम लीग से कोई संबंध नहीं था, परंतु यह केवल दिखावा भर था। मुस्लिम नेशनल गार्ड मुस्लिम लीग का ही झंडा उपयोग कर रहा था। वास्तविकता यह थी कि मुस्लिम नेशनल गार्ड तो मुस्लिम लीग का ही छिपा हुआ एक आक्रामक संगठन था। हिंदू एवं सिख व्यापारियों को पाकिस्तान से खदेड़ना और उनकी जवान बहन-बेटियाँ उठा ले जाना, यही इनका मुख्य काम-धंधा बन चुका था।

लेकिन मंगलवार, 5 अगस्त की इस उदास दोपहर में लाहौर के गवर्नर हाउस में कतई सुस्ती नहीं थी। गवर्नर सर इवान जेन्किन्स बड़ी बेचैनी के साथ अपने दफ्तर में काम कर रहे थे। जेन्किन्स अब पूरी तरह से पंजाबी संस्कृति में ढल चुके ब्रिटिश नौकरशाह थे। पंजाब के बारे में उनकी जानकारी एकदम परिपूर्ण एवं अचूक थी। इसीलिए वह मन-ही-मन चाहते थे कि विभाजन न हो। आज दिन भर में लाहौर की घटनाओं पर उनकी विशेष निगरानी बनी हुई थी। सिखों द्वारा व्यापार की हड़ताल के कारण कहीं दंगे और न भड़क जाएँ, इसकी चिंता उन्हें सता रही थी।

मुस्लिम नेशनल गार्ड की तरफ से दंगे भड़काने का पूरा प्रयास किया जा रहा है, इस बात की खुफिया खबर उनके पास पहले ही पहुँच चुकी थी। इसी अफरा-तफरी में 'कल गांधीजी लाहौर की संक्षिप्त यात्रा पर आनेवाले हैं' यह सूचना भी उनके पास थी··· इसलिए उनकी चिंता और अधिक बढ़ रही थी।

लाहौर के गोमती बाजार, किशन नगर, संत नगर, राम गली, राजगढ़ जैसे हिंदू बहुल भागों में व्यापार हड़ताल एकदम सफल थी। यहाँ तक कि रास्तों पर भी इक्का-दुक्का लोग ही दिख रहे थे। यह सारा इलाका हिंदू-सिख बहुल था। इस इलाके में राष्ट्रीय स्वयंसेवक संघ की शाखाओं का जबरदस्त नेटवर्क बना हुआ था। प्रतिदिन शाम को विभिन्न मैदानों में लगनेवाली प्रत्येक शाखा में कम-से-कम दो सौ से 3 सौ हिंदू और सिख जवान हाजिर रहते थे। मार्च से पहले लाहौर में संघ की शाखाओं की संख्या ढाई सौ पार कर गई थी। मार्च-अप्रैल के दंगों के बाद अनेक हिंदू विस्थापित हो चुके थे, और अब उन इलाकों की शाखाएँ बंद हो गई थीं। लाहौर के 3 लाख हिंदू-सिखों में से लगभग एक लाख से अधिक हिंदू-सिख पिछले 3 माह में लाहौर छोड़कर पूर्वी पंजाब (यानी भारत) में जा चुके थे।

□

दंगों, आगजनी, लूटपाट, बलात्कार के इस अशांत वातावरण के बीच लाहौर से पौने आठ सौ मील दूर, सिंध प्रांत के कराची में एक अलग प्रकार की हड़बड़ी दिखाई दे रही थी। सामान्यत: बेहद कम भीड़-भाड़ वाले कराची हवाई अड्डे पर आज चारों तरफ भारी भीड़ थी। ठीक दोपहर 12:55 पर राष्ट्रीय स्वयंसेवक संघ के सरसंघचालक श्री गोलवलकर गुरुजी, टाटा एयर सर्विसेस के विमान से बंबई से कराची आनेवाले थे। बंबई के जुहू हवाई अड्डे से यह विमान ठीक 8:00 बजे निकल चुका था। बीच रास्ते में इसे अहमदाबाद में एक संक्षिप्त विराम लेना था और अब यह कराची पहुँचने ही वाला था। इस विमान में गुरुजी के साथ डॉक्टर आबाजी थत्ते भी थे।

नए बननेवाले पाकिस्तान के इस बेहद अशांत माहौल में, गुरुजी की सुरक्षा की पूरी व्यवस्था स्वयंसेवकों ने अपने हाथ में ले रखी थी। बड़े पैमाने पर स्वयंसेवक कराची हवाई अड्डे पर उपस्थित थे। कराची महानगर के कार्यवाह लालकृष्ण आडवाणी भी इन स्वयंसेवकों में शामिल थे। गुरुजी की कार के साथ-साथ मोटरसाइकिल पर चलनेवाले स्वयंसेवकों का एक अलग गुट मौजूद था। कराची हवाई अड्डा कुछ खास बड़ा नहीं था, इसलिए सैकड़ों स्वयंसेवकों की भीड़ बहुत भारी भीड़ लग रही थी। ठीक 1:00 बजे गुरुजी और आबाजी विमान से उतरे। हवाई अड्डे पर खड़े स्वयंसेवकों के बीच किसी प्रकार की जल्दबाजी, आपाधापी अथवा

भ्रम नहीं था। सारे स्वयंसेवक अनुशासित पद्धति से अपना काम कर रहे थे। 3 स्वयंसेवक बुरका पहनकर आए थे और उसकी जाली में से अपनी चौकस निगाहों द्वारा पूरे हवाई अड्डे परिसर की निगरानी कर रहे थे। आबाजी के साथ ही गुरुजी हवाई अड्डे की मुख्य इमारत में पहुँचे और अचानक एक जोरदार गर्जना हुई··· 'भारत माता की जय'। गुरुजी को लेकर संघ कार्यकर्ताओं का एक बड़ा-सा काफिला कराची शहर की तरफ बढ़ चला। आज शाम को ही संघ का पूर्ण गणवेश में एक विशाल पथ संचलन निकलनेवाला था और कराची के प्रमुख चौराहे पर गुरुजी की आमसभा निश्चित की गई थी।

केवल नौ या दस दिनों के भीतर, जो भाग पाकिस्तान में शामिल होने जा रहा हो तथा वर्तमान में जिस कराची शहर को पाकिस्तान की अस्थायी राजधानी कहा जा रहा हो, ऐसे शहर में हिंदुओं द्वारा पथ संचलन निकालना और गुरुजी की आमसभा आयोजित करना एक अत्यधिक साहसी कदम था। दंगाई मुसलमानों को एक कठोर संदेश देने तथा हिंदू-सिखों के मन में आत्मविश्वास निर्माण करने के लिए ही संघ ने यह पुरुषार्थ प्रदर्शित करने का फैसला किया था।

शाम को ठीक 5:00 बजे संचलन निकला। इस संचलन की सुरक्षा के लिए स्वयंसेवकों

ने विशेष व्यवस्था की थी। दस हजार स्वयंसेवकों का यह शानदार संचलन इतना जबरदस्त और प्रभावशाली था कि किसी भी मुसलमान की हिम्मत नहीं हुई कि यह इस पर हमला कर दे।

□

भारत की पूर्वी और पश्चिमी सीमाओं पर हो रहे हिंदू-मुस्लिम दंगों एवं अशांति से दूर, तथा शरणार्थी शिविरों के दुःख, पीड़ा एवं क्रोध से परे, दिल्ली के 17, यॉर्क रोड, अर्थात् स्वतंत्र भारत के पहले प्रधानमंत्री जवाहरलाल नेहरू के निवास पर उनके नए मंत्रिमंडल के गठन एवं नई सरकार के काम-काज के संबंध

में मंत्रणाओं का दौर जारी था। मंगलवार, 5 अगस्त की दोपहर अब शाम में ढलने जा रही थी, और नेहरू उन्हें आई हुई चिठ्ठियों के जवाब डिक्टेट करने में लगे हुए थे।

नेहरू के सामने 1 अगस्त को लॉर्ड माउंटबेटन द्वारा भेजा गया पत्र था, जिसमें उन्होंने पूछा था कि 'भारत सरकार के वर्तमान ऑडिटर जनरल सर बर्टी स्टेग को स्वतंत्र भारत में भी इसी पद पर कार्य करने के लिए सेवा अवधि में बढ़ोतरी होगी या नहीं।' इसमें उन्होंने लिखा था कि 'यदि उनकी कार्यावधि बढ़ाई जाती है, तो सर बर्टी स्टेग स्वयं भारत में अपना काम-काज आगे जारी रखने में रुचि रखते हैं।'

इस पत्र को सामने रखकर नेहरू अपने सचिव को इसका उत्तर लिखवाने लगे कि 'सर बर्टी स्टेग फिलहाल वित्त मंत्रालय के आर्थिक सलाहकार हैं और भारत

के ऑडिटर जनरल भी हैं। आपको तो यह जानकारी होगी ही कि हमारी नीति यह है कि जिन अंग्रेज अधिकारियों को स्वतंत्र भारत में अपना काम जारी रखने की इच्छा है, उन सभी अधिकारियों को हम सेवावृद्धि देंगे। परंतु जिन पदों पर योग्य भारतीय मिल जाएँगे, वहाँ हम भारतीय अधिकारियों की ही नियुक्ति करेंगे। फिलहाल तो यह नीति कायम है कि जिन अधिकारियों को यहाँ काम करने की इच्छा है, वे अपने पद पर बने रहें। जाहिर है कि सर बर्टी स्टेग स्वतंत्र भारत के ऑडिटर जनरल के रूप में काम जारी रखें, हमें कोई आपत्ति नहीं है।'

नेहरू के सामने दूसरा पत्र भी लॉर्ड माउंटबेटन का ही था, लेकिन थोड़ा पिछली दिनांक, यानी 14 जुलाई का। इस पत्र में लॉर्ड माउंटबेटन ने दो बातें लिखी थीं। पहली तो जानकारी चाही थी कि उनके स्टाफ का आगे क्या भविष्य है, उन्हें

क्या करना है, और दूसरी बात यह कि नई सरकार चाहे तो स्वतंत्र भारत में वे अपना विशाल वायसरॉय हाउस छोड़कर किसी छोटे बँगले में जाना पसंद करेंगे, आगे जैसा भी निर्णय हो।

इस पत्र का उत्तर देने से पहले नेहरू कुछ देर विचारमग्न रहे और फिर धीरे-से अपने सचिव को उन्होंने इस पत्र का उत्तर डिक्टेट किया।

"प्रिय लॉर्ड माउंटबेटन,

आपके 14 जुलाई वाले पत्र में आपने प्रमुखता से दो मुद्दों का उल्लेख किया है, आपके स्टाफ और आपके आगामी रिहायशी बँगले के बारे में। इसमें से पहले मुद्दे के बारे में आपको ही निर्णय लेना है। आपकी आवश्यकताओं के अनुरूप जो भी सेवक वर्ग आपको चाहिए, स्वतंत्र भारत की तरफ से वह आपके साथ ही रहेगा। मुझे यह जानकर प्रसन्नता है कि 'लॉर्ड इस्मे' आपके साथ ही रहेंगे। आपके पद की तुलना में छोटे बँगले में स्थानांतरण संबंधी आपका विचार स्तुत्य है। परंतु वर्तमान में आपके पद की गरिमा के अनुकूल ऐसा कोई बँगला खोजना कठिन है। वैसे भी उस 'वायसरॉय हाउस' का तत्काल हमें, यानी स्वतंत्र भारत सरकार के लिए, कोई उपयोग नहीं है। इसीलिए फिलहाल आप दोनों पति-पत्नी अभी वायसरॉय हाउस में ही निवास करें, यह गुजारिश है...।"

□

कराची के प्रमुख चौराहे के पास स्थित खाली मैदान में सरसंघचालक जी की आमसभा की तैयारियाँ हो चुकी थीं। एक छोटा सा मंच और उस पर 3 कुरसियाँ। सामने एक छोटा सा टेबल, जिस पर पानी पीने के लिए लोटा-गिलास रखा हुआ था। मंच पर केवल एक माइक की व्यवस्था थी। मंच के सामने सारे स्वयंसेवक अनुशासित पद्धति से बैठे हुए थे। नागरिकों के लिए दोनों तरफ बैठने की व्यवस्था थी। दाईं तरफ आज की इस आमसभा के अध्यक्ष साधु टी.एल. वासवानीजी बैठे थे। साधु वासवानी, सिंधी समाज के गुरु थे। सिंधियों में उनका बड़ा मान-सम्मान था। गुरुजी की बाईं तरफ सिंध प्रांत के संघचालक बैठे थे। गुरुजी

को सुनने के लिए श्रोताओं की विशाल भीड़ जमा हो चुकी थी। सबसे पहले साधु वासवानी ने प्रस्तावना रखते हुए अपना भाषण दिया। उन्होंने कहा, "इतिहास में इस घड़ी, इस समय का विशेष महत्त्व रहेगा, जब हम सिंधी हिंदुओं के समर्थन में राष्ट्रीय स्वयंसेवक संघ एक मजबूत पहाड़ की तरह डटा हुआ है।"

इसके पश्चात् गुरुजी गोलवलकर का मुख्य भाषण शुरू हुआ। धीमी, किंतु धीर-गंभीर, दमदार आवाज, स्पष्ट उच्चारण और मन में सिंध प्रांत के तमाम हिंदुओं के प्रति उनकी प्यार भरी बेचैनी... उन्होंने कहा, "*...हमारी मातृभूमि पर एक बड़ी विपत्ति आन पड़ी है। मातृभूमि का विभाजन अंग्रेजों की 'फूट डालो और राज करो' नीति का ही परिणाम है। मुस्लिम लीग ने जो पाकिस्तान हासिल किया है, वह हिंसात्मक पद्धति से, अत्याचार का तांडव मचाते हुए हासिल किया है। हमारा दुर्भाग्य है कि कांग्रेस ने मुस्लिम लीग के सामने घुटने टेक दिए। मुसलमानों और उनके नेताओं को गलत दिशा में मोड़ा गया है। ऐसा कहा जा रहा है कि वे इसलाम पंथ का पालन करते हैं, इसलिए उन्हें अलग राष्ट्र चाहिए जबकि देखा जाए तो उनके रीति-रिवाज, उनकी संस्कृति पूर्णत: भारतीय है...अरबी मूल की नहीं...। यह कल्पना करना भी कठिन है कि हमारी खंडित मातृभूमि, सिंधु नदी के बिना हमें मिलेगी। यह प्रदेश सप्त सिंधु का प्रदेश है। राजा दाहिर के तेजस्वी शौर्य का यह प्रदेश है। हिंगलाज देवी के अस्तित्व से पावन हुआ, ये सिंध प्रदेश हमें छोड़ना पड़ रहा है। इस दुर्भाग्यशाली और संकट की घड़ी में सभी हिंदुओं को आपस में मिल-जुलकर, एक-दूसरे का ध्यान रखना चाहिए। संकट के यह दिन भी खत्म हो जाएँगे, ऐसा मुझे विश्वास है...*" गुरुजी के इस ऐत्रिहासिक भाषण से सभी सुननेवालों के शरीर पर रोमांच उठे। हिंदुओं में एक नए जोश का संचार हो उठा।

भाषण के पश्चात् कराची शहर के कुछ प्रमुख नागरिकों के साथ गुरुजी का चाय-पान का कार्यक्रम रखा गया था। इसमें अनेक हिंदू नेता तो गुरुजी के परिचय वाले ही थे, क्योंकि प्रतिवर्ष अपने प्रवास के दौरान गुरुजी इनसे भेंट करते ही रहते थे। इनमें रंगनाथानंद, डॉ. चोईथराम, प्रोफेसर घनश्याम, प्रोफेसर मलकानी, लालजी मेहरोत्रा, शिवरतन मोहता, भाई प्रताप राय, निश्चल दास वजीरानी, डॉ. हेमनदास वाधवानी, मुखी गोविंदम इत्यादि अनेक गणमान्य लोग इस चाय-पान बैठक में उपस्थित थे।

'सिंध ऑब्जर्वर' नामक दैनिक के संपादक और कराची के एक मान्यवर व्यक्तित्व, के. पुनैया भी इस बैठक में उपस्थित थे। उन्होंने गुरुजी से प्रश्न किया,

"हम यदि खुशी-खुशी विभाजन को स्वीकार कर लें, तो इसमें दिक्कत क्या है? मनुष्य का एक पैर सड़ जाए तो उसे काट देने में क्या समस्या है? कम-से-कम मनुष्य जीवित तो रहेगा न?" गुरुजी ने तत्काल उत्तर दिया कि, "हाँ···सही कहा, मनुष्य की नाक कटने पर भी तो वह जीवित रहता ही है न?"

सिंध प्रांत के हिंदू बंधुओं के पास बताने लायक अनेक बातें थीं, दुःख-दर्द थे। अपने अंधकारमय भविष्य को सामने देख रहे ये हिंदू, अत्यंत पीड़ित अवस्था में लगभग हताश हो चले थे। इन्हें गुरुजी के साथ बहुत सी बातें साझा करनी थीं, परंतु समय बहुत कम था। अनेक काम और भी करने थे। गुरुजी को उस प्रांत के प्रचारकों एवं कार्यवाहों की बैठक भी संचालित करनी थी। अन्य तमाम व्यवस्थाएँ भी जुटानी थीं।

5 अगस्त की रात को, जब उधर भारत की राजधानी दिल्ली शांत सोई हुई थी, उस समय पंजाब, सिंध, बलूचिस्तान और बंगाल में भीषण दंगों का दौर चल ही रहा था, तब इधर कराची में बैठा यह तपस्वी, विभाजन का यह विनाशकारी चित्र देखकर, हिंदुओं की आगामी व्यवस्था के बारे में विचार मग्न था।

□

छठा : 6 अगस्त, 1947

बुधवार...6 अगस्त। हमेशा की तरह गांधीजी तड़के ही उठ गए थे। बाहर अभी अँधेरा था। 'वाह' के शरणार्थी शिविर के निकट ही गांधीजी का पड़ाव भी था। वैसे तो 'वाह' कोई बड़ा शहर तो था नहीं। एक छोटा सा गाँव ही था। परंतु अंग्रेजों ने वहाँ पर अपना सैनिक ठिकाना तैयार किया हुआ था। इसीलिए 'वाह' का अपना महत्त्व था। प्रशासनिक भाषा में कहें तो यह 'वाह कैंट' था। इस 'कैंट' में, अर्थात् वाह के उस 'शरणार्थी कैंप' के इलाके में, एक बँगले में गांधीजी ठहरे हुए थे। वाह का शरणार्थी शिविर नजदीक ही था, इसलिए उस शिविर से आनेवाली गंदी बदबू अत्यधिक तीव्र महसूस हो रही थी। इसी बदबूवाली पृष्ठभूमि में गांधीजी ने अपनी प्रार्थना समाप्त की।

आज गांधीजी का काफिला लाहौर जानेवाला था। लगभग ढाई सौ मील की दूरी थी। संभावना थी कि कम-से-कम सात-आठ घंटे तो लगने ही वाले हैं। इसीलिए 'वाह' से जल्दी निकलने की योजना थी। निश्चित कार्यक्रम के मद्देनजर, सूर्योदय होते ही गांधीजी ने वाह कैंट छोड़ दिया और रावलपिंडी मार्ग से वे लाहौर की तरफ निकल पड़े।

□

लाहौर...

रावी नदी के तट पर स्थित यह शहर सिख इतिहास का महत्त्वपूर्ण शहर है। प्राचीन ग्रंथों में 'लवपुर' अथवा 'लवपुरी' के नाम से पहचाना जानेवाला शहर। इस शहर में लगभग चालीस प्रतिशत से ज्यादा हिंदू-सिखों की आबादी है। मार्च में मुस्लिम लीग द्वारा भड़काए गए दंगों के बाद बड़े पैमाने पर हिंदू और सिखों ने अपने घर-बार छोड़ने आरंभ कर दिए थे।

लाहौर आर्य समाजियों का भी गढ़ है। अनेक कट्टर आर्यसमाजी लाहौर में ही पले-बढ़े और इन्होंने संस्कृत भाषा को भी आगे बढ़ाया। लाहौर में इस समय अनेक संस्कृत पाठशालाएँ हैं। संस्कृत के पुरोधा तथा 'भारत विद्या' के प्रकाशक, 'मोतीलाल बनारसीदास' यहीं के हैं। हालाँकि अब लगातार होते दंगों के कारण उन्होंने अपना बोरिया-बिस्तर समेटकर भारत जाने का फैसला कर लिया है।

इस बात के स्पष्ट संकेत मिल चुके हैं कि लाहौर, पाकिस्तान में जाएगा। इस कारण महाराजा रणजीत सिंह की राजधानी और उनकी समाधिवाला यह शहर छोड़कर भारत जाना लाहौर के सिखों के लिए बहुत कठिन हो रहा है। शीतला माता मंदिर, भैरव मंदिर, दावर रोड स्थित श्रीकृष्ण मंदिर, दूधवाली माता मंदिर, डेरा साहब, भाभारियाँ स्थित श्वेतांबर और दिगंबर पंथ के जैन मंदिर, आर्य समाज मंदिर जैसे कई प्रसिद्ध मंदिरों का अब क्या होगा, इसकी चिंता प्रत्येक हिंदू-सिख के मन में है। प्रभु रामचंद्र के पुत्र लव, जिन्होंने यह शहर बसाया था, उनका मंदिर भी लाहौर के किले के अंदर स्थित है। वहाँ के पुजारियों को भी इस बात की चिंता है कि अब इस मंदिर का और हमारा भविष्य क्या होगा?

ऐसे ऐतिहासिक शहर लाहौर में गांधीजी कांग्रेस कार्यकर्ताओं के साथ बातचीत करनेवाले हैं। कांग्रेस कार्यकर्ताओं का दूसरा अर्थ हिंदू और सिख ही है क्योंकि लाहौर कांग्रेस के मुस्लिम कार्यकर्ता पहले ही 'मुस्लिम लीग' का काम करने लगे हैं। जब पाकिस्तान का निर्माण होना ही है और यहाँ कांग्रेस का कोई अस्तित्व

नहीं रहेगा, तो फिर क्यों खामख्वाह कांग्रेस का बोझा अपनी पीठ पर ढोना? यही सोचकर मुस्लिम कार्यकर्ता कांग्रेस से गायब हो चुके हैं। इसलिए अब लाहौर के इन बचे-खुचे हिंदू-सिख कार्यकर्ताओं को गांधीजी की यह भेंट बहुत ही आशादायक लग रही है।

□

जिस समय गांधीजी वाह से लाहौर के लिए निकल रहे थे, लगभग उसी समय राष्ट्रीय स्वयंसेवक संघ के सरसंघचालक, गुरुजी भी कराची से सिंध प्रांत के दूसरे बड़े शहर, हैदराबाद जाने के लिए निकले थे। गांधीजी की ही तरह वे भी तड़के चार बजे ही उठ गए थे। यह उनकी नियमित दिनचर्या थी। सुबह छह बजे सूर्योदय होते ही गुरुजी ने प्रभात शाखा में प्रार्थना की और शाखा पूर्ण करने के पश्चात् एक छोटी सी बैठक ली। सिंध प्रांत के सभी प्रमुख शहरों के संघचालक, कार्यवाह एवं प्रचारक इस बैठक में उपस्थित थे। ये सभी लोग गुरुजी के कल वाले कार्यक्रम के लिए कराची में आए थे। इस बैठक में पाकिस्तान के हिंदू-सिखों को हिंदुस्थान में सुरक्षित रूप से कैसे पहुँचाया जाए, इस बारे में योजना बनाई जा रही थी।

गुरुजी अपने कार्यकर्ताओं की व्यथा सुन रहे थे, उनकी समस्याएँ समझ रहे थे। पास में ही बैठे हुए डॉ. आबाजी थत्ते, बड़े ही व्यवस्थित पद्धति से अनेक बातों के नोट्स तैयार कर रहे थे। कल संघ के सार्वजनिक बौद्धिक में जो बातें गुरुजी ने अपने उद्‌बोधन में कही थीं, वे पुनः एक बार वरिष्ठ कार्यकर्ताओं को समझाईं 'हिंदुओं की सुरक्षा की जिम्मेदारी नियति ने ही संघ के कंधों पर सौंपी हैं'। गुरुजी ने कार्यकर्ताओं का हौसला बढ़ाया और कहा कि संगठन क्षमता से हम लोग बहुत सी असाध्य बातें भी सरलता से पूरी कर सकते हैं।

बैठक के पश्चात् सभी कार्यकर्ताओं के साथ गुरुजी ने अल्पाहार ग्रहण किया और लगभग सुबह नौ बजे गुरुजी हैदराबाद की तरफ निकल पड़े। कराची के कुछ स्वयंसेवकों के पास कार थी। उन्हीं में से एक कार में गुरुजी, आबाजी, प्रांत प्रचारक राजपाल जी पुरी एवं सुरक्षा की दृष्टि से एक स्वयंसेवक इस गाड़ी में बैठे। कारचालक भी शस्त्र से सुसज्जित था, भले ही ऊपर से ऐसा दिख नहीं रहा था। ऐसी ही एक और कार गुरुजी की कार के पीछे-पीछे चली। उसमें भी कुछ वरिष्ठ कार्यकर्ता थे, जो शस्त्रों से सज्जित थे। खतरे को भाँपते हुए इन दोनों कारों के आगे और पीछे कई स्वयंसेवक मोटरसाइकिल से चल रहे थे। दंगों के उस अत्यंत अस्थिर वातावरण में भी, किसी सेनापति या राष्ट्राध्यक्ष की तरह वहाँ के स्वयंसेवक गुरुजी गोलवलकर को हैदराबाद ले जा रहे थे।

कराची से हैदराबाद का रास्ता लगभग चौरानवे मील का है, लेकिन काफी अच्छा हैं। इस कारण ऐसा विचार था कि दोपहर भोजन के समय गुरुजी हैदराबाद पहुँच जाएँगे। रास्ते में ही प्रांत प्रचारक राजपाल जी ने गुरुजी को वहाँ की भयावह परिस्थिति के बारे में अवगत कर दिया था।

□

'17, यॉर्क रोड'… नेहरूजी के निवास स्थान का कार्यालय

नेहरूजी के सामने कल 5 अगस्त को लॉर्ड माउंटबेटन द्वारा लिखित एक पत्र रखा हुआ था। उसका उत्तर उन्हें देना था। माउंटबेटन ने एक बड़ी ही विचित्र माँग रख दी थी। काफी विचार करने के बाद नेहरूजी ने इस पत्र का उत्तर अपने सचिव को डिक्टेट करना आरंभ किया…

"प्रिय लॉर्ड माउंटबेटन,

आपके 5 अगस्त वाले पत्र का आभार। इस पत्र में आपने उन दिनों की सूची भेजी है, जिन दिनों में भारत की शासकीय इमारतों पर यूनियन जैक फहराया जाना चाहिए। मेरे अनुसार, इसका अर्थ यह निकलता है कि भारत के सभी सार्वजनिक स्थानों पर हमारे राष्ट्र ध्वज के साथ-साथ यूनियन जैक भी फहराया जाए। आपकी इस सूची में केवल एक दिन के बारे में मुझे समस्या है। वह दिन है 15 अगस्त का, अर्थात् हमारी स्वतंत्रता का दिवस। मुझे ऐसा लगता है कि इस दिन यूनियन जैक फहराना उचित नहीं होगा। हालाँकि लंदन स्थित 'इंडिया हाउस' पर आप उस दिन यूनियन जैक फहराएँ तो उसमें मुझे कोई आपत्ति नहीं है।

अलबत्ता जो अन्य दिन आपने सुझाए हैं, जैसे 1 जनवरी—सैनिक दिवस;

1 अप्रैल—वायुसेना दिवस; 25 अप्रैल—अन्झाक दिवस; 24 मई—राष्ट्रकुल दिवस; 12 जून—(ब्रिटेन के) राजा का जन्मदिन; 14 जून—संयुक्त राष्ट्रसंघ का ध्वज दिवस; 4 अगस्त—(ब्रिटिश) महारानी का जन्मदिन; 7 नवंबर—नौसेना दिवस; 11 नवंबर—विश्व युद्ध में दिवंगत हुए सैनिकों का स्मरण दिवस··· इन सभी दिनों में हमें कोई समस्या नहीं है। इन अवसरों पर सभी सार्वजनिक स्थानों पर यूनियन जैक फहराया जाएगा।"

□

डॉ. बाबासाहब आंबेडकर आज बंबई में हैं। स्वतंत्र भारत के पहले मंत्रिमंडल की घोषणा हुए अभी केवल दो ही दिन हुए हैं। ऐसे स्पष्ट संकेत हैं कि उन्हें कानून मंत्रालय सौंपा जाएगा। इस कारण बंबई के उनके निवास स्थान पर उनसे भेंट करनेवालों, विशेषकर शेड्यूल कास्ट फेडरेशन कार्यकर्ताओं की लंबी कतारें हैं। स्वाभाविक ही है, क्योंकि उनके प्रिय नेता को भारत के पहले केंद्रीय मंत्रिमंडल में मंत्री पद मिला है।

इस तमाम व्यस्तताओं के बीच बाबासाहब को थोड़ा एकांत चाहिए था। उनके दिमाग में अनेक विचार चल रहे थे। विशेषकर देश के पश्चिम भाग में भीषण हिंदू-मुस्लिम दंगों की खबरें उन्हें बेचैन कर रही थीं। इस संबंध में उनके विचार एकदम स्पष्ट थे। बाबासाहब भी विभाजन के पक्ष में ही थे, क्योंकि उनका यह

साफ मानना था कि हिंदुओं और मुसलमानों का सह-अस्तित्व संभव ही नहीं है। अलबत्ता विभाजन के लिए अपनी सहमति देते समय बाबासाहब की प्रमुख शर्त थी, 'जनसंख्या की अदला-बदली करना।' उनका कहना था कि चूँकि विभाजन धर्म के आधार पर हो रहा है, इसलिए प्रस्तावित पाकिस्तान के सभी हिंदू-सिखों को भारत में तथा भारत के सभी मुसलमानों को पाकिस्तान में विस्थापित किया जाना आवश्यक है। जनसंख्या की इस अदला-बदली से ही भारत का भविष्य शांतिपूर्ण होगा।

कांग्रेस के अन्य कई नेताओं, विशेषकर गांधीजी और नेहरू के कारण बाबासाहब का यह प्रस्ताव स्वीकार नहीं हुआ, इसका उन्हें बहुत दुःख हुआ था। उन्हें बार-बार लगता था कि यदि योजनाबद्ध तरीके से हिंदू-मुस्लिमों की जनसंख्या की अदला-बदली हुई होती, तो लाखों निर्दोषों के प्राण बचाए जा सकते थे। गांधीजी के इस वक्तव्य पर कि 'भारत में हिंदू-मुस्लिम भाई-भाई की तरह रहेंगे,' उन्हें बहुत क्रोध आता था।

कार्यकर्ताओं की भारी भीड़ से किसी तरह बाहर निकलकर बाबासाहेब अपने अध्ययन-कक्ष में बैठे थे। वे इस बात का विचार कर रहे थे कि अब उन्हें अपने मंत्रालय में क्या-क्या काम करने हैं? इसी बीच उन्हें ध्यान आया कि आज 'हिरोशिमा दिवस' है। आज के ही दिन अमेरिका ने जापान पर अणुबम गिराया था, इस घटना को दो वर्ष होने जा रहे हैं। जापान के निर्दोष नागरिकों की हत्या के स्मरण से बाबासाहब का मन खिन्न हो चला था।

आज शाम को बंबई के वकीलों की एक संस्था ने बाबासाहब का सार्वजनिक अभिनंदन समारोह आयोजित किया था। इस समारोह में क्या बोलना है, इस बात पर वे गहन विचार करने लगे।

☐

आज सूर्योदय प्रात: 6 बजकर 17 मिनट पर हुआ। परंतु इससे कुछ पहले ही गांधीजी ने लाहौर की दिशा में अपनी यात्रा आरंभ की। एक घंटे के बाद ही रावलपिंडी में उनका संक्षिप्त ठहराव था। वहाँ के कार्यकर्ताओं ने जिद करके गांधीजी को रोक लिया था। सभी के लिए शरबत एवं सूखे मेवे की व्यवस्था की गई थी। गांधीजी ने केवल नींबू शरबत ग्रहण किया।

दोपहर लगभग डेढ़ बजे गांधीजी का काफिला लाहौर पहुँचा। यहाँ भोजन करने के पश्चात्, तुरंत ही गांधीजी कांग्रेस के अपने कार्यकर्ताओं को संबोधित करनेवाले थे।

जिस कांग्रेस पदाधिकारी के यहाँ गांधीजी का भोजन होनेवाला था, उनका घर हिंदू बहुल बस्ती में ही था। हालाँकि वहाँ गांधीजी ने जो दृश्य देखा, वह मन को खिन्न करनेवाला ही था। उन्हें मार्ग में कुछ जले हुए मकान, कुछ जली हुई दुकानें दिखाई दीं। हनुमानजी के मंदिर का दरवाजा किसी ने उखाड़कर फेंक दिया था। एक प्रकार से देखा जाए तो वह मोहल्ला भुतहा नजर आ रहा था।

गांधीजी बहुत ही कम आहार लेते थे, केवल बकरी का थोड़ा-सा दूध, सूखा मेवा और अंगूर या कोई और फल। बस, इतना ही उनका आहार था। इन सभी वस्तुओं की व्यवस्था पहले ही कर ली गई थी। गांधीजी के साथ आए हुए काफिले के लोगों की भोजन व्यवस्था भी इसी पदाधिकारी के यहाँ थी। भोजन वगैरह संपन्न होने के पश्चात् लगभग ढाई बजे, गांधीजी कांग्रेस कार्यकर्ताओं की बैठक में पहुँचे।

हमेशा की तरह प्रार्थना के बाद उनकी सभा शुरू हुई। गांधीजी ने हल्के-हल्के मुसकराते हुए कार्यकर्ताओं से अपनी बात रखने का आग्रह किया...और मानो कोई बाँध ही फूट पड़ा हो, इस प्रकार सभी कार्यकर्ता धड़ाधड़ बोलने लगे। केवल हिंदू-सिख कार्यकर्ता ही बचे थे, वे अपने ही नेतृत्व पर बेहद चिढ़े हुए थे। क्रोध में थे। उन्हें अंतिम समय तक यही आशा थी कि जब गांधीजी ने कहा है कि देश का विभाजन नहीं होगा, और यदि हुआ भी तो वह मेरे शरीर के दो टुकड़े होने के बाद ही होगा, तो चिंता की कोई बात ही नहीं। इस बयान के आधार पर लाहौर के सभी कांग्रेस कार्यकर्ता आश्वस्त थे कि कुछ नहीं होगा।

लेकिन ऐसा नहीं हुआ। 3 जून को ही मानो सबकुछ बदल चुका था। इसी दिन विभाजन की घोषणा हुई थी, और वह भी कांग्रेस की सहमति से। 'अब अगले आठ-पंद्रह दिनों के भीतर हम जितना भी सामान समेट सकते हैं, उतना लेकर हमें निर्वासित की तरह भारत में जाना होगा। संपूर्ण जीवन, मानो उलट-पुलट हो गया है, अस्त-व्यस्त हो चुका है, जबकि हम सब कांग्रेस के ही कार्यकर्ता हैं...!'

सभी कार्यकर्ताओं ने गांधीजी पर अपने प्रश्नों की बौछार कर दी। गांधीजी भी शांत चित्त से यह सबकुछ सुन रहे थे। वे चुपचाप बैठे थे। अंततः पंजाब कांग्रेस कमेटी के अध्यक्ष ने कार्यकर्ताओं को शांत किया और उन्हें रोकते हुए कहा कि गांधीजी क्या कहना चाहते हैं, कम-से-कम उन्हें सुन तो लीजिए।

लाहौर शहर के सात-आठ सौ कार्यकर्ता एकदम शांत हो गए। अब वे बड़ी आशा भरी निगाहों से यह जानने के लिए उत्सुक थे कि आखिर गांधीजी के मुँह से उनके लिए कौन से शब्द मरहम के रूप में निकलते हैं?

□

इसी बीच उधर सिंध प्रांत के हैदराबाद में गुरुजी का भोजन समाप्त हो चुका था, और वे वहाँ के स्वयंसेवकों के साथ बातचीत कर रहे थे। आबाजी ने उन्हें एक-दो बार टोका भी कि वे कृपया थोड़ी देर आराम कर लें, निद्रा ले लें। परंतु सिंध प्रांत के उस विषाक्त वातावरण को देखते हुए गुरुजी के लिए निद्रा तो दूर, थोड़ी देर लेटना भी संभव नहीं था।

हैदराबाद के स्वयंसेवक पिछले वर्ष नेहरूजी के हैदराबाद दौरे का किस्सा सुना रहे थे।

नेहरूजी ने पिछले वर्ष, अर्थात् 1946 में, हैदराबाद में एक आमसभा करने का सोचा था। उस समय तक विभाजन वाली कोई बात नहीं थी। सिंध प्रांत में मुसलमानों की संख्या गाँवों में ही अधिक थी। कराची को छोड़कर लगभग सभी शहर हिंदू बहुल थे। लरकाना और शिकारपुर में 63% हिंदू जनसंख्या थी, जबकि हैदराबाद में लगभग एक लाख हिंदू थे, अर्थात् 70% से भी अधिक हिंदू जनसंख्या थी। इसके बावजूद मुस्लिम लीग की तरफ से देश के विभाजन की माँगवाला आंदोलन जोर-शोर से चल रहा था और यह आंदोलन पूरी तरह हिंसक था। इसीलिए केवल 30% होने के बावजूद मुसलमानों ने शहर पर अपना दबदबा कायम कर लिया था। सभी सार्वजनिक स्थानों पर हिंदुओं के विरोध में बड़े-बड़े बैनर लगे हुए थे। सिंध प्रांत के मंत्रिमंडल में मुस्लिम लीग का मंत्री खुर्रम तो सरेआम अपने भाषणों में हिंदुओं की लड़कियाँ उठा ले जाने की धमकियाँ दे रहा था।

इन दंगाई मुसलमानों की गुंडागर्दी का मुकाबला करने में केवल एक ही संस्था सक्षम सिद्ध हो रही थी, और वह थी—राष्ट्रीय स्वयंसेवक संघ। हैदराबाद में संघ शाखाओं की अच्छी-खासी संख्या थी। प्रांत प्रचारक राजपाल पुरी इस क्षेत्र में नियमित रूप से प्रवास पर आते रहते थे।

इसीलिए जब कांग्रेस कार्यकर्ताओं को यह पता चला कि हैदराबाद में, 1946 में जवाहरलाल नेहरू की होनेवाली सभा को मुस्लिम लीग के गुंडे बरबाद करनेवाले हैं तथा नेहरू की हत्या की योजना बना रहे हैं, तब उन्हें समझ में नहीं आ रहा था कि क्या किया जाए। इस समय सिंध के वरिष्ठ कांग्रेस नेता चिमनदास और लाला कृष्णचंद ने संघ के प्रांत प्रचारक राजपाल पुरी से संपर्क किया और नेहरू की सुरक्षा के लिए संघ स्वयंसेवकों की मदद माँगी। राजपालजी ने सहमति जताई और मुस्लिम लीग की चुनौती स्वीकार की।

इसके बाद ही हैदराबाद में नेहरूजी की एक विशाल आमसभा हुई, जिसमें

संघ के स्वयंसेवकों की सुरक्षा व्यवस्था एकदम चौकस थी। उन्हीं के कारण इस आमसभा में कोई गड़बड़ी नहीं हुई, न ही कोई व्यवधान उत्पन्न हुआ। (संदर्भ—*'Hindus in Partition - During and After', www.revitalization.blogspot.in—V. Sundaram, Retd IAS Officer*)

गुरुजी के सान्निध्य में हैदराबाद में स्वयंसेवकों का बड़े पैमाने पर एकत्रीकरण हुआ। लगभग दो हजार से अधिक स्वयंसेवक उपस्थित थे। पूर्ण गणवेश में उत्तम सांघिक संपन्न हुआ। इसके पश्चात्, गुरुजी अपना उद्‌बोधन देने के लिए खड़े हुए। उनके अधिकांश मुद्दे वही थे, जो उन्होंने कराची के भाषण में कहे थे। अलबत्ता गुरुजी ने इस बात पर बल दिया, "नियति ने हमारे संगठन पर एक बड़ी जिम्मेदारी सौंप दी है। परिस्थितियों के कारण राजा दाहिर जैसे वीरों के इस सिंध प्रांत में हमें अस्थायी और तात्कालिक रूप से पीछे हटना पड़ रहा है। इस कारण, सभी हिंदू-सिख बंधुओं को उनके परिवारों सहित सुरक्षित रूप से भारत ले जाने के लिए हमें अपने प्राणों की बाजी लगानी है।

"इस बात पर हमें पूरा विश्वास और श्रद्धा है कि गुंडागर्दी और हिंसा के सामने झुककर, जो विभाजन स्वीकार किया गया है, वह कृत्रिम है। आज नहीं तो कल, हम पुनः अखंड भारत बनेंगे, लेकिन फिलहाल हमारे सामने हिंदुओं की सुरक्षा का काम अधिक महत्त्वपूर्ण और चुनौती भरा है।" अपने बौद्धिक का समापन करते हुए गुरुजी ने संगठन का महत्त्व प्रतिपादित किया, "अपनी संगठन शक्ति के बल पर ऐसे अनेक असाध्य कार्य हम संपन्न कर सकते हैं, इसलिए धैर्य रखें। संगठन के माध्यम से हमें अपना पुरुषार्थ दिखाना है···।"

इस बौद्धिक के पश्चात्, गुरुजी स्वयंसेवकों से भेंट करते जा रहे थे। उनके हाल-चाल पूछ रहे थे। ऐसे अस्थिर, विपरीत एवं हिंसक वातावरण में भी गुरुजी के मुख से निकले शब्द स्वयंसेवकों के लिए बहुमूल्य और धैर्य बढ़ानेवाले साबित हो रहे थे···उनका उत्साह बढ़ानेवाले शब्द थे वे।

□

उधर लाहौर में कांग्रेस कार्यकर्ताओं की बैठक में गांधीजी ने शांत चित्त से अपना भाषण आरंभ किया।

"···मुझे यह देखकर बहुत ही बुरा लग रहा है कि पश्चिमी पंजाब से सभी गैर-मुस्लिम लोग पलायन कर रहे हैं। कल 'वाह' के शिविर में भी मैंने यही सुना, और आज लाहौर में भी मैं यही सुन रहा हूँ। ऐसा नहीं होना चाहिए। यदि आपको लगता है कि आपका लाहौर शहर अब मृत होने जा रहा है, तो इससे दूर न भागें

बल्कि इस मरते हुए शहर के साथ ही, आप भी अपना आत्मबलिदान करते हुए मृत्यु का वरण करें। जब आप भयग्रस्त हो जाते हैं, तब वास्तव में आप मरने से पहले ही मर जाते हैं। यह उचित नहीं है। मुझे कतई बुरा नहीं लगेगा, यदि मुझे यह खबर मिले कि पंजाब के लोगों ने डर के मारे नहीं, बल्कि पूरे धैर्य के साथ मृत्यु का सामना किया··· !"

FRIDAY — THE TIMES OF INDIA

LAW AND ORDER IN INDIA

Dominions Responsible

LONDON, August 6. The Governments of India and Pakistan would be responsible for the maintenance of law and order in their respective territories, Mr. A. V. Alexander, Minister of Defence, stated in a Parliamentary reply today. British troops, he said, would not be available for intervention in case of internal disorders and would have no operational responsibility.

Mr. Joseph Binns (Lab.) has asked what would be the role of the British forces who remained in India after August 15 during the next few months before they were finally withdrawn.—Reuter.

Mr. Gandhi To Spend Rest Of His Days In Pakistan

GRIEF OVER PUNJAB'S WOES: PEOPLE URGED NOT TO FLEE PROVINCE

LAHORE, August 6.

"THE rest of my life is going to be spent in Pakistan, may be in East Bengal or the West Punjab, or perhaps the North-West Frontier Province," declared Mr. Gandhi in Lahore today, replying to questions put to him by some Congressmen.

"I am grieved to learn that people are running away from the West Punjab, and I am told that Lahore is being evacuated by non-Muslims," Mr. Gandhi added. "I must say that this is not as it should be. If you think Lahore is dead or is dying, do not run away from it, but die with what you think is a dying city."

Replying to a question by Dr. Lehna Singh, General Secretary of the Punjab Provincial Congress Committee, Mr. Gandhi said that if the Pakistan flag was such as would ensure equal rights and full protection to the minorities, they should all accept and honour the flag and have absolutely no hesitation in saluting it.

"I would ask you not to disown the Pakistan flag merely on the ground that it bears the crescent," said Mr. Gandhi. "I must, however, say that if no assurance of the kind I have mentioned is forthcoming, at least I will refuse to salute that flag."

"CHARKHA" AND UNION FLAG

Replying to a similar question on the flag of the Indian Union, Mr. Gandhi said: "I must say that if the flag of the Indian Union does ...

BIG EXODUS FROM HYDERABAD

Panic Prevails

From Our Own Correspondent

HYDERABAD (Dn.), August 6: The exodus of people from Hyderabad and Secunderabad continues in spite of the fact that a few days ago, the Nizam's Government issued a communique assuring the people that adequate arrangements for the protection of life and property had been made and that stern measures would be adopted against those who attempted to disturb public peace.

As far as can be ascertained, thousands of people mostly belonging to the Marwari community and money lending classes, have left the State during the last few days. Nearly every train leaving Hyderabad is filled to capacity with panic-stricken people carrying with them most of their valuable movable effects such as cash and jewellery.

The decision of the State Congress to launch "direct action" and threats of retaliatory measures by the rival political organisation appears to have accelerated the pace of exodus. To add to their fears, mischief-makers have ...

BENGAL & ASSAM COUNCILS TO GO

Sequel To Division Of Provinces

NEW DELHI, August 7: In consequence of the division of the province of Bengal and the transfer of the Sylhet district from Assam to East Bengal, it has been decided that the Provincial Legislatures of the new provinces of East Bengal and West Bengal and the Provincial Legislature of Assam should be unicameral, the existing Legislative Councils of Bengal and Assam being abolished as from August 15, it is announced.

It has also been decided that the ... of all provincial legislatures should be abolished with effect from the same date. Representation for European commerce and industry in the new province of West Bengal and the Province of Assam has been fixed as follows:—

West Bengal:

Bengal Chamber of Commerce	1 seat.
Calcutta Trades Association, Indian Jute Mills Association, Indian Tea Association, Indian Mining Association	1 seat.

Assam:

European Planting	1 seat.
European Commerce and Industry	1 seat.

SWEARING IN OF "C. R."

Midnight Ceremony

CALCUTTA, August 6: The Governor-designate of West Bengal, Mr. C. Rajagopalachari, will take the oath of office at midnight on August 14, according to the official programme for the celebration of Independence Day, announced today by the Chief Minister, Dr. P. C. Ghosh.

The last investiture of titles by a British Governor of Bengal was held yesterday in the historic Government House at Calcutta, where many such functions have been held by Viceroys and Governors.

गांधीजी के मुँह से यह वाक्य सुनकर दो मिनट तक तो कांग्रेस कार्यकर्ताओं को समझ में ही नहीं आया कि क्या कहें? वहाँ बैठे प्रत्येक कांग्रेस कार्यकर्ता को ऐसा लग रहा था, मानो किसी ने उबलता हुआ लोहा उनके कानों में उंडेल दिया हो। गांधीजी कह रहे हैं कि मुस्लिम लीग के गुंडों द्वारा किए जा रहे प्राणघातक हमलों के दौरान आनेवाली मृत्यु का सामना धैर्य से करें··· ! ये कैसी सलाह है?

□

लाहौर आते समय ही रास्ते में गांधीजी को एक कार्यकर्ता ने बताया कि भारत का राष्ट्रध्वज लगभग तैयार हो चुका है। केवल उसके बीच में स्थित चरखे को निकालकर सम्राट् अशोक का प्रतीक चिह्न 'अशोक चक्र' रखा गया है।

यह सुनते ही गांधीजी भड़क गए। चरखा हटाकर सीधे 'अशोक चक्र'? सम्राट् अशोक ने तो भरपूर हिंसा की थी। उसके बाद में बौद्ध पंथ अवश्य स्वीकार

किया था, लेकिन उससे पहले तो जबरदस्त हिंसा की थी न? ऐसे हिंसक राजा का प्रतीक चिह्न भारत के राष्ट्रध्वज में? नहीं, कदापि नहीं। इसीलिए कार्यकर्ताओं की बैठक समाप्त होते ही गांधीजी ने महादेव भाई को तुरंत एक वक्तव्य तैयार करके अखबारों में देने का आदेश दिया।

गांधीजी ने अपना बयान लिखवाया, "मुझे आज पता चला है कि भारत के राष्ट्रध्वज के संबंध में अंतिम निर्णय लिया जा चुका है, परंतु यदि इस ध्वज के बीचोबीच चरखा नहीं होगा, तो मैं इस ध्वज को प्रणाम नहीं करूँगा। आप सभी जानते हैं कि भारत के राष्ट्रध्वज की कल्पना सबसे पहले मैंने ही की थी और ऐसे में यदि राष्ट्रध्वज के बीच में चरखा नहीं हो, तो ऐसे ध्वज की मैं कल्पना भी नहीं कर सकता…"

□

6 अगस्त की शाम…। बंबई के आकाश में हल्के-फुल्के बादल हैं। बारिश की संभावना नहीं के बराबर है।

मध्य बंबई के एक प्रतिष्ठित सभागार में बंबई के समस्त अधिवक्ताओं के संगठन का एक कार्यक्रम रखा गया है, जिसमें स्वतंत्र भारत के पहले कानून मंत्री डॉ. बाबासाहब आंबेडकर का स्वागत और सत्कार किया जाना है।

कार्यक्रम शानदार तरीके से संपन्न हुआ। बाबासाहब ने भी पूरे मनोयोग से अपना भाषण दिया। भारत की पूर्वी और पश्चिमी सीमा पर फैले दंगों और हिंसात्मक वातावरण पर भी वे बोले। पाकिस्तान के संबंध में उनके विचार एक बार पुनः उन्होंने अपने मजबूत तर्कों के साथ रखे। जनसंख्या की शांतिपूर्ण अदला-बदली की आवश्यकता भी उन्होंने बताई।

कुल मिलाकर, यह कार्यक्रम बेहद सफल रहा। बाबासाहब ने पाकिस्तान और मुसलमानों से संबंधित उनकी भूमिका और विचार स्पष्ट रूप से समझाए एवं अधिकांश वकीलों को उनके तर्क समझ में भी आ रहे थे।

□

6 अगस्त की रात को राष्ट्रीय स्वयंसेवक संघ के सरसंघचालक गुरुजी सिंध प्रांत के हैदराबाद में हिंदुओं के भविष्य की योजना बनाकर उन्हें सुरक्षित रूप से भारत लाने के बारे में विचार करने में मग्न थे, जबकि उनके सोने का समय भी हो चुका था। उधर गांधीजी एक घंटे पहले ही लाहौर से पटना होते हुए कलकत्ता के लिए रवाना हो चुके थे। उनकी ट्रेन अमृतसर-अंबाला-मुरादाबाद-वाराणसी होते हुए तीस घंटे में पटना पहुँचनेवाली थी।

स्वतंत्र किंतु खंडित भारत के भावी प्रधानमंत्री जवाहरलाल नेहरू दिल्ली के अपने 17, यॉर्क रोड वाले निवास स्थान पर व्यक्तिगत पत्र लिखने में मशगूल थे। उनके सोने की तैयारी पूरी हो चुकी थी। उधर दिल्ली में ही भारत के पहले गृहमंत्री सरदार वल्लभभाई पटेल उन सभी रजवाड़ों और रियासतों की फाइलें लेकर बैठे थे, जिन्हें भारत में शामिल होना या नहीं होना है। अब बहुत ही कम समय बचा हुआ है और जितनी भी बची-खुची रियासतें हैं, उन्हें भी भारत में शामिल करना उनका प्रथम लक्ष्य है।

□

जैसे-जैसे 6 अगस्त की रात काली और घनी अँधेरी होती जा रही है, वैसे-वैसे पश्चिम पंजाब, पूर्वी बंगाल, सिंध, बलूचिस्तान इत्यादि स्थानों पर रहनेवाले हिंदू-सिखों के मकानों पर भय की छाया और गहरी होती जा रही है। हिंदू और सिखों के घरों, परिवारों, और विशेषकर लड़कियों पर हमले लगातार तीव्र होते जा रहे हैं। सीमावर्ती इलाकों में हिंदुओं के मकानों में लगी आग की ज्वालाओं को दूर से देखा जा सकता है··· ! स्वतंत्रता के दिशा में जानेवाला एक और दिन समाप्त हो रहा है।

□

सातवाँ : 7 अगस्त, 1947

गुरुवार, 7 अगस्त। देश भर के अनेक समाचार-पत्रों में कल गांधीजी द्वारा भारत के राष्ट्रध्वज के बारे में लाहौर में दिए गए वक्तव्य को अच्छी-खासी प्रसिद्धि मिली है। बंबई के 'टाइम्स' में इस बारे में विशेष समाचार है। जबकि दिल्ली के 'हिंदुस्तान' में भी इसे पहले पृष्ठ पर प्रकाशित किया गया है। कलकत्ता के 'स्टेट्समैन' अखबार में भी यह खबर है। साथ ही, मद्रास के 'द हिंदू' ने भी इसे प्रकाशित किया है।

"भारत के राष्ट्रध्वज में यदि चरखा नहीं होगा, तो मैं उस ध्वज को प्रणाम नहीं करूँगा", ऐसा क्षोभ प्रकट करने जैसा वक्तव्य गांधीजी के व्यक्तित्व एवं छवि से मेल नहीं खाता है। अभी भारत के अनेक समाचार-पत्रों में यह खबर प्रकाशित नहीं हो पाई, क्योंकि उन तक यह खबर पहुँची ही नहीं, लेकिन पंजाब के पंजाबी, हिंदी एवं उर्दू समाचार-पत्रों ने इस वक्तव्य को भरपूर उछाला है। समूचे देश में सुबह-सुबह लोग गांधीजी के इसी बयान पर चर्चाएँ कर रहे हैं।

□

लाहौर से प्रकाशित होनेवाला दैनिक 'मिलाप' सुबह-सुबह लोगों के हाथों में है। वहाँ के हिंदुओं का यह प्रमुख समाचार-पत्र है। इससे पहले हिंदू महासभा का मुखपत्र 'भारत माता' अधिकांश हिंदुओं के घर में आता था, परंतु कुछ माह पहले उनके कैलीग्राफी कलाकार ने गांधीजी के संबंध में कुछ गलत सूचना, बेहद अपमानजनक शब्दों में प्रकाशित कर दी थी। उसके बाद वह दैनिक अखबार बंद ही हो गया। परंतु 'मिलाप', 'वंदे मातरम्', 'पारस', 'प्रताप' जैसे हिंदी में प्रकाशित होनेवाले अनेक दैनिक समाचार पत्रों ने सिंध प्रांत के हैदराबाद में राष्ट्रीय स्वयंसेवक संघ की विशाल आमसभा का खासा वर्णन प्रकाशित किया है। सरसंघचालक गुरुजी के भाषण को संक्षेप में प्रकाशित भी किया है। 'डॉन' नामक अंग्रेजी दैनिक अखबार ने भी गुरुजी का भाषण प्रकाशित किया है।

□

रावलपिंडी के एक घर में आज यानी गुरुवार, सुबह 'पाकिस्तानी हिंदू महासभा' के नेताओं की एक संक्षिप्त बैठक संपन्न हो रही है।

विभाजन तो अब निश्चित ही है और पिंडी सहित अधिकांश पंजाब और पूरा-का-पूरा सिंध प्रांत पाकिस्तान में जानेवाला है, यह स्पष्ट हो चुका है। पाकिस्तान के मुस्लिम नेशनल गार्ड द्वारा हिंदुओं एवं उनकी संपत्ति पर लगातार हमले बढ़ते ही जा रहे हैं। ऐसी परिस्थिति में पाकिस्तान में बचे रह जानेवाले हिंदुओं के लिए कुछ-न-कुछ करना आवश्यक हो चला है। इसीलिए 'पाकिस्तान हिंदू महासभा' के नेताओं ने अपना एक वक्तव्य सभी अखबारों में प्रकाशन हेतु जारी किया है। इस वक्तव्य में उन्होंने पाकिस्तान में रहनेवाले हिंदुओं से आग्रह किया है कि उन्हें मुस्लिम लीग के ध्वज का आदर एवं सम्मान करना चाहिए। इसी के साथ पाकिस्तान हिंदू महासभा ने, पश्चिम पंजाब के मुस्लिम लीग के असेंबली पार्टी का नेता चुने जाने पर इफ्तिखार हुसैन खान 'मेमदोत' को बधाई दी। इसी प्रकार, ईस्ट बंगाल मुस्लिम लीग असेंबली पार्टी का नेता चुने जाने पर ख्वाजा निजामुद्दीन का भी सार्वजनिक अभिनंदन किया।

पाकिस्तान तो अब बनकर रहेगा, बल्कि बन ही चुका है…यह बात वहाँ के हिंदुओं को अच्छी तरह समझ में आ चुकी है…।

□

हैदराबाद… सिंध

रात को हल्की-सी बारिश हुई थी, इस कारण वातावरण में गरमी थोड़ी कम हो गई है। गुरुजी तड़के ही जाग चुके हैं। जिस प्रभात शाखा में गुरुजी को ले जाया गया है, वहाँ पर स्वयंसेवकों की भरपूर उपस्थिति है। अच्छा बड़ा-सा मैदान है। उसमें 6 गण खेल रहे हैं। आज साक्षात् गुरुजी अपनी शाखा में पधारे हैं, इसे देखते हुए स्वयंसेवकों के चेहरों पर प्रसन्नता छलक रही है। लेकिन साथ ही, इस बात की

मायूसी भी दिखाई दे रही है कि जल्दी ही पूर्वजों की यह पवित्र भूमि हमारे लिए पराई होने जा रही है। इसे छोड़कर सभी को अब हिंदुस्तान के किसी अज्ञात प्रदेश में निवास करने जाना है।

शाखा पूर्ण होने के पश्चात्, एक संक्षिप्त-सी अनौपचारिक बैठक रखी गई है। इसमें सभी स्वयंसेवकों के लिए अल्पाहार की व्यवस्था है। इस तनावपूर्ण वातावरण को गुरुजी, कुछ हल्का-फुल्का बनाने का प्रयास कर रहे है। स्वयंसेवकों में चैतन्य निर्माण करने का उनका प्रयास है।

हैदराबाद और सिंध प्रांत के आसपास वाले इलाकों से हिंदुओं को सुरक्षित भारत कैसे ले जाया जाए, इस बाबत योजना तैयार हो रही है। दुर्भाग्य से इस समूची कवायद में भारत सरकार की रत्ती भर भी मदद नहीं मिल रही हैं। इन विस्थापित होने जा रहे हिंदुओं को भारत में कहाँ रखना है, इनकी बस्तियाँ कहाँ बसानी हैं, इस संबंध में भारत की वर्तमान और आगामी सरकार की ओर से कोई दिशा-निर्देश नहीं मिल रहे हैं क्योंकि मूलतः जनसंख्या की अदला-बदली की अवधारणा ही कांग्रेस को नामंजूर है।

गांधीजी तो पूर्वी पंजाब और सिंध प्रांत के हिंदुओं को वहीं बसे रहने की सलाह दे रहे हैं। वहाँ रहनेवाले हिंदुओं को गांधीजी की सलाह यही है कि मुस्लिम गुंडों द्वारा आक्रमण किए जाने की स्थिति में उन्हें निर्भयता के साथ बलिदान हो जाना चाहिए…! अब कांग्रेस और भारत सरकार द्वारा पीठ फेरने की परिस्थिति में हिंदुओं की रक्षा करना और उन्हें सुरक्षित रूप से भारत लेकर आना बेहद धैर्य, साहस और खतरे का काम है। लेकिन राष्ट्रीय स्वयंसेवक संघ ने यह चुनौती स्वीकार की है।

अल्पाहार होते ही लगभग सुबह नौ बजे के आसपास गुरुजी वापस कराची के लिए निकलने वाले हैं। गुरुजी को विदाई देते समय हैदराबाद और आसपास के गाँवों से आए हुए स्वयंसेवकों की आँखों में पानी है। उनका अंतःकरण भारी हो चुका है। किसी को नहीं मालूम कि अब दोबारा गुरुजी की भेंट कब होगी। गुरुजी भी इस बात को अच्छी तरह जान रहे हैं कि सिंध प्रांत का यह उनका अंतिम दौरा है। ऐसा लग रहा है, मानो समय थम गया हो। पूरा वातावरण भारी हो गया है, लेकिन वापसी भी आवश्यक है। गुरुजी के सामने दूसरे और भी कई काम पड़े हैं। आबाजी थत्ते, राजपालजी इत्यादि के साथ गुरुजी का यह काफिला कराची की दिशा में धीरे-धीरे निकल पड़ता है।

□

मॉस्को

ठीक इसी समय, अर्थात् सुदूर रूस के मॉस्को में सुबह के छह बज रहे हैं,

तब...तत्कालीन सोवियत संघ के लिए नियुक्त की गईं, स्वतंत्र भारत की पहली राजदूत श्रीमती विजयलक्ष्मी पंडित का विमान मॉस्को के अंतर्राष्ट्रीय हवाई अड्डे पर उतरा। अगस्त का महीना मॉस्को निवासियों के लिए भले ही गरमी का मौसम रहा हो, लेकिन विजयलक्ष्मी पंडित को वातावरण में ठंडक महसूस हो रही है। हवाई अड्डे पर उनके स्वागत के लिए स्वतंत्र भारत का होनेवाला, अशोक चक्र से सज्जित राष्ट्रध्वज फहराया गया। संभवतः भारत से बाहर आधिकारिक रूप से भारत का राष्ट्रध्वज फहराने की यह पहली ही घटना है। यह विचार दिमाग में आते ही विजयलक्ष्मी पंडित हल्के-से मुसकराईं।

सैंतालीस वर्षीया विजयलक्ष्मी, भले ही रिश्ते में प्रधानमंत्री जवाहरलाल नेहरू की बहन हों, लेकिन यही उनकी एकमात्र पहचान नहीं है। उन्होंने स्वयं भी अनेक बार स्वतंत्रता संग्राम में भाग लिया और कारावास की सजा भुगती। वे स्वयं भी कुशाग्र बुद्धि की मलिका हैं। चूँकि विजयलक्ष्मी, जवाहरलाल नेहरू से लगभग ग्यारह वर्ष छोटी है, इसलिए उन्हें नेहरू का सान्निध्य अधिक नहीं मिला। जब उनकी आयु इक्कीस वर्ष थी, उसी समय उन्होंने अपनी मर्जी से काठियावाड़ रियासत के जाने-माने वकील, रंजीत पंडित के साथ विवाह किया था।

इसलिए स्वतंत्र भारत की ओर से रूस के राजदूत पद पर उनकी नियुक्ति करते समय, केवल 'जवाहरलाल नेहरू की बहन' यही एकमात्र योग्यता नहीं थी, अपितु उनका स्वयं का कर्तृत्व भी था। रूसी अधिकारियों ने इस भारतीय राजदूत का, अर्थात् जवाहरलाल नेहरू की बहन का, गर्मजोशी एवं आत्मीयता से स्वागत किया। रूस के उनके कार्यकाल का आरंभ तो बहुत ही सुंदर हुआ...!

□

दोपहर एक बजे के आसपास, दिल्ली से कायदेआजम जिन्ना को लेकर

वायसरॉय साहब का विशेष डकोटा विमान कराची के मौरिपुर हवाई अड्डे पर उतरा। विमान से जिन्ना, उनकी बहन फातिमा और उनके 3 सहयोगी उतरे। पाकिस्तान के निर्माता के रूप में, 'प्रस्तावित पाकिस्तान' की इस पहली यात्रा के अवसर पर मुस्लिम लीग के कार्यकर्ताओं में कोई खास उत्सुकता नहीं थी। इसीलिए जिन्ना का स्वागत करने के लिए बहुत ही थोड़े से कार्यकर्ता हवाई अड्डे पर आए थे। इन कार्यकर्ताओं ने पाकिस्तान और 'जिन्ना जिंदाबाद' जैसे कुछ नारे जरूर लगाए, परंतु उनकी आवाज में जोश लगभग नहीं के बराबर था।

कायदे आजम जिन्ना के लिए, आजीवन उनके सपनों के देश, अर्थात् पाकिस्तान में पहली बार आना बड़ा ही निरुत्साहित करनेवाला रहा।

□

बंबई...

आकाश में बादल छाए हुए हैं। बारिश के कारण वातावरण प्रसन्न है। बोरीबंदर स्थित बंबई महानगर पालिका भवन के सामने एक छोटा-सा समारोह आयोजित किया गया है। भवन के सामने 'बेस्ट' (BEST) की दो बसें खड़ी हैं और एक छोटा सा पंडाल लगाया गया है।

'बॉम्बे इलेक्ट्रिक सप्लाय एंड ट्रांसपोर्ट' के नाम से, सन् 1874 से बंबई

निवासियों की सेवा में कार्यरत कंपनी अब भारत की स्वतंत्रता से सिर्फ एक सप्ताह पहले, बंबई महानगर पालिका के अधीन होने जा रही है। यह समारोह इसी संदर्भ में है। 'बेस्ट' के पास कुल 275 बसें हैं और अब ये सभी बसें 7 अगस्त, 1947 से बंबई महानगर पालिका के स्वामित्व में हस्तांतरित हो रही हैं। बंबई के इतिहास में एक नया अध्याय शुरू होने जा रहा है...।

□

वारंगल...

काकतीय राजवंश की राजधानी। एक हजार स्तंभों वाले मंदिर के लिए प्रसिद्ध स्थान और निजामशाही रियासत का एक बड़ा शहर। सुबह के 11:00 बजे हैं। अगस्त महीने में भी सूर्य आग उगल रहा है। दूर-दूर तक बादलों के कोई चिह्न नहीं हैं। हवा भी नहीं चल रही। पेड़-पौधों के पत्ते निस्तब्ध और निष्प्राण जैसे स्थिर हैं। वारंगल शहर के मुख्य चौराहे पर लगभग सन्नाटा ही है। ऐसे माहौल में, अचानक इस चौराहे पर मिलनेवाले चारों मार्गों से कांग्रेस के झंडे हाथों में लेकर नारे लगाते हुए लगभग सौ-सवा सौ कार्यकर्ता इकठ्ठे हुए। 'निजामशाही को भारतीय संघ राज्य में विलीन करो'... ऐसे नारे जोर-शोर के साथ लगाए जाने लगे। कांग्रेस कार्यकर्ताओं की इस भीड़ का नेतृत्व कर रहे थे, वारंगल जिला कांग्रेस समिति के अध्यक्ष कोलिपाका किशनराव गारू।

हैदराबाद राज्य कांग्रेस कमेटी के आदेशानुसार, इन कार्यकर्ताओं ने भारत में विलीन होने के लिए निजाम के खिलाफ सत्याग्रह शुरू किया है। हैदराबाद राज्य कांग्रेस के अध्यक्ष स्वामी रामतीर्थ ने जनता से अपील की है कि वे सत्याग्रह में शामिल हों। वे स्वयं भी काचिगुड़ा इलाके में सैकड़ों कांग्रेस कार्यकर्ताओं के साथ नारेबाजी और प्रदर्शन में शामिल हैं।

समूचे भारत में स्वतंत्रता की आहट सुनाई दे रही है और इधर निजाम की रियासत का यह विशाल भू-भाग अभी भी गुलामी के अँधेरे में ही है। रजाकारों के अमानुषिक अत्याचार को सहन कर रहा है...!

□

कलकत्ता की 'आनंद बाजार पत्रिका', 'दैनिक बसुमती', 'स्टेट्समैन' जैसे सभी दैनिक समाचार-पत्रों के पहले पन्ने पर आज का प्रमुख समाचार है—चक्रवर्ती राजगोपालाचारी, अर्थात् 'राजाजी' को बंगाल का गवर्नर नियुक्त किया गया है। राजाजी यह विभाजित बंगाल के अर्थात् 'पश्चिम बंगाल' के पहले राज्यपाल बनने जा रहे हैं। राजाजी कांग्रेस पार्टी के विराट् व्यक्तित्व हैं, पूरे मद्रास प्रांत को अकेले के

दम पर चलानेवाले। लेकिन हाल ही में संपन्न हुए प्रांतीय चुनावों में उन्हें करारी हार का सामना करना पड़ा। इसके अलावा, राजाजी की पहचान यह 'विभाजन के विचार को अति-सक्रियता से आगे बढ़ानेवाले' की थी। इस कारण बंगाल के लोगों ने इस निर्णय को पसंद नहीं किया।

अपनी लाइब्रेरी में बैठे, यह खबर पढ़ते हुए शरदचंद्र बोस का दिमाग घूम गया। उन्होंने तत्काल एक वक्तव्य तैयार किया और सभी दैनिक समाचार-पत्रों में प्रकाशन हेतु भेज दिया। शरद बाबू ने लिखा, 'राजगोपालाचारी की नियुक्ति वास्तव में बंगाल का अपमान है। जिस व्यक्ति को मद्रास ने नकार दिया, चुनावों में परास्त कर दिया, उसी को हमारे सिर पर लाकर बैठाना कौन सी बुद्धिमानी है?'

□

इधर, दिल्ली में भारतीय सेना का मुख्यालय

एक अनुशासित वातावरण। कलफ लगे कड़क और चकाचक गणवेश में सैनिकों की चहल-पहल जारी है। थोड़ा अंदर जाने पर वातावरण में परिवर्तन स्पष्ट दिखता है। अधिक गंभीर, अधिक अनुशासित, अधिक सम्मानयुक्त। यहाँ पर भारत के कमांडर-इन-चीफ का कार्यालय है। दरवाजे के पास ही पीतल की बड़ी-सी

प्लेट पर रौबदार अक्षरों में नाम लिखा हुआ है—Sir Claude John Auchinleck। इस दफ्तर के बड़े से अहाते में उतनी ही बड़ी महोगनी टेबल के पीछे शानदार से कुरसी पर विराजित हैं—सर ऑचिनलेक। उनके टेबल पर रखा हुआ छोटा-सा यूनियन जैक, सहसा हमारा ध्यान आकर्षित कर ही लेता है।

सर ऑचिनलेक के सामने एक बहुत ही महत्त्वपूर्ण पत्र रखा हुआ है। प्रस्तावित स्वतंत्रता दिवस के दिन राजनीतिक स्वरूप के सभी भारतीय कैदियों को मुक्त कर देने बाबत यह नोटशीट है। इस पत्र में 'सभी भारतीय', इस शब्द पर सर ऑचिनलेक की निगाह ठहर जाती है। इसका अर्थ यह कि सुभाषचंद्र बोस की 'इंडियन नेशनल आर्मी' की ओर से लड़े हुए सैनिक भी··· ? हाँ, नोटशीट के अनुसार तो इसका यही अर्थ निकलता है। ऑचिनलेक के दिमाग की नस फड़कने लगती है, "सुभाषचंद्र बोस के सहयोगियों को छोड़ दें? अंग्रेजों के

सामने एक वास्तविक चुनौती पेश करनेवाले 'आजाद हिंद सेनानियों' को रिहा कर दें? नहीं, कदापि नहीं। कम-से-कम 15 अगस्त तक तो ब्रिटिश सत्ता है ही। तब तक तो मैं उन्हें नहीं छोड़नेवाला।"

फिर उन्होंने अपने स्टेनो को बुलाया और धीमी, किंतु कठोर आवाज में उस पत्र का जवाब लिखवाने लगे, "अन्य सभी राजनीतिक बंदियों को रिहा करने में भारतीय सेना को कोई आपत्ति नहीं है। परंतु सुभाषचंद्र बोस के नेतृत्व में बनी 'इंडियन नेशनल आर्मी' के सैनिकों को छोड़ने पर हमारा प्रखर विरोध है।"

इस प्रकार, सुभाष बाबू के तमाम सहयोगी, जिन्होंने भारत को स्वतंत्र करने के लिए अपने प्राणों की बाजी लगा दी थी, उस 'आजाद हिंद सेना' के शूरवीर सैनिक, कम-से-कम 15 अगस्त तक तो नहीं छूटेंगे, यह निश्चित हो चुका है।

उधर मद्रास सरकार ने दोपहर को एक सर्कुलर जारी कर दिया, जिसके अनुसार यह घोषणा की गई कि भारत के स्वतंत्रता संग्राम में भाग लेनेवाले मद्रास प्रांत के सभी लोगों को 5-5 एकड़ जमीन मुफ्त में दी जाएगी। 15 और 16 अगस्त को सार्वजनिक अवकाश की घोषणा भी इसी के साथ की गई।

स्वतंत्रता के सूर्य को उगने में अब केवल एक सप्ताह ही बचा हैं।

□

दोपहर के चार बजे हैं। मद्रास में स्थानीय सिनेमाघरों के मैनेजरों की एक बैठक चल रही है। स्वतंत्रता के संदर्भ में ही यह बैठक आयोजित की गई हैं। के.सी. आर. रेड्डी सबसे वरिष्ठ थियेटर मालिक हैं। उन्होंने बैठक में प्रस्ताव रखा—"15 अगस्त से सभी सिनेमाघरों में अंग्रेजों का, अर्थात् ब्रिटिश सरकार का राष्ट्रगीत नहीं बजाया जाएगा। उसके स्थान पर कोई भी भारतीय राष्ट्रीय विचारों का गीत बजाया जाएगा।" यह प्रस्ताव सर्वानुमति एवं तालियों की गड़गड़ाहट के साथ स्वीकार कर लिया जाता है।

□

उधर कराची की एक बड़ी-सी हवेली में

श्रीमती सुचेता कृपलानी लगभग सौ-सवा सौ सिंधी महिलाओं की एक बैठक ले रही हैं। ये सभी सिंधी स्त्रियाँ इतने असुरक्षित वातावरण के बावजूद इस बँगले पर एकत्रित हुई हैं। सुचेता कृपलानी के पति, आचार्य जे.बी. कृपलानी कांग्रेस के राष्ट्रीय अध्यक्ष हैं। कांग्रेस द्वारा विभाजन का निर्णय स्वीकार किए जाने के कारण सीमावर्ती इलाकों में जनमत बेहद क्रोधित है। अतः अपने गृह प्रांत में कांग्रेस के खिलाफ उबल रहे, इस वातावरण को शांत करने के लिए दोनों पति-पत्नी के प्रयत्न जारी हैं। वे सभी

सिंधी औरतें सुचेता कृपलानी से शिकायत कर रही हैं कि वे कितनी असुरक्षित हैं। वे सिंधी स्त्रियों पर मुसलमानों के नृशंस अत्याचार के बारे में बता रही हैं।

लेकिन इन महिलाओं के कथनों से सुचेता कृपलानी सहमत नहीं दिखतीं। वे आवेश में आकर अपना पक्ष प्रस्तुत करती हैं, "मैं पंजाब और नोआखाली में सरेआम घूमती हूँ। मेरी तरफ तो कोई भी मुस्लिम गुंडा तिरछी निगाह से देखने की भी हिम्मत नहीं करता। क्योंकि मैं न तो भड़कीला मेकअप करती हूँ और ना ही लिपस्टिक लगाती हूँ। आप महिलाएँ लो-नेक का ब्लाउज पहनती हैं, पारदर्शी साड़ियाँ पहनती हैं। इसीलिए मुस्लिम गुंडों का ध्यान आपकी तरफ जाता है। और मान लीजिए, किसी गुंडे ने आप पर आक्रमण कर भी दिया, तो आपको राजपूत बहनों का आदर्श अपने सामने रखना चाहिए, 'जौहर' करना चाहिए··· !

Mrs. Kripalani Condemns Sindhi Women's Craze For Fashion

(From Our Own Correspondent)

Karachi, Aug. 6.—The craze for fashion prevalent among Sindhi women was condemned by Mrs. Sucheta Kripalani, wife of Congress President J. B. Kripalani, addressing a Women's meeting yesterday.

She said she roamed all over Punjab and Noakhali without fear and no goondas took notice of her

(Indian Daily Mail—7 अगस्त का समाचार। पहला पृष्ठ)

उस बड़ी-सी हवेली में बैठी, अपने प्राणों की बाजी लगाकर किसी तरह एक-एक दिन गिनने वाली, उन घबराई हुई सिंधी महिलाओं को सुचेता कृपलानी के इस वक्तव्य पर क्या कहें, समझ नहीं आ रहा है। वे अक्षरशः अवाक् रह गई हैं। 'एक राष्ट्रीय अध्यक्ष की पत्नी ये हमसे क्या कह रही हैं? ऐसे घोर संकट के समय क्या हम औरतें भड़कीला मेकअप करेंगी? लो-कट ब्लाउज पहनेंगी? और क्या केवल इसलिए मुसलमान गुंडे हमारी तरफ आकृष्ट होते हैं? और मान लो, यदि वे हमारे साथ बलात्कार करने का प्रयास करें, तो क्या हमें राजपूत स्त्रियों के समान जौहर कर लेना चाहिए?'

इस समय केवल कांग्रेस के नेता ही नहीं, बल्कि उनकी पत्नियाँ भी जमीनी वास्तविकता और मुस्लिम मानसिकता से कोसों दूर हैं···

□

दिल्ली का वही सैन्य मुख्यालय...

दूसरी मंजिल पर एक बड़ा-सा अहाता। इसमें गोरखा रेजिमेंट के सैन्य मुख्यालय से संबंधित छोटा-सा कार्यालय। 'गोरखा राइफल्स' के नाम से समूचे विश्व में अपनी बहादुरी प्रदर्शित करनेवाले शूरवीर सैनिकों की टुकड़ी। यहाँ एक बड़े-से टेबल के पास इस रेजिमेंट के चार अधिकारी गहन विचार-विमर्श कर रहे हैं। चूँकि भारतीय सैनिकों का भी बँटवारा होने जा रहा है, इसलिए अब गोरखा रेजिमेंट को पाकिस्तान में जाना चाहिए या नहीं, यह प्रमुख मुद्दा है। इससे पहले अंग्रेज अधिकारियों के अनुरोध पर गोरखा रेजिमेंट की कुछ टुकड़ियाँ सिंगापुर को दे दी गई थीं। कुछ गोरखा सैनिक ब्रुनेई भी भेज दिए गए। इन सारी बातों के लिए नेपाल सरकार की भी सहमति थी, परंतु एक भी गोरखा सैनिक पाकिस्तान जाने को तैयार नहीं है।

अंततः गोरखा रेजिमेंट के उन चारों वरिष्ठ अधिकारियों ने एकमत होकर एक नोट शीट तैयार की और उसे कमांडर-इन-चीफ को सौंपा कि गोरखा रेजिमेंट की एक भी बटालियन पाकिस्तान की सेना में शामिल होने के लिए तैयार नहीं है। हम भारत में ही रहेंगे।

□

लखनऊ...

स्टेट असेंबली में मुख्यमंत्री का कार्यालय। मजबूत कद-काठी के मालिक और घनी-मोटी मूँछोंवाले गोविंद वल्लभ पंत, अपने जिंदादिल स्वभाव के अनुसार हमेशा की तरह अपने सहयोगियों के साथ हँसी-मजाक सहित चर्चा कर रहे हैं। कैलाशनाथ काटजू, रफी अहमद किदवई और पी.एल. शर्मा जैसे मंत्री उनके आस-पास बैठे हैं।

चर्चा का विषय है कि ब्रिटिश सत्ता द्वारा अपभ्रंश किए गए शहरों के, नदियों के नाम बदलकर उन्हें मूल हिंदू नाम से पहचाना जाए। अंग्रेजों ने गंगा को 'गैंजेस' और यमुना नदी को 'जुम्ना' बना डाला था। पवित्र मथुरा नगरी का नाम अंग्रेजों ने 'मुत्रा' (Muttra) कर दिया था। इन सभी की पहचान इनके मूल नाम से ही होनी चाहिए। इस संदर्भ में मुख्यमंत्री की अध्यक्षता में इस समिति ने एक आदेश निकाला एवं तत्काल प्रभाव से नदियों-गाँवों-शहरों के बदले हुए मूल नामों से ही लिखा जाए, ऐसा घोषित कर दिया।

□

17, यॉर्क रोड। जवाहरलाल नेहरू का वर्तमान निवास...अर्थात् स्वतंत्र भारत का वर्तमान मुख्य प्रशासनिक केंद्र

अब शाम के छह बज चुके हैं और नेहरू विदेश मंत्री की भूमिका में आ गए हैं। पाकिस्तान को अस्तित्व में आने के लिए केवल एक सप्ताह ही बाकी रह गया है। इस पाकिस्तान में भारत का भी एक राजदूत होना अति-आवश्यक है। अभी तो बहुत से ऐसे काम हैं, जिन्हें भारत-पाकिस्तान को आपसी सामंजस्य से पूरा करना है। हिंदुओं-सिखों के विस्थापन एवं उनकी समस्याओं का प्रमुख प्रश्न है, उसका भी हल निकालना है। इसलिए पाकिस्तान में तो भारत का राजदूत चाहिए ही। ऐसे में नेहरू के समक्ष एक नाम उभरा, श्रीप्रकाश का।

श्रीप्रकाश प्रयाग से ही हैं, अर्थात् नेहरू के इलाहाबाद से। इन्होंने अनेक बार स्वतंत्रता संग्राम में हिस्सा लिया। 'भारत छोड़ो आंदोलन' में वे दो

वर्षों तक जेल में रहे। श्रीप्रकाश एक विनम्र एवं स्पष्ट वक्ता हैं। कैंब्रिज में उच्च शिक्षा प्राप्त इस सत्तावन वर्षीय व्यक्ति की प्रशासनिक क्षमता बेहतरीन है। अर्थात् नवनिर्मित पाकिस्तान में, भारत के पहले हाई कमिश्नर के रूप में, श्रीप्रकाश की नियुक्ति तय हुई। 11 अगस्त को कायदे आजम जिन्ना पाकिस्तान की संसद में अपना पहला भाषण देनेवाले हैं। उससे पहले ही श्रीप्रकाश को कराची जाकर रिपोर्ट करना आवश्यक है।

अगले दो वर्ष तक पाकिस्तान से विस्थापित होनेवाले लाखों हिंदू-सिखों का मुद्दा...पाकिस्तान का हठी, दबंग और उच्छृंखल स्वभाव...कश्मीर को हड़प करने संबंधी पाकिस्तानी चालबाजियाँ...ऐसे कई कठिन प्रश्नों-समस्याओं का सामना श्रीप्रकाश को करना पड़ेगा, ऐसा उन्होंने सपने में भी नहीं सोचा था।

□

गुरुवार, 7 अगस्त...

रात गहराती जा रही है। अमृतसर से आरंभ हुई गांधीजी की ट्रेन यात्रा जारी है। एक ही स्थान पर बैठे-बैठे गांधीजी का शरीर अकड़ गया है। उन्हें पैदल चलना बहुत पसंद है। ऐसे व्यक्ति को लगातार चौबीस घंटे एक ही स्थान पर बैठाए रखना, वास्तव में उनके लिए सजा के समान ही है। परंतु ट्रेन में भी गांधीजी का पठन-पाठन और चिंतन-मनन चालू ही है। इस समय ट्रेन संयुक्त प्रांत से गुजर रही है। जहाँ-जहाँ भी ट्रेन रुकती है, रेलवे स्टेशन पर कांग्रेस कार्यकर्ता और जनता उन्हें मिलने जरूर आती है। अधिकांश लोगों के मन में बस एक ही सवाल है, "बापू, ये हिंदू-मुस्लिम दंगे कब थमेंगे?"

इधर, ट्रेन में उनके प्यारे बापू बेचैन हैं। उन्होंने 'वाह' के शरणार्थी शिविर और लाहौर शहर में जो भी देखा और सुना, वह बहुत ही भयानक है। लेकिन फिर भी उनका दिल नहीं मान रहा है कि 'क्या मुसलमानों के हमलों के कारण अपना स्थान, अपनी जमीन, अपने मकान छोड़कर भारत भाग जाना चाहिए? फिर तो मैं जिन सिद्धांतों की बात करता हूँ, वे सब झूठे ही सिद्ध हो जाएँगे...'

कल सुबह गांधीजी पटना में उतरेंगे। अँधेरे को चीरती उनकी ट्रेन आगे बढ़ी जा रही है और ट्रेन की खिड़की से गांधीजी दूर क्षितिज की ओर देख रहे हैं... एक अस्वस्थ भारत का भविष्य देखने का उनका व्यक्तिगत मनस्वी प्रयास है...!

□

आठवाँ : 8 अगस्त, 1947

शुक्रवार, 8 अगस्त'''इस बार सावन का महीना 'पुरषोत्तम (मल) मास' है। इसकी आज छठी तिथि है, षष्ठी। गांधीजी की ट्रेन पटना के पास पहुँच रही है। सुबह के पौने छह बजने वाले हैं। सूर्योदय बस अभी हुआ ही है। गांधीजी खिड़की के पास बैठे हैं। उस खिड़की से हल्के बादलों से आच्छादित आसमान में पसरी हुई गुलाबी छटा बेहद रमणीय दिखाई दे रही है। ट्रेन की खिड़की से प्रसन्न करनेवाली ठंडी हवा आ रही है। हालाँकि उस हवा के साथ ही इंजन से निकलनेवाले कोयले के कण भी अंदर आ रहे हैं। लेकिन कुल मिलाकर वातावरण आह्लाददायक है, उत्साहपूर्ण है।

परंतु पता नहीं क्यों, गांधीजी अंदर से उत्साहित नहीं है। हालाँकि कभी ऐसा होता नहीं। उनके सामने चाहे कितनी भी प्रतिकूल घटना घट जाए, उनके मन का उत्साह कायम रहता है। गांधीजी को याद आया कि आज से ठीक पाँच वर्ष पहले उन्हें और जवाहरलाल नेहरू को ब्रिटिश सरकार ने गिरफ्तार किया था। क्रिप्स मिशन की असफलता के बाद गांधीजी ने ब्रिटिश शासन के विरुद्ध एक बड़ा आंदोलन खड़ा करने का निश्चय किया था। इस संबंध में अखिल भारतीय कांग्रेस कमेटी की बैठक बंबई में रखी गई थी। 8 अगस्त, 1942 की शाम को उस बैठक में गांधीजी ने आह्वान किया था··· 'अंग्रेजो, भारत छोड़ो।' और यह बैठक समाप्त होते ही उन्हें गिरफ्तार कर लिया गया था।

5 वर्ष पहले का वह दिन और आज का दिन। 'उस दिन देश की स्वतंत्रता किसी की दृष्टि में भी नहीं थी, लेकिन उत्साह बना हुआ था···और आज··· ? केवल एक सप्ताह बाद हमारा भारत स्वतंत्र होने जा रहा है, फिर भी मन में उमंग-उत्साह क्यों नहीं है···!'

पिछले दो-तीन दिन 'वाह' के शरणार्थी शिविर और लाहौर में उन्होंने हिंदुओं की जो दुर्दशा देखी थी, उसके कारण वे बेचैन हो गए हैं। उन्हें यह बात समझने में कठिनाई हो रही है कि 'हिंदू अपने मकान-दुकान छोड़कर पलायन क्यों कर रहे हैं? मुसलमानों को पाकिस्तान चाहिए था, वह उन्हें मिल गया है। अब वे हिंदुओं का अहित क्यों करेंगे? हिंदुओं को वहाँ से भागने की कोई आवश्यकता नहीं है। मैंने लाहौर में जैसा कहा है, मैं उसी प्रकार अपनी बात पर कायम रहूँगा। मैं अपना बचा हुआ जीवन नए बने पाकिस्तान में ही व्यतीत करूँगा···।'

इन विचारों के उभरने के बाद गांधीजी के मन को थोड़ी शांति मिली। गाड़ी पटना स्टेशन में प्रवेश कर रही थी। बड़ी संख्या में लोग गांधीजी के स्वागत में एकत्रित हुए थे। भीड़ उनका जय-जयकार भी कर रही थी। परंतु फिर भी इस बार गांधीजी को इन नारों में उत्स्फूर्तता और उत्साह प्रतीत नहीं हो रहा था, बड़े औपचारिक किस्म की जय-जयकार लगी उन्हें···!

□

जिस समय गांधीजी की ट्रेन पटना स्टेशन में प्रवेश कर रही थी, उस समय निजामशाही के हैदराबाद में सुबह के छह बजे थे। यहाँ भी बारिश नहीं होने के कारण गरमी और उमस का वातावरण है। अंबरपेठ स्थित उस्मानिया विश्वविद्यालय के छात्रावासों में तनाव का माहौल है।

इस विश्वविद्यालय की स्थापना चालीस वर्ष पूर्व हुई थी। यदि एकदम सटीक

कहा जाए तो सन् 1918 में हैदराबाद के मीर उस्मान अली नामक नवाब ने इसकी स्थापना की थी। इस कारण, शुरुआत से ही इस विश्वविद्यालय में उर्दू और इस्लामिक संस्कृति का प्रभाव था। पिछले कुछ दिनों से विश्वविद्यालय का वातावरण दूषित हो चला था। निजाम ने घोषित कर दिया था कि वह हैदराबाद रियासत को भारत में विलीन नहीं करेंगे। इसी बात से 'प्रेरणा' लेकर रजाकार और मुस्लिम गुंडों ने विश्वविद्यालय के हिंदू लड़कों को धमकाना शुरू कर दिया था। हिंदू लड़कियाँ तो पहले से ही बहुत कम थीं। उन्होंने भी पिछले एक माह से विश्वविद्यालय आना बंद कर दिया था। लेकिन छात्रावास में रहनेवाले लड़कों की दिक्कत थी कि वे कहाँ जाएँ?

इसी बीच हॉस्टल के लड़कों को गुप्त सूचना मिली कि मुस्लिम लड़कों ने हॉस्टल में लाठियाँ, तमंचे, बंदूकें इत्यादि हथियार लाकर रखे हैं। हिंदू लड़कों को विश्वविद्यालय से खदेड़ने के लिए इन अस्त्र-शस्त्रों का उपयोग किया जानेवाला है। इसीलिए कल रात भर छात्रावास के हिंदू लड़के ठीक से सो नहीं सके थे। उन्हें यह भय सता रहा था कि कहीं रात में ही उन पर हमला न हो जाए और रातोरात अँधेरे में ही उन्हें विश्वविद्यालय परिसर छोड़कर भागना न पड़ जाए। खैर, उनके सौभाग्य से कल की रात कुछ नहीं हुआ।

परंतु, आज 8 अगस्त को हिंदू लड़के उस्मानिया विश्वविद्यालय में रुकने की मनःस्थिति में बिल्कुल नहीं हैं। इसीलिए सभी ने एकमत होकर यह निर्णय लिया कि आज सुबह छह बजे के आसपास सुनसान और शांत वातावरण में यहाँ से भाग

निकलना ही उचित होगा। इसी योजना के अनुसार, विश्वविद्यालय के छात्रावासों में रहनेवाले लगभग तीन सौ हिंदू लड़के छिपते–छुपाते परिसर मे बाहर भाग रहे हैं।

□

बंबई के दादर स्थित 'सावरकर सदन' में भी थोड़ी व्यस्तता चल रही है।

तात्याराव यानी वीर सावरकर अगले कुछ दिनों के लिए दिल्ली जानेवाले हैं, और वह भी हवाई जहाज से। सावरकरजी की यह पहली ही विमान यात्रा है, लेकिन उन्हें इसकी कोई उत्सुकता नहीं है। उनका मन कुछ खिन्न अवस्था में है। 'खंडित हिंदुस्तान' की कल्पना भी उन्हें सहन नहीं हो रही है। अंग्रेजों को भारत से भगाने के लिए उन्होंने अपने जीवन का होम कर दिया, अपना सर्वस्व अर्पण कर दिया, वह अखंड हिंदुस्तान के लिए...! लेकिन कांग्रेस के दीन–हीन, कमजोर और लाचार नेतृत्व ने विभाजन स्वीकार कर लिया। इस बात का तात्याराव को बहुत कष्ट हो रहा है। इस सबके बीच पश्चिमी और पूर्वी भारत के क्षेत्रों से हिंदुओं और सिखों के नरसंहार के समाचार, लाखों की संख्या में हिंदुओं का विस्थापन, यह सब उनके लिए बहुत ही भयानक है।

इसीलिए इन सारी बातों पर चर्चा और विचार करने के लिए हिंदू महासभा की एक आवश्यक राष्ट्रीय बैठक कल से दिल्ली में आयोजित है। देश के सभी प्रमुख हिंदू नेता इस बैठक के लिए दिल्ली जा रहे हैं। सावरकरजी को अपेक्षा है कि इस बैठक से निश्चित ही कुछ अच्छा निर्णय निकलकर आएगा। उनका हवाई जहाज सुबह 11:00 बजे निकलनेवाला है। दादर से जुहू कोई खास दूरी पर नहीं है, इसलिए उन्हें रवाना होने में अभी थोड़ा समय बाकी है।

□

अकोला...

निजामशाही की सीमा से लगा हुआ विदर्भ का बड़ा शहर। कपास के बड़े–बड़े गोदाम, और कपास के जबरदस्त उत्पादन से समृद्ध हुए जमींदारों का शहर। कल से ही अकोला शहर में अफरा तफरी मची हुई है। भारत की स्वतंत्रता अब दहलीज पर आन खड़ी हुई है। एक सप्ताह के भीतर देश स्वतंत्र हो जाएगा, परंतु इस देश में मराठीभाषियों का क्या और कैसा स्थान रहेगा...? मराठीभाषियों के प्रदेश अथवा प्रांत की रचना कैसी होगी, इस पर चर्चा करने एवं कोई ठोस निर्णय लेने के लिए पश्चिम महाराष्ट्र एवं विदर्भ के बड़े–बड़े नेता इकट्ठा होनेवाले हैं। मराठीभाषियों के इस झगड़े में धनंजयराव गाडगिल द्वारा सुझाए गए फॉर्मूले पर कल से ही चर्चा जारी है।

पंजाबराव देशमुख, बृजलाल बियानी, शेषराव वानखेड़े, बापूजी अणे तो स्थानीय नेता हैं ही। इनके अलावा शंकरराव देव, पंढरीनाथ पाटिल, पूनमचंद रांका, श्रीमन्नारायण अग्रवाल, रामराव देशमुख, दा.वि. गोखले, धनंजय राव गाड गिल, गोपालराव खेडकर, द.वा. पोतदार, प्रमिलाताई ओक, ग.त्र्यं. माडखोलकर, जी.आर. कुलकर्णी जैसे नेता भी इस बैठक में शामिल हुए हैं। इस प्रकार, कुल सोलह नेता मराठीभाषियों का भविष्य तय करने के लिए अकोला में एकत्रित हुए हैं। कल काफी चर्चा हो चुकी है। विदर्भ के नेताओं को 'पृथक् विदर्भ राज्य' चाहिए है, जबकि पश्चिम महाराष्ट्र के नेतागण एक 'संयुक्त महाराष्ट्र' का सपना देख रहे हैं। इन विभिन्न विचारों के बीच से ही कोई सर्वमान्य हल निकालना है…और ऐसी संभावना है कि शाम तक कोई–न–कोई निर्णय ले ही लिया जाएगा।

□

इस सारी आपाधापी के बीच एक छोटी–सी लेकिन महत्त्वपूर्ण घटना भी घट रही है। महाराष्ट्र के कोंकण इलाके में स्थित रत्नागिरी जिले के संगमेश्वर में एक छोटे–से गाँव 'तेरये' में एक मराठी स्कूल शुरू हो रहा है। सुबह ठीक 11:00 बजे, माता सरस्वती की तसवीर पर माल्यार्पण करके ग्रामवासियों ने इस मराठी शाला का आरंभ किया।

□

इधर दिल्ली में दोपहर के 12:00 बज रहे हैं। सूर्य अपने पूरे शबाब पर आग उगल रहा है। अगस्त माह होने के बावजूद बारिश कुछ खास नहीं हुई है। वायसरॉय हाउस के सामने स्थित एक विशाल पोर्च में जोधपुर स्टेट की काले रंग की आलीशान गाड़ी आकर रुकती है। मजबूत पगड़ियाँ बाँधे हुए, कद्दावर दरबान गाड़ी का दरवाजा धीरे–से खोलते हैं। उस गाड़ी में से उतरते हैं, 'कदंबी शेषाचारी वेंकटाचारी'। जोधपुर रियासत के दीवान, अथवा यदि जोधपुर की दरबारी भाषा में कहें तो, जोधपुर के 'प्रधानमंत्री'।

सी.एस. वेंकटाचारी के नाम से पहचाने जानेवाले ये सज्जन बंगलौर के कन्नड़ भाषी हैं। इन्होंने इंडियन सिविल सर्वेंट परीक्षा उत्तीर्ण की है। अत्यंत बुद्धिमान हैं। आजकल जोधपुर रियासत के सभी प्रमुख निर्णय इनकी सलाह से ही लिए जाते हैं। इसीलिए वायसरॉय लॉर्ड माउंटबेटन ने चार सौ एकड़ में फैले, उस विराट् राजप्रासाद परिसर में वेंकटाचारी को भोजन के लिए आमंत्रित किया हुआ है। भोजन बड़े ही राजशाही शिष्टाचार के बीच जारी है।

जोधपुर जैसा विशाल और संपन्न रजवाड़ा हमेशा से ब्रिटिशों का समर्थक और

सहायक रहा है। इसीलिए उस रियासत के प्रतिनिधि के रूप में वेंकटाचारी को यह सम्मान मिल रहा है। इन्हें भोजन हेतु आमंत्रित करने के पीछे माउंटबेटन का उद्देश्य स्पष्ट है। उन्हें जल्दी-से-जल्दी जोधपुर रियासत का भारत में विलीनीकरण चाहिए। भारत पर अपना नियंत्रण छोड़ने से पहले उन्हें ये छोटे-छोटे विवाद टालने हैं। भोजन के पश्चात् कुछ राजनीतिक शिष्टाचार की बातें हुईं और इसी में वेंकटाचारी ने यह स्पष्ट कर दिया कि जोधपुर रियासत भारत में विलीनीकरण के लिए तैयार है।

यह अंग्रेजों और भारत, दोनों के लिए बहुत ही अच्छी खबर है। पिछले कुछ दिनों से जिन्ना लगातार जोधपुर रियासत को पाकिस्तान में शामिल होने के लिए विभिन्न तरह के ललचाने वाले प्रस्ताव दे रहे थे। भोपाल का नवाब और उनका सलाहकार जफरुल्ला खान, ये दोनों ही जोधपुर, कच्छ, उदयपुर और बड़ौदा रियासतों के महाराजाओं से मिलकर उन्हें पाकिस्तान में शामिल होने के फायदों के बारे में बता रहे थे। जिन्ना ने भोपाल के नवाब के माध्यम से जोधपुर रियासत के महाराजा से कहा कि यदि वे 15 अगस्त से पहले अपनी केवल रियासत को 'स्वतंत्र' भी घोषित कर दें तब भी उन्हें निम्नलिखित सुविधाएँ दी जाएँगी—

- कराची बंदरगाह की सभी सुविधाओं पर जोधपुर रियासत का अधिकार होगा।
- जोधपुर रियासत को पाकिस्तान से शस्त्रात्र की आपूर्ति की जाएगी।
- जोधपुर-हैदराबाद (सिंध) रेलमार्ग पर केवल जोधपुर रियासत का अधिकार होगा।
- जोधपुर रियासत में अकाल पड़ने की स्थिति में पाकिस्तान के द्वारा अन्न की आपूर्ति की जाएगी।

जाहिर है कि जोधपुर रियासत के बुद्धिमान दीवान वेंकटाचारी को इन सारे वादों का खोखलापन साफ दिखाई दे रहा था। इसीलिए उन्होंने स्वयं, भारत में विलीन होने के हेतु जोधपुर महाराजा का मन परिवर्तित किया और एक बेहद गंभीर मसला हल हो गया।

❑

दक्खन का हैदराबाद...

निजामशाही की राजधानी—हैदराबाद। आज सुबह से ही शहर का वातावरण जरा तनावग्रस्त है। सुबह-सुबह ही उस्मानिया विश्वविद्यालय के छात्रावासों से 300 हिंदू लड़के अपने प्राण बचाकर भाग चुके हैं। इस बात से रजाकार बेहद क्रोधित हैं। इसका बदला लेने के लिए शहर में स्थित विभिन्न हिंदू व्यापारियों पर उन्होंने हमले शुरू कर दिए।

उधर वारंगल से आनेवाली खबरें और भी चिंताजनक है। समूचे वारंगल जिले में हिंदू नेताओं के मकानों पर मुस्लिम गुंडों द्वारा पथराव किया जा रहा है। हिंदुओं की दुकानें-मकान लूटे और जलाए जा रहे हैं। इसी को देखते हुए दोपहर में हैदराबाद के एक बड़े व्यापारी के घर शहर के कई हिंदू व्यापारी एकत्रित हुए हैं। उन्होंने वायसरॉय लॉर्ड माउंटबेटन और जवाहरलाल नेहरू को भेजने के लिए एक लंबा-चौड़ा टेलीग्राम तैयार किया—

For more than a month, Muslim goondas, military and police reign of terror, loot, incendiarism there and murder are prevailing. There is no protection to non Muslims life, property and honour. Non Muslims are forcibly deprived of and penalised even for the most elementary self-defence preparations, whereas Muslims are openly allowed and even supplied with arms. The police act as spectators when and where Muslims are strong, but become active and shoot mercilessly when Hindus gather for self-defence. "

(संदर्भ :- Indian Daily Mail / Singapore / 9th August, 1947)

भारत देश के बीचोबीच स्थित निजामशाही के इस हैदराबाद रियासत में हिंदू सुरक्षित नहीं हैं। ऐसा लगता है, मानो उनका कोई माई-बाप नहीं है।

□

तात्याराव सावरकर की यह पहली विमान यात्रा है। उनके साथ हिंदू महासभा के चार कार्यकर्ता भी हैं। उनका विमान दिल्ली के विलिंगटन हवाई अड्डे पर दोपहर ढाई बजे उतरा। हवाई अड्डे के बाहर हिंदू महासभा के असंख्य कार्यकर्ता एकत्रित थे।

'भारत माता की जय', 'वीर सावरकर की जय', 'वंदे मातरम्' के जोशीले नारों ने हवाई अड्डे के पूरे परिसर को गुंजायमान कर दिया। कार्यकर्ताओं से पुष्पहार स्वीकार करते-करते तात्याराव बाहर निकले। उनके लिए नियत कार में बैठे और अन्य कारों तथा मोटरसाइकिलों के काफिले के साथ वे मंदिर मार्ग स्थित 'हिंदू महासभा भवन' की तरफ निकल पड़े।

□

इधर भारत में दोपहर के तीन बज रहे हैं और उधर लंदन में सुबह के 10:30 बजे हैं। लंदन के मध्यवर्ती इलाके में शेफर्ड बुश गुरुद्वारे में सिख नेता इकठ्ठे होने लगे हैं। इंग्लैंड में रहनेवाला सिख समुदाय, भारत की हिंसक घटनाओं से बेहद चिंतित

है। पश्चिम पंजाब में रहनेवाले किसी रिश्तेदार की बहन को मुस्लिम गुंडों ने उठा लिया है तो किसी रिश्तेदार को बीच सड़क पर दिन-दहाड़े काट दिया गया है। इसके अलावा अभी भी विभाजन की रेखा स्पष्ट नहीं। कौन किस तरफ जाएगा, पता नहीं। पंजाब के इस विभाजन का दु:ख इंग्लैंड के सिखों के मनोमस्तिष्क पर छाया हुआ है।

इसके लिए संपूर्ण पंजाब को ही भारत में विलीन करना तथा सिख-मुस्लिम जनसंख्या की अदला-बदली करना ही उपाय है, यह उनकी समझ में आ रहा है। परंतु गांधीजी और नेहरू, ये दोनों ही जनसंख्या की अदला-बदली के संबंध में अपनी जिद पर अड़े हुए हैं। नेहरू ने तो सिख समुदाय से अपील की है कि वे 'बॉर्डर कमीशन' पर विश्वास रखें। इन दोनों की बातों पर इंग्लैंड के सिखों में अत्यधिक क्रोध है। इसीलिए आज सिखों के तमाम नेता लंदन के इस गुरुद्वारे में एकत्रित होकर 10, डाउनिंग स्ट्रीट स्थित प्रधानमंत्री एटली को एक ज्ञापन प्रस्तुत करने जा रहे हैं कि 'विभाजन किए बिना, समूचे पंजाब प्रांत का भारत में विलीनीकरण किया जाए।'

लंदन में भी खासी गरमी का मौसम चल रहा है। ठीक 11:30 बजे सिख नेताओं का एक प्रतिनिधिमंडल प्रधानमंत्री एटली से मिलने, डाउनिंग स्ट्रीट की तरफ कूच कर गया है।

□

पंजाब के दक्षिण-पूर्व क्षेत्र में अगस्त की दोपहर अपनी पूरी तीव्रता पर है।

पुरुषोत्तम मास का सावन महीना होने के बावजूद बारिश के आसार नहीं दिखाई दे रहे। कुछ दिनों पहले ही हल्की बूँदाबाँदी हुई थी, लेकिन बस उतनी ही।

फिरोजपुर, फरीदकोट, मुक्तसर, भटिंडा, मोगा··· इन क्षेत्रों की जमीन में दरारें पड़ चुकी हैं और कुओं का पानी सूख चुका है। पेड़-पौधे सूखने लगे हैं, पशु-पक्षी प्यास के कारण अपने प्राण त्याग रहे हैं। इस कष्ट को और बढ़ाने के लिए उत्तरी-पश्चिमी पंजाब से शरणार्थी के रूप में हिंदू-सिखों के जत्थे-के-जत्थे लगातार प्रतिदिन चले आ रहे हैं। अपना सबकुछ गँवाकर, अपने प्रियजनों को खोकर, अपनी इज्जत लुटवाकर आनेवाले ढेरों लोग।

किसकी गलती से हो रहा है, यह सब··· ?

□

वीर सावरकर के बंबई से दिल्ली के लिए निकले, हवाई जहाज के आसमान में विचरण करते समय···निजाम के हैदराबाद और वारंगल में रजाकारों का अत्याचार जारी रहने के दौरान···दिल्ली के वायसरॉय हाउस में जोधपुर के दीवान और लॉर्ड माउंटबेटन के बीच चर्चा और भोजन समाप्त होते होते···। इधर पटना यूनिवर्सिटी के सभागृह में गांधीजी का विद्यार्थियों से संवाद चल रहा है। विद्यार्थी आक्रामक मूड में हैं, बेहद चिढ़े हुए। कांग्रेस के कुछ स्थानीय नेता विद्यार्थियों के बीच जाकर उन्हें शांत करने का प्रयास कर रहे हैं।

आज सुबह अपनी प्रार्थना में गांधीजी ने जो बात बताई थी, वही बात एक बार पुनः अपने धीमे स्वरों में वे विद्यार्थियों से कह रहे हैं, *"15 अगस्त, यानी स्वतंत्रता दिवस के अवसर को उपवास रखकर मनाएँ। उस दिन चरखे पर सूत कताई करें, कॉलेज के परिसर में स्वच्छता रखें··· दक्षिण अफ्रीका के गोरे शासक उन्मत्त हो चुके हैं। वे वहाँ के भारतीयों के साथ घृणास्पद व्यवहार कर रहे हैं। अंतर्राष्ट्रीय स्तर पर उनका विरोध किया जाना चाहिए।"*

विद्यार्थी इस आशा के साथ एकत्रित हुए थे कि गांधीजी उन्हें भारत-पाकिस्तान विभाजन के संबंध में, अपने देश के बारे में कुछ प्रवचन देंगे। परंतु उन्हें निराशा ही हाथ लगी।

□

कलकत्ता में भीषण दंगे शुरू हो चुके हैं।

हालाँकि इसे दंगा कहना भी एक गलती ही है, क्योंकि यह दंगा नहीं, बल्कि

नरसंहार है। क्योंकि हमले केवल एक ही पक्ष की तरफ से हो रहे हैं। उनका प्रतिकार करनेवाले तो हैं ही नहीं। हिंदुओं की बस्तियों पर मुसलमान गुंडे बड़ी ही आक्रामकता के साथ हमले कर रहे हैं। कलकत्ता के हिंदुओं को आज से लगभग एक वर्ष पहले 14 अगस्त, 1946 की 'डायरेक्ट ऐक्शन डे' की काली यादें सता रही हैं, जिस दिन मुस्लिम लीग के गुंडों ने कलकत्ता के रास्तों पर सरेआम हिंदुओं का खून बहाया था।

अब एक वर्ष बाद फिर से वही परिस्थिति निर्माण होती दिखाई दे रही है। पुराने कलकत्ता के इलाकों में हिंदू दुकानदारों को लूटने और मारने के लिए आए हुए मुस्लिम समुदाय को रोकने के लिए पुलिस अधिकारियों ने एक रक्षात्मक दीवार बनाई है। लेकिन इन पुलिस अधिकारियों पर भी देसी बम फेंके जा रहे हैं। डिप्टी पुलिस कमिश्नर एस.एच. घोष, चौधरी और एफ.एम. जर्मन जैसे 3 वरिष्ठ पुलिस अधिकारी भी गंभीर रूप से घायल हुए हैं। उनके प्राण बाल-बाल ही बचे हैं। पुराने कलकत्ता में दोपहर में ही 6 हिंदू मृत एवं साठ गंभीर रूप से घायल हुए हैं।

बंगाल के 'प्रमुख' सुहरावर्दी के शासन में मुस्लिम दंगाइयों को गिरफ्तार करना तो दूर, उनका सम्मान किया जाएगा, ऐसे चिह्न दिखाई दे रहे हैं। नवनियुक्त

गवर्नर चक्रवर्ती राजगोपालाचारी भी कलकत्ता की इस गंभीर परिस्थिति एवं हिंदुओं के नरसंहार की तरफ कुछ ध्यान देंगे या काररवाई कर पाएँगे, इसमें भी शंका ही है''' !

□

8 अगस्त का दिन ढलने के करीब है। कलकत्ता अभी भी धधक रहा है। हैदराबाद, वारंगल और निजामशाही के अन्य गाँवों में हिंदुओं के मकानों और दुकानों पर मुस्लिम गुंडों के हमले जारी हैं। उधर, दिल्ली के हिंदू महासभा भवन में देश भर के नेता स्वातंत्र्य वीर सावरकर के साथ सलाह-मशविरा कर रहे हैं।

उधर सुदूर पूर्वी महाराष्ट्र के अकोला शहर में विदर्भ और पश्चिम महाराष्ट्र के नेताओं में 'अकोला संधि' हो गई है। इस संधि के अनुसार संयुक्त महाराष्ट्र के दो उप-प्रांत रहेंगे, 'पश्चिम महाराष्ट्र' और 'महाविदर्भ'। इन दोनों ही उप-प्रांतों के लिए अलग स्वतंत्र विधानसभा, मंत्रिमंडल और उच्च न्यायालय रहेंगे। परंतु इस संपूर्ण प्रांत के लिए एक ही गवर्नर और एक ही लोकसेवा आयोग रहेगा, ऐसा तय किया गया है। जैसे-जैसे रात गहराती जा रही है, अकोला में मराठी नेतृत्व की मेजबानी अपने पूरे रंग में है।

उधर कराची के अपने अस्थायी निवास में बैरिस्टर मोहम्मद अली जिन्ना आगामी 11 अगस्त को पाकिस्तान की संसद में दिए जानेवाले अपने भाषण की

तैयारी करके उठे ही हैं···अब उनके सोने का वक्त हो चला है। गांधीजी कलकत्ता जानेवाली गाड़ी में बैठ चुके हैं। बाहर हल्की बारिश हो रही है। गांधीजी का डिब्बा एक-दो स्थानों से टपक रहा है। ट्रेन की खिड़की से आनेवाली हवा ठंडी लग रही है, इसलिए मनु ने खिड़की बंद कर दी है।

दिल्ली के वायसरॉय हाउस की लाइब्रेरी में अभी भी लाइट जल रही है। लॉर्ड माउंटबेटन अपनी विशाल महोगनी टेबल पर आज दिन भर की रिपोर्ट, लंदन में भारत के सचिव के लिए लिखकर रख रहे हैं। हमेशा तो वे डिक्टेशन देते हैं, परंतु आज उनके पास इसके लिए समय ही नहीं। अब कल उनका सेक्रेटरी इस रिपोर्ट को टाइप करके लंदन भेजेगा।

8 अगस्त, शुक्रवार का दिन अब समाप्त होने को है। इस अखंड भारत की एक विशाल जनसंख्या अभी भी जाग रही है। सिंध, पेशावर का पर्वतीय इलाका, पंजाब, बंगाल तथा निजामशाही के एक बड़े भू-भाग में लाखों हिंदुओं की आँखों से नींद कोसों दूर है।

ठीक अगले शुक्रवार को इस अखंड भारत के 3 टुकड़े होने जा रहे हैं और दो देश आकार ग्रहण करनेवाले हैं··· !

□

नौवाँ : 9 अगस्त, 1947

सोडेपुर आश्रम···कलकत्ता के उत्तर में स्थित यह आश्रम वैसे तो शहर के बाहर ही है। यानी कलकत्ता से लगभग आठ-नौ मील की दूरी पर अत्यंत रमणीय, वृक्षों, पौधों-लताओं से भरा-पूरा यह सोडेपुर आश्रम गांधीजी का अत्यधिक पसंदीदा है। जब पिछली बार वे यहाँ आए थे, तब उन्होंने कहा भी था, "यह आश्रम मेरे अत्यंत पसंदीदा साबरमती आश्रम की बराबरी करता है···"

आज सुबह से ही इस आश्रम में बड़ी हलचल है। वैसे तो आश्रम के निवासी सुबह जल्दी सोकर उठते हैं, लेकिन आज गांधीजी आश्रम में निवास करने आ रहे हैं, इसलिए पिछले सप्ताह से ही इसकी तैयारी चल रही है। स्वच्छता, साफ-सफाई तो प्रतिदिन नियमित होती ही हैं, परंतु आज कुछ विशेष रूप से हो रही है क्योंकि बापू यहाँ आनेवाले हैं।

विशेषतः सतीश बाबू का उत्साह देखते ही बनता है। सतीश बाबू, यानी सतीश चंद्र दासगुप्ता। सर आचार्य प्रफुल्ल चंद्र राय द्वारा स्थापित की गई, भारत की सबसे पहली केमिकल कंपनी, अर्थात् 'बंगाल केमिकल वर्क्स' में सतीश बाबू की अच्छी-खासी नौकरी थी। वे यहाँ सुपरिंटेंडेंट के पद पर कार्यरत थे। चूँकि वे वैज्ञानिक थे, इसलिए कई प्रयोग भी करते थे। परंतु उनकी पत्नी हेमप्रभा और वे स्वयं, एक बार गांधीजी के संपर्क में आए और उनका जीवन बदल ही गया। लगभग छब्बीस-सत्ताईस वर्ष पहले, यानी ठीक से कहा जाए तो सन् 1921 में, सतीश बाबू ने अपनी अच्छी-खासी नौकरी छोड़ दी और कलकत्ता के बाहरी इलाके में स्थित यह सुंदर-सा आश्रम स्थापित किया। आजकल सतीश बाबू और हेमप्रभा दीदी आश्रम में ही रहते हैं।

हेमप्रभा दीदी पर गांधीजी का जबरदस्त प्रभाव है। इसीलिए उन्होंने एकदम शुरुआत में ही गांधीजी के आंदोलन को मदद करने के लिए उनके पास जितने भी

सोने के गहने थे, गांधीजी को दान कर दिए। सतीश बाबू को भी इसमें कोई आपत्ति नहीं थी, बल्कि उन्हें तो अपनी पत्नी पर अभिमान था··· !

सतीश बाबू ने इस आश्रम में बहुत सारे प्रयोग किए हैं। मूलत: वे वैज्ञानिक हैं। साथ ही, गांधीजी के 'स्वदेशी' आंदोलन से बेहद प्रभावित भी हैं। उन्होंने अपने आश्रम में सस्ती और सरल ऑइल प्रेस बनाई है। साथ ही, बाँस के पल्प से कागज बनाने का एक छोटा-सा कारखाना भी आश्रम में ही निर्मित किया है। इस कारखाने से उत्पादित होनेवाला कागज थोड़ा खुरदुरा होता है, लेकिन उस पर आराम से लिखा जा सकता है और यह कागज अच्छा भी दिखता है। इस कागज से आश्रम का काम चल जाता है। आश्रम की सारी स्टेशनरी सतीश बाबू के बनाए इसी कागज पर छपी है। थोडा-बहुत कागज बाहर बेचा भी जाता है।

सतीश बाबू यह बात जानते हैं कि गांधीजी इस आश्रम से बहुत प्रेम करते हैं। वर्ष-डेढ़ वर्ष के अंतराल से वे यहाँ आकर एक-एक माह तक ठहरते हैं। फिर उनसे भेंट करने के लिए बड़े-बड़े नामचीन नेता आश्रम में आते हैं। इस सारी कवायद में इन महान् लोगों के आवागमन से आश्रम का वातावरण पवित्र हो जाता है। सतीश बाबू को स्मरण है कि सात-आठ वर्ष पहले, यानी लगभग 1939 में उनकी सुभाष बाबू से भेंट यहीं पर हुई थी। गांधीजी, सुभाष बाबू और नेहरू, बस

यही तीनों थे। गांधीजी की इच्छा के विरुद्ध सुभाषचंद्र बोस, त्रिपुरी (जबलपुर) कांग्रेस के अध्यक्ष चुने गए थे। परंतु कांग्रेस के अन्य नेताओं ने उन्हें बहुत दु:ख पहुँचाए। इसी समस्या का कोई हल निकालने के लिए यह बैठक आयोजित की थी, कांग्रेस का त्रिपुरी अधिवेशन समाप्त होते ही तत्काल।

इस बैठक में समस्या का कोई हल तो निकला नहीं, उल्टे सुभाष बाबू ही कांग्रेस छोड़कर निकल गए। सतीश बाबू गांधीजी के कितने भी भक्त हों, परंतु फिर भी उन्हें इस बात से बहुत दु:ख पहुँचा था। बहरहाल, सतीश बाबू ने अपनी इन यादों को झटक दिया, क्योंकि गांधीजी के आने का समय हो चुका था। कलकत्ता में वैसे भी सूर्योदय जरा जल्दी ही होता है। इस कारण, सुबह पौने पाँच-पाँच बजे के आसपास ही बाहर ठीक-ठाक उजाला हो गया था।

बस, अब अगले एक घंटे में गांधीजी आश्रम में पधारने वाले थे…!

□

उधर दूर दिल्ली में, मंदिर मार्ग स्थित हिंदू महासभा भवन में सुबह से ही हलचल थी। महासभा के अध्यक्ष डॉक्टर ना.भा. खरे कल ही ग्वालियर से दिल्ली पहुँचे थे।

डॉ. खरे एक जबरदस्त व्यक्तित्व थे। खरे साहब वैसे तो मूलत: कांग्रेस के थे। 1937 में, मध्य भारत प्रांत के वे पहले कांग्रेसी मुख्यमंत्री थे। लेकिन डॉ. खरे, लोकमान्य तिलक की परंपरा से तैयार हुए 'गरम दल' गुट के थे। उन्हें कांग्रेस द्वारा सतत मुस्लिम लीग का तुष्टीकरण करना पसंद नहीं था। इसीलिए, जब वे इस संदर्भ में सार्वजनिक रूप से अपने विचार रखते थे तो नेहरू और गांधीजी को यह कतई पसंद नहीं आता था। ऐसे में गांधीजी ने डॉ. खरे को सेवाग्राम के आश्रम में बुलाया और मुख्यमंत्री पद से इस्तीफा देने का आदेश दिया।

यह सुनकर डॉ. खरे ने एकदम सहज रूप से गांधीजी से कहा, "मेरी अभी की मन:स्थिति ठीक नहीं है, इसलिए इस्तीफे का मसौदा आप ही लिख दीजिए।" डॉ. खरे इतनी सरलता से त्यागपत्र देने को राजी हो गए, यह सुनकर गांधीजी आनंदित हुए और तत्काल उन्होंने एक कागज पर अपने हाथों से, अपनी हस्तलिपि में डॉ. खरे का इस्तीफा लिख दिया। वह कागज लेकर डॉ. खरे शांति से उठे, उस पर हस्ताक्षर नहीं किए और अपनी कार से नागपुर जाने के लिए निकल पड़े। यह देखकर गांधीजी चौंक गए और उनके पीछे से चिल्लाने लगे, "अरे, ये क्या करता है? कहाँ जाता है?"

डॉ. खरे वह पत्र लेकर नागपुर आए। गांधीजी के हाथों से लिखा हुआ वह त्यागपत्र उन्होंने नागपुर के सभी अखबारों में प्रकाशित करवा दिया और जनता के

सामने यह स्पष्ट कर दिया कि स्वयं गांधीजी किस प्रकार एक मुख्यमंत्री पर दबाव डालकर मुझसे इस्तीफा ले रहे हैं।

तो ऐसे चतुर डॉ. ना.भा. खरे, आजकल हिंदू महासभा के राष्ट्रीय अध्यक्ष हैं। उनकी सहायता करने के लिए पं. मौलीचंद्र शर्मा जैसा जबरदस्त व्यक्तित्व भी है। पं. शर्मा की पृष्ठभूमि भी कांग्रेसी ही है। सन् 1930 और 1931 में लंदन की गोलमेज कॉन्फ्रेंस में उन्होंने कांग्रेस का प्रतिनिधित्व किया था। परंतु वे भी कांग्रेस द्वारा मुस्लिम तुष्टीकरण किए जाने के कारण हिंदू महासभा के निकट आए। आज तो साक्षात् तात्याराव सावरकर हिंदू महासभा भवन में उपस्थित होने जा रहे हैं, इसलिए आज सभी के चेहरे प्रसन्नता से एकदम खिले हुए हैं।

सुबह नाश्ता करके ठीक नौ बजे हिंदू महासभा के केंद्रीय समिति की बैठक आरंभ हुई। बैठक में हिंदू महासभा द्वारा घोषित मुद्दों पर चर्चा शुरू की गई। 'खंडित हिंदुस्तान में सभी नागरिकों को पूर्ण अधिकार प्राप्त होंगे, लेकिन प्रस्तावित पाकिस्तान में हिंदुओं की जो और जैसी स्थिति रहेगी, ठीक वैसी ही स्थिति खंडित हिंदुस्तान में बचे हुए मुसलमानों की रहे', यह माँग उठाने का तय हुआ। हिंदी भाषी प्रांतों में देवनागरी लिपि में हिंदी भाषा में समस्त प्रशासनिक कारवाई होगी। अन्य प्रांतों में भले ही पढ़ाई का माध्यम स्थानीय भाषाओं और लिपि में हो, परंतु फिर भी राष्ट्रभाषा हिंदी को ही प्रशासनिक एवं न्यायिक व्यवस्था में मान्य किया जाए। इसके अलावा, अनिवार्य रूप से सभी नागरिकों के लिए सैन्य प्रशिक्षण सहित अनेक माँगें, हिंदू महासभा की इस बैठक में रखी गईं।

कम-से-कम खंडित हिंदुस्तान में तो हिंदू अपने पूर्ण अभिमान और गर्व के

साथ सिर ऊँचा करके रह सकें, इसी उद्देश्य से ये सारे नेता भिन्न-भिन्न दिशाओं से प्रयास कर रहे थे।

□

जुम्मे के दूसरे दिन सुबह...यानी आज शनिवार, 9 अगस्त की सुबह

बैरिस्टर मोहम्मद अली जिन्ना के लिए, यह उनके प्रिय पाकिस्तान में दूसरी सुबह थी। कराची का वह विशाल बँगला, जिन्ना का अस्थायी निवास था। जिन्ना के दिमाग में इस समय असंख्य बातें एक साथ चल रही थीं। नए पाकिस्तान का स्वरूप कैसा होगा, यहाँ की न्याय-व्यवस्था कैसी होगी, पाकिस्तान का राष्ट्रध्वज कौन सा रहेगा, पाकिस्तान का राष्ट्रगीत क्या होगा... ? इस अंतिम प्रश्न पर आकर जिन्ना एकदम ठहर गए। वास्तव में, अन्य सभी बातों पर तो उन्होंने गहराई से विचार किया था, लेकिन पाकिस्तान के राष्ट्रगीत, अर्थात् 'कौमी तराना' पर खास चर्चा नहीं हुई थी। अब आधिकारिक रूप से नया पाकिस्तान निर्माण होने में केवल 5 दिन ही बचे हैं।

जब जिन्ना दिल्ली में थे, उस समय उन्होंने कुछ कवियों की रचनाओं पर निशान लगा रखे थे। वह रचनाएँ कल अचानक उन्हें याद आईं। उन्हीं कवियों में से एक नाम था, 'जगन्नाथ आजाद' का। ये मूलत: लाहौर के पंजाबी हिंदू हैं, लेकिन उर्दू भाषा पर इनका जबरदस्त प्रभुत्व है। जिन्ना ने सोचा कि आजाद हालाँकि काफिर हैं, लेकिन उससे मुझे क्या? अगर कोई बढ़िया गीत उर्दू में लिखकर दे दे, तो मुझे और क्या चाहिए? उन्होंने निश्चित किया कि पाकिस्तान का कौमी तराना लिखने के लिए, इस आजाद नाम के कवि को ही बुलाया जाए। कल दोपहर में ही उन्होंने लाहौर से आजाद को बुलवाने का निमंत्रण दिया है। अभी तक तो उन्हें आ जाना चाहिए था।

जिन्ना ने अपने सचिव को आवाज दी और पूछा, "लाहौर से कोई जगन्नाथ आजाद आए हैं क्या?" सेक्रेटरी ने बताया, "वे तो सुबह ही आ गए हैं।" जिन्ना ने कहा, "उन्हें अंदर भेजो।"

जगन्नाथ आजाद, बमुश्किल तीस वर्ष का युवक था। जिन्ना ने कल्पना की थी कि उर्दू में ऐसी गंभीर एवं प्रगल्भ शायरी करनेवाला व्यक्ति कोई पचास वर्ष का

अधेड़ होगा। जिन्ना ने जगन्नाथ आजाद से बैठने को कहा। उनके हालचाल पूछे, और उनसे पूछा कि क्या उनके पास पाकिस्तान का 'कौमी तराना' बनने लायक कोई बढ़िया गीत है? जगन्नाथ आजाद के पास उस समय तत्काल कोई गीत तैयार नहीं था, परंतु अपनी कल्पना के अनुसार उन्होंने एक रचना की थी, वही जिन्ना को सुनाने लगे—

ऐ सरजमीं-ए-पाक
जर्रे तेरे हैं आज
सितारों से ताबनाक,
रोशन है कहकशां से
कही आज तेरी खाक
तुन्दी-ए-हसदां पे
गालिब हैं तेरा सवाक,
दामन वो सिल गया है
जो था मुद्दतों से चाक
ऐ सरजमीं-ए-पाक… !

"बस…बस…यही…यही चाहिए था मुझे।" जिन्ना को यह तराना बेहद पसंद आया और इस प्रकार एक काफिर द्वारा लिखा गया एक गीत, वतन-ए-पाकिस्तान का 'कौमी तराना' बनेगा, यह निश्चित हो गया… !

□

शनिवार, 9 अगस्त…

अमृतसर के लिए आज का दिन बेहद तनाव भरा है। अमृतसर शहर और पूरे जिले में मुसलमानों की संख्या अधिक है। सीमावर्ती गाँवों से दंगों की खबरें लगातार आ रही हैं। इस कारण सिख, हिंदू और मुसलमान—सभी क्रोधित हैं। सिखों ने अपने प्रमुख गुरुद्वारे, स्वर्ण मंदिर में, कट्टर और बहादुर निहंगों का पहरा लगा रखा है। सिख नहीं चाहते कि गुरुद्वारे का पवित्र सरोवर दंगाई मुसलमानों के कारण अपवित्र हो जाए।

सुबह लगभग साढ़े ग्यारह-बारह बजे के आसपास अमृतसर रेलवे स्टेशन के ताँगा स्टैंड को सादे कपड़ों में छिपे दर्जनों पुलिसवालों ने घेर रखा है। उन्हें यह सूचना मिली है कि मुस्लिम लीग का कट्टर पठान कार्यकर्ता, मोहम्मद सईद आज अमृतसर आनेवाला है। यह हत्यारा बड़े-बड़े हत्याकांड रचने में उस्ताद है। पुलिस

ने उसे पकड़ लिया। उसके पास से अनेक प्रकार के अस्त्र-शस्त्र, उर्दू में लिखे हुए कुछ पत्र और देसी बम बरामद हुए। अमृतसर में संभावित किसी बड़े हत्याकांड को मूर्तरूप देने आए मोहम्मद सईद की गिरफ्तारी से एक बड़ी घटना टल गई।

□

उधर दिल्ली में, सर सिरील रेडक्लिफ साहब के बँगले में कोई खास चहल-पहल नहीं है। बँगले के तीन-चार कमरों में जो असंख्य कागज पसरे पड़े थे, उन्हें विभिन्न संदूकों में भरने का काम चल रहा है। सर रेडक्लिफ का अधिकांश कार्य समाप्त हो चुका है। भारत और पाकिस्तान की विभाजन रेखा खींची जा चुकी है। इस काम में उन्होंने न्याय किया अथवा अन्याय, यह उन्हें समझ में नहीं आ रहा है। एक पक्ष कहता था कि न्याय हुआ है, जबकि दूसरे पक्ष को वह सरासर अन्याय लग रहा है। अलबत्ता, सारे आरोपों को झेलते हुए भी अब विभाजन की रेखा तैयार है।

वायसरॉय साहब से आज सुबह ही रेडक्लिफ की चर्चा हुई थी। इस विस्फोटक वातावरण में विभाजन की स्पष्ट रेखा को सार्वजनिक करना एक तरह से आग में घी डालने जैसा ही है। ऐसा करने पर दंगे और भी भड़कने के आसार हैं, और ज्यादा खून-खराबा होगा। फिलहाल इसे यहीं रोकना आवश्यक है। इस कारण यह तय किया गया कि स्वतंत्रता दिवस के एक-दो दिन बाद ही, विस्तार से विभाजन का संपूर्ण खाका सार्वजनिक किया जाएगा। इसका अर्थ यह हुआ कि अभी कम-से-कम आठ-दस दिन रेडक्लिफ साहब का ब्लडप्रेशर स्थिर नहीं रहेगा।

□

दक्षिण के हैदराबाद में अपने विशाल महल में, हैदराबाद रियासत के निजाम उस्मान अली अपने दीवान के साथ गंभीर चर्चा में व्यस्त हैं। उन्हें अभी तत्काल एक पत्र जिन्ना को भिजवाना है। हैदराबाद रियासत को स्वतंत्र रखने के लिए उन्हें नए बननेवाले पाकिस्तान की मदद चाहिए। उनके दीवान द्वारा तैयार किए गए पत्र पर निजाम साहब ने बड़ी ही लफ्फेबाज उर्दू में अपने हस्ताक्षर किए और अपना एक खास दूत कराची के लिए रवाना किया।

अगले एक सप्ताह के भीतर स्वतंत्र होने जा रहे, खंडित भारत के बिल्कुल बीचोबीच, इटली जैसे देश के बराबर क्षेत्रफल

वाली एक मुस्लिम रियासत, स्वतंत्र और स्वायत्त रहने के लिए अपने पूरे प्रयास कर रही है।

□

उधर बहुत दूर, पूर्व दिशा में स्थित सिंगापुर में, शासकीय कर्मचारियों की छुट्टी हो चुकी है। वैसे भी शनिवार को सिंगापुर में शासकीय कार्यालय पूरे दिन के लिए काम नहीं करते। सिंगापुर के 'मरीना बे' क्षेत्र में कार्यरत कर्मचारी यूनियन के एक छोटे-से कार्यालय में बहुत से शासकीय कर्मचारी इकट्ठा हुए हैं। ये सभी कर्मचारी भारतीय हैं।

ये कर्मचारी सिंगापुर सरकार के मुख्य सचिव को देने के लिए एक पत्र तैयार कर रहे हैं। 15 अगस्त को शुक्रवार है। जाहिर है कि शासकीय एवं अन्य कार्यालयों में अवकाश नहीं है। 15 अगस्त को इन सभी भारतीय कर्मचारियों का प्रिय देश स्वतंत्र होने जा रहा है। इस अवसर पर ये सभी भारतीय, उस खास दिन को एक उत्सव के रूप में मनाना चाहते हैं। और इसीलिए इन सभी को 15 अगस्त के दिन छुट्टी चाहिए है। इसी अवकाश को प्राप्त करने के लिए एक पत्र तैयार हो रहा है, जो सिंगापुर सरकार को दिया जाएगा।

□

अमृतसर शहर और समूचे जिले में जबरदस्त तनाव का वातावरण है, क्योंकि यह खबर चारों तरफ फैल चुकी है कि पुलिस ने मोहम्मद सईद को गिरफ्तार कर लिया है।

इस घटनाक्रम से मुसलमान बेहद चिढ़ गए और दोपहर से ही उन्होंने सिखों एवं हिंदुओं की दुकानों-मकानों पर पत्थरबाजी शुरू कर दी। शाम होते-होते ही यह दंगा संपूर्ण जिले में फैल गया है। मुस्लिम लीग के नेशनल गार्ड, दंगा और खून-खराबा करने में सबसे आगे हैं। अमृतसर के पास स्थित जबलफाद गाँव में उन्होंने 100 से अधिक हिंदुओं और सिखों का नरसंहार किया। लगभग साठ-सत्तर जवान लड़कियों को वे उठा ले गए। भापाई गाँव पर तो लगभग एक हजार मुसलमानों ने इकट्ठे होकर हमला किया। हालाँकि सिखों की तरफ से इसका प्रतिकार भी हुआ। गाजीपुर गाँव में 14 मुसलमान मारे गए।

दंगों की भीषणता और क्रूरता को देखते हुए, मेजर जनरल टी.डब्ल्यू. रीस के नेतृत्व में जो सैनिक तैनात किए गए थे, उनसे भी मुस्लिम नेशनल गार्ड के सैनिक भिड़ गए। शाम के उस धुंधलके भरे वातावरण में लगभग एक घंटे तक मुस्लिम लीग के नेशनल गार्ड और सेना के बीच युद्ध जैसे हालात थे। उधर कुछ ही मील

दूरी पर स्थित पंजाब की राजधानी लाहौर में यह खबर टेलीग्राम के माध्यम से पहुँचाई गई। पंजाब के गवर्नर सर ईवॉन मेरेडिथ जेनकिंस ने यह टेलीग्राम बड़े ध्यान से पढ़ा और तत्काल उन्होंने अपने सचिव को बुलाया तथा संपूर्ण पंजाब प्रांत में 'प्रेस सेंसरशिप' का आदेश जारी कर दिया।

इसका अर्थ यह था कि शनिवार, 9 अगस्त को अमृतसर और इसके आसपास हुए भीषण रक्तपात की खबरें, अगले दिन पंजाब के किसी भी समाचार-पत्र में नहीं दिखनेवाली थीं।

□

उधर, पूर्व दिशा में कलकत्ता के पास स्थित सोडेपुर आश्रम में गांधीजी की सायं प्रार्थना की तैयारी चल रही है। प्रार्थना से पहले डॉक्टर सुनील बसु ने गांधीजी के स्वास्थ्य का पूर्ण परीक्षण किया। सन् 1939 में, जब गांधीजी सोडेपुर आश्रम में एक माह तक ठहरे थे, तब डॉक्टर सुनील बाबू ने ही गांधीजी का चेक-अप किया था।

स्वास्थ्य परीक्षण होने के बाद सुनील बाबू ने कहा कि पिछले 8 वर्षों में गांधीजी का स्वास्थ्य एकदम स्थिर बना हुआ है। उसमें कोई खास फर्क नहीं पड़ा है। सन् 1939 के एक माह के प्रवास के दौरान उनका वजन 112 से 114 पाउंड के बीच था, और आज भी वे 113 पाउंड के ही हैं। उनका हृदय और फेफड़े एकदम व्यवस्थित काम कर रहे हैं। उनकी नाड़ी की गति 68 है। संक्षेप में कहा जाए तो उनका स्वास्थ्य अच्छा है।

आज शाम को गांधीजी की प्रार्थना, कलकत्ता की परिस्थिति पर केंद्रित थी। उन्होंने कहा कि 'हिंदू और मुसलमान, दोनों ही पागलों जैसा व्यवहार कर रहे हैं।' उन्होंने आगे कहा, *"मुस्लिम लीग मंत्रिमंडल ने क्या किया अथवा क्यों किया, इसकी व्याख्या में मैं नहीं जाना चाहता। परंतु 15 अगस्त से खंडित बंगाल का काम-काज सँभालने वाले कांग्रेस के मुख्यमंत्री, डॉक्टर प्रफुल्ल चंद्र घोष अपना काम कैसे करते हैं, इस पर मेरा पूरा ध्यान रहेगा। मैं यह सुनिश्चित करूँगा और ध्यान रखूँगा कि कांग्रेस के शासन में मुसलमानों पर अत्याचार नहीं होना चाहिए। मैं नोआखाली भी जाऊँगा, परंतु कलकत्ता में शांति स्थापित होने के बाद.. !"*

□

इधर दिल्ली में शाम होते ही रामलीला मैदान पर जबरदस्त भीड़ एकत्रित हुई है। 'स्वतंत्रता सप्ताह' आज से आरंभ होने जा रहा है। आज शनिवार है और अब अगले शुक्रवार को हम एक स्वतंत्र राष्ट्र बनने जा रहे हैं। कांग्रेस के बड़े-बड़े नेताओं के आज होनेवाले भाषण, यह एक बड़ा आकर्षण है। इस सभा में

नेहरू, पटेल जैसे बड़े नेता बोलने वाले हैं। यह कार्यक्रम दिल्ली प्रदेश कांग्रेस कमेटी ने आयोजित किया है। इस कारण शुरुआत में दिल्ली प्रांत के स्थानीय नेताओं ने बोलना शुरू किया। परंतु जैसे ही सभास्थल पर नेहरू और पटेल का आगमन हुआ, भीड़ का माहौल एकदम बदल गया। सभी में उत्साह का संचार हो गया। लोग जोर-शोर से स्वत:स्फूर्त नारे लगाने लगे।

जब सरदार पटेल बोल रहे थे, तब संपूर्ण रामलीला मैदान शांति से उन्हें सुन रहा था। पटेल ने विभाजन की विवशता लोगों को समझाने का प्रयास किया, परंतु जनता को उनके तर्क न तो पसंद आ रहे थे और न ही गले उतर रहे थे। इसलिए पटेल के भाषण को अधिक उत्साही प्रतिक्रिया नहीं मिली। लगभग ऐसा ही नेहरू के भाषण के बाद भी हुआ। भीड़ निरुत्साहित-सी लगने लगी।

दिल्ली इस समय विस्थापितों की राजधानी बन चुकी हैं। बड़े पैमाने पर घर-बार, मकान-दुकान, संपत्ति खोकर लुटे-पिटे हिंदू शरणार्थी दिल्ली में डेरा डाले हुए हैं। वे नेहरू-पटेल के मुँह से कोई ठोस बात सुनना चाहते थे। परंतु वैसा नहीं हुआ। नेहरू अंतर्राष्ट्रीय राजनीति पर बोलते रहे। उन्होंने गर्जना की कि अब संपूर्ण एशिया से विदेशी शक्तियों को पूरी तरह खदेड़ दिया जाएगा। परंतु मैदान में एकत्रित जनता पर इसका कोई असर नहीं हुआ।

स्वतंत्रता सप्ताह के पहले ही दिन, सभा की शुरुआत में जैसा उत्साह और प्रसन्नता दिखाई दे रही थी, वैसी सभा के अंत होते-होते दिखाई नहीं दी…!

□

देश के मध्य में स्थित नागपुर के राष्ट्रीय स्वयंसेवक संघ के महाल कार्यालय में शनिवार की रात को संघ के वरिष्ठ प्रचारक और पदाधिकारी बैठे हैं। उनके सामने अखंड भारत का नक्शा रखा हुआ है। इस विभाजन की एकदम सटीक रेखा कौन सी हो सकती है तथा उस विभाजन रेखा के उस पार, बचे हुए हिंदू-सिखों को कैसे बचाया जा सकता है, इस पर गहन मंथन चल रहा है।

□

दसवाँ : 10 अगस्त, 1947

10 अगस्त... । रविवार की एक अलसाई हुई सुबह। सरदार वल्लभभाई पटेल के बँगले अर्थात् 1, औरंगजेब रोड पर काफी हलचल शुरू हो गई है। सरदार पटेल वैसे भी सुबह जल्दी सोकर उठते हैं। उनका दिन जल्दी प्रारंभ होता है। बँगले में रहनेवाले सभी लोगों को इसकी आदत हो गई है। इसलिए जब सुबह सवेरे जोधपुर के महाराजा की आलीशान चमकदार गाड़ी पोर्च में आकर खड़ी हुई, तब वहाँ के कर्मचारियों के लिए यह एक साधारण-सी बात थी।

जोधपुर नरेश, हनुमंत सिंह... । ये कोई मामूली व्यक्ति नहीं थे। राजपूताना की सबसे बड़ी रियासत, जिसका इतिहास बहुत पीछे, यानी सन् 1250 तक जाता है। पच्चीस लाख जनसंख्या वाली यह विशाल रियासत, छत्तीस हजार स्क्वेयर मील में

फैली हुई है। पिछले कुछ दिनों से मोहम्मद अली जिन्ना इस रियासत को पाकिस्तान में विलीन कराने के लिए भरसक प्रयास कर रहे हैं। वी.के. मेनन ने यह सारी जानकारी सरदार वल्लभभाई पटेल को दी थी। इसीलिए सरदारजी ने जोधपुर नरेश हनुमंत सिंह को अपने घर आमंत्रित किया हुआ है।

सरदार पटेल, हनुमंत सिंह को साथ लेकर अपने विशाल और शानदार दीवानखाने में आए। आरंभिक औपचारिक बातचीत के बाद सरदार पटेल सीधे मूल विषय पर आ गए, "मैंने सुना है कि लॉर्ड माउंटबेटन से आपकी भेंट हुई थी। क्या चर्चा हुई?"

हनुमंत सिंह : जी सरदार साहब। भेंट तो हुई, लेकिन कोई खास चर्चा नहीं हुई है।

सरदार पटेल : परंतु मैंने तो सुना है कि आपकी भेंट जिन्ना से भी हुई है और आपने यह निर्णय लिया है कि आपकी रियासत स्वतंत्र रहेगी?

हनुमंत सिंह : (*झेंपते हुए*) हाँ, आपने एकदम सही सुना है।

सरदार पटेल : यदि आपको स्वतंत्र रहना है, तो रह सकते हैं। परंतु आपके इस निर्णय के बाद यदि जोधपुर रियासत में कोई विद्रोह हुआ तो भारत सरकार से आप किसी सहायता की उम्मीद न रखें।

हनुमंत सिंह : परंतु जिन्ना साहब ने हमें बहुत सी सुविधाएँ और आश्वासन दिए हैं। उन्होंने यह भी कहा है कि वे जोधपुर को कराची से रेलमार्ग द्वारा जोड़ देंगे। यदि ऐसा नहीं हुआ, तो हमारी रियासत का व्यापार ठप्प पड़ जाएगा।

सरदार पटेल : हम आपके जोधपुर को कच्छ से जोड़ देंगे। आपकी रियासत के व्यापार पर कतई कोई फर्क नहीं पड़ेगा। और हनुमंतजी, एक बात और आपके पिताजी यानी उमेश सिंहजी मेरे अच्छे मित्रों में से एक थे। उन्होंने मुझे आपकी देखभाल का जिम्मा सौंपा हुआ है। यदि आप सीधे रास्ते पर नहीं चलते हैं तो आपको अनुशासन में लाने के लिए मुझे आपके पिता की भूमिका निभानी पड़ेगी।

हनुमंत सिंह : सरदार पटेल साहब, आपको ऐसा करने की आवश्यकता नहीं पड़ेगी। मैं कल ही जोधपुर जाकर भारत देश के साथ विलीनीकरण के करार पर अपने हस्ताक्षर करता हूँ।

□

कलकत्ता, सोडेपुर आश्रम

संभवत: रविवार होने के कारण कलकत्ता के सोडेपुर आश्रम में गांधीजी की प्रात: प्रार्थना में अच्छी-खासी भीड़ इकठ्ठा है। गांधीजी ने सदा की भाँति अपनी शैली में प्रार्थना और सूत कताई की और अब वे लोगों को संबोधित करने के तैयार हैं। गांधीजी अकसर बैठे-बैठे ही संवाद स्थापित करते हैं। उन्होंने बोलना शुरू किया, "मैं नोआखाली जाने के लिए निकलने ही वाला था। परंतु मेरा वह पूर्व-नियोजित दौरा मैंने कुछ दिनों के लिए आगे टाल दिया है, क्योंकि कलकत्ता के अनेक मुस्लिम मित्रों ने मुझसे ऐसा करने की विनती की है। मुझे ऐसा लग रहा है कि यदि मैं नोआखाली गया, और यहाँ कलकत्ता में कोई अप्रिय घटना हुई तो समझिए कि मेरा जीवन जीने का प्रयोजन ही नष्ट हो जाएगा।"

धीमे स्वरों में वे आगे बोलते रहे, "मुझे यह सुनकर बेहद दुःख हुआ है कि कलकत्ता के अनेक भागों में मुस्लिम बंधु जा नहीं सकते हैं और कई भागों में हिंदू लोग नहीं जा सकते हैं। मैं स्वयं इन सभी क्षेत्रों में जाकर देखनेवाला हूँ कि क्या स्थिति है? इस शहर में केवल 23 प्रतिशत मुसलमान हैं। ये 23 प्रतिशत लोग किसी का क्या बिगाड़ सकते हैं? मैंने तो ऐसा भी सुना है कि आगामी कांग्रेस शासन की आड़ लेकर कुछ हिंदू पुलिसवाले मुसलमानों को परेशान कर रहे हैं। यदि पुलिस बल में भी ऐसी ही जातीय भावना घर कर गई है, तो भारत का भविष्य निश्चित ही अंधकारमय हो जाएगा…"

प्रार्थना के लिए एकत्रित लोगों में हिंदुओं की संख्या ही अधिक है। उन्हें गांधीजी द्वारा दिया गया भाषण बिल्कुल पसंद नहीं आया है। यदि केवल 23% मुसलमान पिछले वर्ष 'डायरेक्ट ऐक्शन डे' के दिन हजारों हिंदुओं का खून बहा सकते हैं तो उनके बहुमत में आने के बाद हमारा क्या होगा? यही प्रश्न वे सभी लोग आपस में एक-दूसरे से पूछ रहे हैं।

प्रार्थना पूरी होने के बाद गांधीजी ने उनका नियमित हल्का नाश्ता, यानी एक कप बकरी का दूध, थोड़ा-सा सूखा मेवा और खजूर ग्रहण किया और वे अंदर के कमरे में आए। यहाँ वे कांग्रेस सरकार के मंत्रियों के साथ चर्चा करनेवाले हैं। धीरे-धीरे सारे मंत्री वहाँ इकठ्ठा होने लगे। अगले पंद्रह मिनट में ही भावी मुख्यमंत्री प्रफुल्लचंद्र घोष और उनके आवश्यक सहयोगी भी आ गए। गांधीजी अपनी हमेशावाली, धीमी बोलनेवाली, शैली में इन सभी मंत्रियों को समझाने लगे। उन्होंने कहा, *"सुहरावर्दी के शासनकाल में भले ही हिंदुओं पर थोड़े-बहुत अत्याचार हुए हों। हो सकता है कि कुछ मुस्लिम पुलिसवालों ने भी हिंदुओं से अच्छा बरताव नहीं किया हो, लेकिन इसका अर्थ यह नहीं है कि हम भी प्रतिशोधात्मक कारवाई करने लग जाएँ। कलकत्ता का एक-एक मुसलमान सुरक्षित रहना चाहिए, इसकी चिंता आप सभी को करनी है।"*

□

उधर दिल्ली के मंदिर मार्ग स्थित हिंदू महासभा के भवन में चल रही 'अखिल भारतीय हिंदू संसद' का आज दूसरा दिन है। अखंड हिंदुस्तान से इस परिषद् के लिए आए हुए सभी प्रतिनिधियों के मन में विभाजन के प्रति गहरा क्रोध है, आक्रोश है। उनके मन में विस्थापित होनेवाले एवं मारे जा रहे हिंदुओं-सिखों के लिए वेदना है।

आज इस सभा में प्रस्ताव का दिन है। बहुत से वक्ताओं ने अपनी बात रखी।

बंगाल से आए हुए न्यायमूर्ति निर्मलचंद्र चटर्जी बहुत ही बढ़िया बोले। उन्होंने कहा, "3 जून को ब्रिटिश सरकार द्वारा दिया गया विभाजन का प्रस्ताव स्वीकार करके कांग्रेस ने न केवल बहुत बड़ी गलती की है, वरन् करोड़ों भारतीयों की पीठ में छुरा भी घोंपा है। भारत का विभाजन स्वीकार करने का अर्थ यह है कि कांग्रेस ने मुस्लिम लीग की गुंडागर्दी के सामने पराजय स्वीकार कर ली है।"

इस परिषद् में सुबह के सत्र में सबसे अंत में बोलने वाले थे, वीर सावरकर। उन्होंने अपने शानदार वक्तृत्व एवं तर्कशुद्ध मुद्दों के साथ सभी प्रतिनिधियों को मंत्रमुग्ध कर दिया। सावरकर ने कहा, "अब सरकारों से कोई निवेदन अथवा अनुरोध नहीं करना है। अब हमें सीधे प्रत्यक्ष रूप में कृति करनी चाहिए। सभी दलों के हिंदू, अपने हिंदुस्तान को अखंड बनाने के लिए अपने-अपने काम से लग जाएँ। नेहरू ने जो डरपोक तर्क दिया है कि 'खून-खराबा टालने के लिए हमने पाकिस्तान के निर्माण को मान्यता दी है', वह केवल धोखेबाजी है। क्योंकि विभाजन मंजूर होने के बाद भी मुसलमानों द्वारा हिंदुओं का रक्तपात बंद तो हुआ ही नहीं, वरन् अब देश के और भी टुकड़े करने की माँग वे कर रहे हैं। यदि समय रहते इन बातों पर प्रतिबंध नहीं लगाया गया, तो इस देश में चौदह पाकिस्तान बनने का खतरा है। इस कारण केवल रक्तपात से भयभीत न होते हुए हमें 'जैसे को तैसा' वाला जवाब देना चाहिए। सभी हिंदुओं को पार्टी भेद भुलाकर संगठित होते हुए सामर्थ्यवान बनना चाहिए, ताकि देश का विभाजन नष्ट किया जा सके।"

इसी सभा में सर्वानुमति से ये माँगें की गई कि सभी हिंदुओं को एक होकर अखंड भारत निर्माण हेतु संगठित होना चाहिए। भगवा ध्वज, ही राष्ट्रध्वज होना

चाहिए। हिंदी राष्ट्रभाषा होनी चाहिए तथा भारत को हिंदू राष्ट्र घोषित किया जाए। देश में जल्दी से जल्दी आम चुनाव भी करवाए जाएँ।

□

आकाश में बादल छाए हुए हैं और हल्की बारिश के कारण गीला-गीला सा हो गया है, कराची शहर। सिंध प्रोविंशियल लेजिस्लेटिव असेंबली के उस हॉल में पाकिस्तान की संविधान सभा की पहली संक्षिप्त बैठक शुरू हुई है। वैसे तो आज कोई खास काम-काज नहीं है। मुख्य कार्य जो भी होना है, वह तो कल ही होगा, क्योंकि कल 'कायदे आजम' जिन्ना, स्वत: असेंबली को संबोधित करनेवाले हैं।

ठीक 11 बजे असेंबली का काम-काज आरंभ हुआ। कुल 72 सदस्यों में से 52 सदस्य उपस्थित थे। पश्चिम पंजाब के दो सिख सदस्यों ने इस असेंबली का बहिष्कार किया हुआ है, तो जाहिर है कि वे भी उपस्थित नहीं हैं। पहली पंक्ति में बैठे पाकिस्तान के गवर्नर जनरल घोषित किए गए, बैरिस्टर मोहम्मद अली जिन्ना, जब अपनी सीट से उठकर मंच पर जाने लगे तो सभी सदस्यों ने सम्मानपूर्वक, तालियों की गड़गड़ाहट और मेजें थपथपाकर उनका स्वागत किया। जिन्ना ने पाकिस्तान की संसदीय काररवाई के रजिस्टर पर सबसे पहले हस्ताक्षर किए। पाकिस्तान की संविधान सभा के अध्यक्ष पद हेतु उन्होंने बंगाल के जोगेंद्रनाथ मंडल

का नाम प्रस्तावित किया और वह तत्काल मंजूर भी हो गया।

अखंड भारत की अंतरिम सरकार में कानून मंत्री रहे, दलितों के नेता जोगेंद्रनाथ मंडल ही पाकिस्तान की पहली Constituent Assembly के पहले अध्यक्ष बने। जोगेंद्रनाथ मंडल सन् 1940 में कांग्रेस से निष्कासित किए जाने के बाद मुस्लिम लीग में शामिल हुए थे। बंगाल के सुहरावर्दी मंत्रिमंडल में वे मंत्री भी थे। सन् 1946 में हिंदुओं के खिलाफ बंगाल के कुख्यात 'डायरेक्ट ऐक्शन डे' की भीषण हिंसा के समय मंडल साहब पूरे बंगाल में प्रवास करते हुए दलितों को मुसलमानों के खिलाफ नहीं होने के लिए मनाते रहे। मुस्लिम लीग और जिन्ना ने जोगेंद्रनाथ मंडल के इस कार्य की सराहना की, और उन्हें पुरस्कारस्वरूप असेंबली का अध्यक्ष बनाया। असेंबली की आज की काररवाई केवल एक घंटा दस मिनट चली। बाहर कोई खास भीड़ नहीं थी और न ही लोगों में कोई उत्साह दिखाई दिया।

□

रविवार : दोपहर का समय। पुरानी दिल्ली के मुस्लिम लीग कार्यालय के बाहर अनेक मुसलमान क्रोध में हैं और आपस में विवाद कर रहे हैं। दिल्ली के मुस्लिम व्यापारियों का आरोप है कि मुस्लिम लीग के नेता हमें मुसीबत में छोड़कर पाकिस्तान भाग रहे हैं। प्रतिदिन निकलनेवाली 'पाकिस्तान स्पेशल ट्रेन' में मुस्लिम लीग का कोई-न-कोई नेता पाकिस्तान जा रहा है। इन्हीं नेताओं के विरोध में आक्रोशित मुस्लिम व्यापारियों ने दरियागंज बाजार बंद का आह्वान किया हुआ है। दिल्ली के मुसलमानों को ऐसा लग रहा है कि वे नेतृत्व विहीन हो गए हैं।

□

दिल्ली की म्युनिसिपल कमेटी ने बैठकों एवं छोटे-मोटे कार्यक्रमों के लिए एक सुंदर हॉल का निर्माण किया है। दोपहर के भोजन के बाद नेहरू ने इस नवनिर्मित हॉल का निरीक्षण किया।

Pandit Jawaharlal Nehru inspecting along with city fathers on Sunday the newly constructed meeting hall of Delhi Municipal Committee.

□

शाम को 17, यॉर्क रोड के अपने विशाल बँगले में नेहरू अपने सेक्रेटरी को एक पत्र का डिक्टेशन दे रहे हैं—

प्रिय लॉर्ड माउंटबेटन,

9 अगस्त को आपके द्वारा लिखे गए उस पत्र हेतु आभार, जिसमें आपने अगले वर्ष से 15 अगस्त के दिन शासकीय इमारतों पर यूनियन जैक फहराने के संबंध में लिखा है। मुझे आपको यह बताते हुए हर्ष होता है कि आपके सुझाव के अनुसार अगले वर्ष से हर 15 अगस्त को तिरंगे के साथ यूनियन जैक भी फहराएँगे।

आपका विश्वासपात्र,

जवाहरलाल नेहरू

यानी जिस ध्वज को खत्म करने, नीचे गिराने के लिए अनेक क्रांतिकारियों, अनेक सत्याग्रहियों ने गोलियाँ खाईं, अत्याचार सहे, वही यूनियन जैक स्वतंत्रता

दिवस के साथ ही और 12 प्रमुख दिनों में भारत की सभी शासकीय इमारतों पर फहरनेवाला है!

□

दोपहर की परछाइयाँ अब धीरे-धीरे लंबी होती जा रही हैं। लाहौर के 'बारूदखाना' नामक इलाके में मुसलमानों की गंभीर हलचल, अत्यधिक जोश और उत्साह से जारी हैं। यह वही इलाका है, जहाँ हिंदुओं और सिखों की दिन-दहाड़े भी जाने की हिम्मत नहीं होती। इस इलाके में मियाँ परिवार का एकछत्र साम्राज्य है। लाहौर के प्रथम नागरिक (मेयर) का यह क्षेत्र है। इस क्षेत्र में नियमित रूप से एक भटियारखाना चलता रहता है। हिंदू-सिख परिवारों को पाकिस्तान से भगाने और उनकी लड़कियाँ उठानेवाले मुस्लिम गुंडों के लिए यहाँ दिन भर खाने-पीने की व्यवस्था रहती है।

आज 'मियाँ की हवेली' में षड्यंत्र रचा जा रहा है। 14 अगस्त के बारे में। एकमत से यह तय किया होता है कि 14 अगस्त के बाद लाहौर में एक भी हिंदू-सिख को नहीं रहने दिया जाएगा। यह योजना इसी संदर्भ में बन रही है।

□

अब केवल अगले चार दिन ही अखंड रहनेवाले इस भारत में, शाम की विभिन्न छटाएँ देखने को मिल रही हैं। जहाँ सुदूर पूर्व, अर्थात् असम और कलकत्ता में दीया-बाती जलाने का समय हो चुका है, वहीं पूर्व में पेशावर और माउंटगोमरी में अभी भी धूप अपने हाथ-पैर लंबे कर, अलसाई हुई मुद्रा में शाम ढलने का इंतजार कर रही है।

इसी पृष्ठभूमि में अलवर, हापुड़, लायलपुर, अमृतसर जैसे शहरों से भयंकर दंगों की खबरें लगातार आती जा रही हैं। अनेक हिंदुओं के मकानों पर आग लगाए हुए कपड़े के गोले फेंके जा रहे हैं। अनेक हिंदू बस्तियों में व्यापारियों की दुकानें लूटकर उन्हें खाली कर दिया गया है।

□

लाहौर स्थित जेल रोड पर रहनेवाले वीरभान। असिस्टेंट डायरेक्टर ऑफ इंडस्ट्रीज जैसे बड़े पद पर आसीन, एकदम जिंदादिल, परोपकारी व्यक्ति। लाहौर शहर की अस्थिर और खतरनाक स्थिति को देखते हुए, उन्होंने रविवार की छुट्टी का फायदा उठाते हुए यह शहर छोड़ने का निर्णय लिया। इस काम के लिए उन्होंने दो ट्रक बुक किए। अनेक वर्षों तक उनकी सेवा करनेवाला और उन्हें भरोसेमंद लगनेवाला उनका ड्राइवर मुसलमान ही है। वीरभान ने उसी को ट्रक में भरने के

लिए कुछ कुली लाने भेजा। उनका वह कथित भरोसेमंद मुस्लिम ड्राइवर, लाहौर के मोझंग इलाके के कुछ मुस्लिम गुंडों को कुली के रूप में ले आया। शाम तक उन सभी ने वीरभान का सारा सामान दोनों ट्रकों में भर लिया। जब वीरभान महोदय कुलियों को पैसा देने पहुँचे, तो उन सभी ने आपस में मिलकर वीरभान पर आक्रमण कर दिया। चाकुओं के लगातार कई वार किए। अपने पति को तड़पते हुए, रक्त में डूबा देखकर उनकी पत्नी को चक्कर आ गए। गुंडों ने उन्हें भी ट्रक में डाला और रात के अँधेरे में दोनों ही ट्रक उनके इच्छित स्थान की तरफ रवाना हो गए। सौभाग्य केवल इतना ही रहा कि वीरभान की दोनों किशोरवयीन लड़कियाँ यह घटना देखकर पिछले दरवाजे से निकल भागीं और सीधे हिंदू बहुल मोहल्ले किशन नगर में ही रुकीं, इसीलिए वे बच गईं।

एक वरिष्ठ सरकारी अधिकारी की, पंजाब की राजधानी में, एक भरी-पूरी बस्ती के बीचोबीच, 10 अगस्त की शाम को हत्या और लूटपाट कर दी गई, लेकिन कोई हलचल नहीं हुई।

□

जिस समय लाहौर में वीरभान रक्त के तालाब में डूबे तड़प रहे थे और वे मुस्लिम गुंडे उनकी पत्नी के साथ ही उनकी पूरी संपत्ति लूट रहे थे... ठीक उसी समय 8 सौ मील दूर कराची में पाकिस्तान के आगामी वजीर-ए-आजम, लियाकत अली का वक्तव्य अखबारों के कार्यालयों में पहुँच चुका था। लियाकत अली ने अपने प्रेस नोट में लिखा था, "हम बारंबार आश्वासन देते हैं कि पाकिस्तान में गैर-मुस्लिमों को न केवल संरक्षण दिया जाएगा, बल्कि उन्हें कायदे-कानून के अनुसार पूरे अधिकार भी प्रदान किए जाएँगे। हिंदू यहाँ पूरी तरह सुरक्षित रहेंगे, लेकिन दुर्भाग्य से हिंदुस्तान के बहुसंख्यक हिंदू लोग इस प्रकार से नहीं सोच रहे हैं।"

लियाकत अली ने आगे लिखा, "भारत के विविध प्रांतों से जो खबरें आ रही हैं, खासकर पूर्वी पंजाब, पश्चिम बंगाल और संयुक्त प्रांत से, उसके अनुसार हमारे मुस्लिम बंधुओं पर बहुसंख्यक हिंदू जबरदस्त अत्याचार कर रहे हैं। कांग्रेस पार्टी के अध्यक्ष स्वयं ही सिंध प्रांत के अपने दौरे में यहाँ के हिंदुओं को हमारे खिलाफ भड़का रहे हैं। विभिन्न प्रेस रिपोर्ट्स के जरिए मेरी जानकारी में आया है कि कृपलानी ने यह धमकी दी है कि सिंध प्रांत के हिंदू कानून अपने हाथों में लेंगे, और जो घटनाएँ बिहार में हुई हैं, वैसी ही सिंध में भी दोहराई जाएँगी...!"

□

लाहौर का संघ कार्यालय...। वैसे तो छोटा-सा ही है, परंतु आज कार्यकर्ताओं/

स्वयंसेवकों की भीड़ से भरा हुआ है। रविवार, 10 अगस्त की रात को दस बजे भी इस कार्यालय में खासी चहल-पहल है। स्वयंसेवकों के चेहरे से साफ दिख रहा है कि वे तनावग्रस्त हैं। लाहौर के हिंदू और सिखों को सुरक्षित रूप से भारत की तरफ वाले पंजाब कैसे पहुँचाया जाए, इसकी चिंता सभी के मन में है।

कार्यालय के बाहर संघ के संस्थापक डॉ. हेडगेवार की अर्ध-प्रतिमा लगी हुई है। पास के मकान से आनेवाले बल्ब की पीली रोशनी मूर्ति पर पड़ने से वह चेहरा चमक रहा है। डॉ. हेडगेवार की देश में यह पहली मूर्ति है। लेकिन यह मूर्ति गवाह है कि पंजाब प्रांत के स्वयंसेवकों ने पिछले दिनों, हिंदू-सिखों को बचाने के लिए किस प्रकार अदम्य साहस, धैर्य, पुरुषार्थ एवं जिजीविषा का परिचय दिया हैं!

□

ग्यारहवाँ : 11 अगस्त, 1947

आज सोमवार होने के बावजूद कलकत्ता शहर से थोड़ा बाहर स्थित सोडेपुर आश्रम में गांधीजी की सुबह वाली प्रार्थना में अच्छी-खासी भीड़ है। पिछले दो-तीन दिनों से कलकत्ता शहर में शांति बनी हुई है। गांधीजी की प्रार्थना का प्रभाव यहाँ के हिंदू नेताओं पर दिखाई दे रहा है। ठीक एक वर्ष पहले, मुस्लिम लीग ने कलकत्ता शहर में हिंदुओं का जैसा रक्तपात किया था, क्रूरता और नृशंसता का जैसा नंगा नाच दिखाया था, उसका बदला लेने के लिए हिंदू नेता आतुर हैं। लेकिन गांधीजी के कलकत्ता में होने के कारण यह कठिन है और इसीलिए अखंड बंगाल के 'प्रधानमंत्री' शहीद सुहरावर्दी की भी इच्छा है कि गांधीजी कलकत्ता में ही ठहरें।

इसका कारण भी साफ है। अब यह स्पष्ट हो चला है कि विभाजन के पश्चात् कलकत्ता हिंदुस्तान में रहेगा और ढाका पाकिस्तान में जाएगा। हिंदुस्तान वाले बंगाल के नए मुख्यमंत्री भी तय हो चुके हैं और अगले 5 दिनों में पश्चिम बंगाल में मुस्लिम लीग का शासन खत्म होने जा रहा है। कलकत्ता के मुसलमानों की रक्षा हो सके, इसलिए सुहरावर्दी को गांधीजी कलकत्ता में ही चाहिए हैं।

आज सुबह की प्रार्थना में गांधीजी ने थोड़ा अलग विषय लिया। उन्होंने कहा, "आज मैं मेरे सामने उपस्थित किए गए प्रश्नों का उत्तर देनेवाला हूँ। इसमें से मुझ पर एक आरोप यह है कि मेरी प्रार्थना सभाओं में महत्त्वपूर्ण, धनवान नेताओं को ही स्थान मिलता है। सामान्य व्यक्ति को अगली पंक्ति में स्थान नहीं मिलता। चूँकि कल रविवार था, इसलिए आश्रम में भारी भीड़ हो गई थी। संभवतः इसलिए ऐसा हुआ होगा। मैं उन सभी लोगों से हृदयपूर्वक विनती करता हूँ कि वे कृपया धैर्य रखें। मैंने अपने कार्यकर्ताओं से कह दिया है कि बिना किसी भेदभाव के सभी लोगों को अंदर आने दें।"

"जब मैं कलकत्ता आया, उसी दिन मैंने चटगाँव में आई हुई बाढ़ का समाचार

पढ़ा था। इस भीषण बाढ़ में न जाने कितने लोगों की मृत्यु हुई है। संपत्ति का कितना नुकसान हुआ, यह अभी ठीक से पता नहीं चला है। परंतु ऐसी विपत्ति के समय हमें पश्चिम या पूर्व, पाकिस्तान अथवा हिंदुस्तान जैसी बातों का विचार न करते हुए, मदद के लिए तुरंत जाना चाहिए। चटगाँव की बाढ़, यानी संपूर्ण बंगाल पर आई हुई आपदा है। 'ऑल बंगाल रिलीफ कमेटी' बनाकर उसमें सभी को मदद करनी चाहिए, ऐसा मैं आप सभी से अनुरोध करता हूँ। मैं पूरे दिल से चटगाँव के बाढ़ग्रस्त लोगों के साथ हूँ।"

"अनेक पत्रकार मुझसे पूछ रहे हैं कि स्वतंत्र भारत में गवर्नर, मंत्री एवं अन्य महत्त्वपूर्ण पदों पर मैं किसे नियुक्त करने जा रहा हूँ? मानो मैं कांग्रेस वर्किंग कमेटी का सदस्य ही हूँ और मैं उनके निर्णयों को प्रभावित कर सकता हूँ... ! मैं तो ऐसा मानता हूँ कि मैं कांग्रेसियों के हृदय में बसता हूँ। यदि मैंने अपनी मर्यादाओं का उल्लंघन किया तो मैं कांग्रेस कार्यकर्ताओं के मन से उतर जाऊँगा। इसलिए किसी भी नियुक्ति में कानूनन मेरा कोई अधिकार नहीं है, परंतु नैतिकता की दृष्टि से अधिकार है।"

"क्या आप सभी इस बात से सहमत हैं कि दोनों ही तरफ के लोगों और नेताओं को पूर्व एवं पश्चिम बंगाल के विभिन्न इलाकों में जाकर शांति-सद्भाव का आह्वान करना चाहिए, क्योंकि अब झगड़ा समाप्त हो चुका है? मेरा उत्तर है, 'हाँ।' यदि सभी नेतागण दिल से एकजुट हो जाएँ तो सभी प्रश्न हल हो जाएँगे और इसीलिए मैं कहता हूँ कि मुसलमानों का प्रतिकार मत करो। 'आँख के बदले आँख' की नीति एक जंगली उपाय है। अहिंसा ही सभी प्रश्नों का उत्तर है... !"

□

कराची स्थित ब्रिटिश शैली में निर्मीत भव्य असेंबली भवन। एक राजमहल जैसी दिव्य दिखने वाली विशाल इमारत

सोमवार, सुबह ठीक 9 बजकर 55 मिनट पर नवनिर्मित पाकिस्तान के पितृपुरुष, अर्थात् कायदे आजम जिन्ना एक सजाई हुई शाही बग्घी से इस इमारत के पोर्च में उतरे। उनके स्वागत हेतु, कड़क प्रेस किए हुए गणवेश में कुछ अधिकारी और लियाकत अली खान जैसे कुछ चुनिंदा लोग मौजूद हैं। ठीक दस बजे पाकिस्तान की संविधान सभा की पहली बैठक आरंभ हुई और इस बैठक के अस्थायी अध्यक्ष हैं—जोगेंद्रनाथ मंडल।

जोगेंद्रनाथ मंडल ने बैठक की शुरुआत की, "अध्यक्ष पद के चुनाव हेतु, जो प्रस्ताव कल की बैठक में रखा गया था, उसके पैराग्राफ क्रमांक-2 का पालन करते

हुए मैं घोषणा करता हूँ कि इस पद के लिए मुझे कुल सात नामांकन पत्र कायदे आज़म जिन्ना के समर्थन में प्राप्त हुए हैं। इन सम्माननीय सदस्यों के नाम इस प्रकार हैं—

1. गयासुद्दीन पठान
2. हमीदुल हक चौधरी
3. अब्दुल कासिम खान
4. मान्यवर लियाकत अली खान
5. ख्वाजा नझिमुद्दीन
6. मान्यवर एम.के. खुहरो
7. मौलाना शब्बीर अहमद उस्मानी

उपरोक्त सभी सातों मान्यवर सदस्यों ने इस प्रस्ताव का समर्थन किया है। अन्य किसी भी व्यक्ति का नामांकन प्राप्त नहीं हुआ है, इसलिए मैं मान्यवर कायदे आजम जिन्ना को पाकिस्तान की संविधान सभा का अध्यक्ष घोषित करता हूँ। अब मैं कायदे आजम साहब से अनुरोध करता हूँ कि वे कृपया अपना आसन ग्रहण करें।"

लियाकत अली खान और सरदार अब्दुल रब खान निश्तार, दोनों कायदेआजम जिन्ना को अध्यक्ष के आसन तक ले गए। तालियों की गड़गड़ाहट के बीच मोहम्मद अली जिन्ना ने अपना आसन ग्रहण किया।

पूर्वी बंगाल के लियाकत अली खान ने अध्यक्ष पद पर आसीन जिन्ना का गौरव गान करते हुए पहला भाषण दिया। उन्होंने जिन्ना की मुक्त कंठ से प्रशंसा की और उनके साथ पिछले ग्यारह वर्षों से किए गए कामों का उल्लेख भी किया। उन्होंने कहा, "यह एक ऐतिहासिक आश्चर्य ही है कि बिना किसी रक्तपात के, बिना किसी रक्तरंजित क्रांति के आपके नेतृत्व में हमने अपना पाकिस्तान हासिल कर लिया है।"

लियाकत अली के बाद पूर्वी बंगाल की कांग्रेस पार्टी के किरण शंकर रॉय ने भी कांग्रेस पार्टी की ओर से जिन्ना का अभिनंदन किया। उन्होंने पंजाब और बंगाल के विभाजन संबंधी अपनी आपत्तियाँ और नापसंद खुलकर जाहिर की। साथ ही, यह भी स्पष्ट किया कि चूँकि यह निर्णय कांग्रेस और मुस्लिम लीग, दोनों की सहमति से हुआ है, इसलिए हमारी पूर्ण निष्ठा इस देश के प्रति समर्पित है।

रॉय के बाद सिंध प्रांत से आए एम.ए. खुहरो का भाषण हुआ। फिर जोगेंद्रनाथ मंडल बोले। पूर्वी बंगाल के अब्दुल कासिम खान और पश्चिमी पंजाब की बेगम जहांआरा शाहनवाज के बोलने के पश्चात्, सबसे अंत में कायदे आजम जिन्ना बोलने के लिए खड़े हुए। इस समय तक दोपहर के बारह बज चुके थे। जिन्ना अत्यंत सपाट, भावरहित चेहरे के साथ बोल रहे थे, मानो वो किसी अदालत में सधी, सरल बहस कर रहे हों··· !

उन्होंने कहा, "इस असेंबली में उपस्थित सभी स्त्री-पुरुषो···आपने मुझे जो जिम्मेदारी दी है, मैं उसके लिए आपका आभार व्यक्त करता हूँ। जिस पद्धति से हमने पाकिस्तान का निर्माण कर लिया है, इतिहास में ऐसा कोई भी दूसरा उदाहरण नहीं है। इस कॉन्स्टीट्यूएंट असेंबली के दो प्रमुख उद्देश्य हैं। पहला यह कि हमें इसके माध्यम से अपने पाकिस्तान का सार्वभौम संविधान तैयार करना है और दूसरा यह कि हमें एक सार्वभौम, संपूर्ण राष्ट्र के रूप में अपने पैरों पर खड़े होना है। हमारा पहला उद्देश्य कानून और व्यवस्था कायम करना है। रिश्वतखोरी और कालाबाजारी को पूरी तरह से बंद करना होगा। मुझे जानकारी है कि सीमा के दोनों ओर, पंजाब और बंगाल का विभाजन स्वीकार न करनेवाले अनेक लोग होंगे। परंतु कम-से-कम मुझे तो इसके अलावा कोई दूसरा विकल्प समझ में नहीं आता। अब चूँकि यह निर्णय हो ही चुका है, तो हम इसे पूरी व्यवस्था और समझदारी के साथ लागू करें।"

"आप चाहे किसी भी धर्म के हों, पाकिस्तान में आप अपने श्रद्धा स्थानों और पूजा-स्थलों में जाने के लिए मुक्त हैं। आप मंदिर जाएँ अथवा मसजिद जाएँ, आपके ऊपर कोई बंधन नहीं होगा। पाकिस्तान में सर्वधर्म समभाव है और रहेगा। हिंदू, मुस्लिम, रोमन कैथोलिक, पारसी—ये सभी लोग पाकिस्तान में पूर्ण सद्भाव के साथ आपस में मिल-जुलकर रहेंगे। धर्म को लेकर किसी के साथ कोई भेदभाव नहीं किया जाएगा।"

सभागृह में बैठे हुए मुस्लिम लीग के सदस्य मन-ही-मन यह विचार कर रहे थे कि यदि वास्तव में ऐसा ही है, तो फिर हमने पाकिस्तान का निर्माण क्यों और किसके लिए किया है··· ?

□

सुबह के 11:00 बजे हैं। आज सूर्य बहुत आग उगल रहा है। बारिश के कोई आसार नजर नहीं आ रहे हैं। आकाश एकदम स्वच्छ है। सप्ताह भर पहले अच्छी बारिश हुई थी, इसलिए आसपास का वातावरण हरा-भरा है।

कलात, बलूचिस्तान के प्रमुख शहरों में से एक। क्वेटा से केवल नब्बे मील दूरी पर स्थित सघन जनसंख्यावाला यह शहर है। मजबूत दीवारों के भीतर बसे हुए इस शहर का इतिहास दो-ढाई हजार वर्ष पुराना है। कुजदर, गंदावा, नुश्की, क्वेटा जैसे शहरों में जाना हो तो कलात शहर को पार करके ही जाना पड़ता है। इसीलिए इस शहर का एक विशिष्ट सामरिक महत्त्व भी है। बड़ी-बड़ी दीवारों के अंदर बसे इस शहर के मध्य भाग में एक बड़ी-सी हवेली है। इस हवेली के (गढ़ी के), जो खान हैं (प्रमुख है), उनका 'राजभवन' यह बलूचिस्तान की राजनीति का प्रमुख केंद्र है। इस राजभवन में मुस्लिम लीग, ब्रिटिश सरकार के रेजिडेंट और कलात के मीर अहमद यार खान की एक बैठक चल रही है। इनके बीच एक समझौते पर हस्ताक्षर होनेवाले हैं, जिसके माध्यम से आज दिनांक से, अर्थात् 11 अगस्त 1947 से, कलात एक स्वतंत्र देश के रूप में काम करने लगेगा।

ब्रिटिश राज्य व्यवस्था में बलूचिस्तान के कलात का एक विशेष स्थान पहले से ही है। सारी 560 रियासतों और रजवाड़ों को अंग्रेजों ने 'अ' श्रेणी में रखा है, जबकि सिक्किम, भूटान और कलात को उन्होंने 'ब' श्रेणी की रियासत का दर्जा दिया हुआ है। अंततः दोपहर एक बजे समझौता-पत्र पर तीनों के हस्ताक्षर हो गए। इस संधि के द्वारा यह घोषित किया गया कि कलात अब भारत का राज्य नहीं रहा, बल्कि यह एक स्वतंत्र राष्ट्र है। मीर अहमद यार खान इस देश के पहले राष्ट्र प्रमुख हैं।

कलात के साथ ही मीर अहमद यार खान साहब का पूर्ण वर्चस्व इस इलाके के पड़ोस में स्थित लास बेला, मकरान और खारान क्षेत्रों पर भी है। इसलिए भारत और पाकिस्तान का निर्माण होने से पहले ही, इन सभी भागों को मिलाकर, मीर

अहमद यार खान के नेतृत्व में बलूचिस्तान राष्ट्र का निर्माण हो गया हैं··· !

□

'ऑल इंडिया रेडियो' दिल्ली का मुख्यालय··· ए.आई.आर. की प्रेस नोट सभी अखबारों को भेजी जा चुकी है। ए.आई.आर. के मुख्यालय में अच्छी-खासी व्यस्तता है। 14 और 15 अगस्त की तैयारियाँ जोर-शोर से चल रही हैं। दिनांक 14 अगस्त की रात का आँखों देखा हाल, ऑल इंडिया रेडियो को ही प्रसारित करना है। उसका पूरा कार्यक्रम तैयार हो चुका है।

14 अगस्त रात को 8.10 से लेकर 8.45 तक : इंडिया गेट पर राष्ट्रध्वज फहराया जाएगा। उसका आँखों देखा हाल अंग्रेजी में प्रसारित किया जाएगा।

रात को 10.30 से 11.00 तक : श्रीमती सरोजिनी नायडू का संदेश अंग्रेजी में प्रसारित किया जाएगा। उसके बाद पंडित जवाहरलाल नेहरू का संदेश अंग्रेजी में प्रसारित होगा। फिर इन दोनों संदेशों का अनुवाद हिंदी में प्रसारित किया जाएगा। यह प्रसारण 17.84 MHz और 21.51 MHz बैंड पर किया जाएगा।

रात्रि 11.00 से 12.30 तक : संविधान सभा भवन में चलने वाले सत्ता हस्तांतरण का आँखों देखा हाल भी प्रसारित किया जाएगा। यह प्रसारण 17.76 MHz और 21.51 MHz बैंड पर किया जाएगा।

□

दिल्ली में स्थित एक बड़ा-सा बँगला। 'गोहत्या विरोधी परिषद्' का सम्मेलन यहाँ पर जारी है। इसकी अध्यक्षता कर रहे हैं, जिन्ना का बँगला खरीदने वाले, सेठ रामकृष्ण डालमिया। इस बैठक में यह प्रस्ताव पारित किया गया है कि स्वतंत्र भारत की पहली सरकार से यह अनुरोध किया जाएगा कि गौवंश की रक्षा करना, गौवंश की उत्तम देखरेख करना, यह भारतीयों का मूलभूत अधिकार होना चाहिए। प्रतिवर्ष करोड़ों की संख्या में गायों का कत्ल हो रहा है, वह पूर्णरूप से बंद होना चाहिए। देश के विकास में गौवंश की बड़ी महत्त्वपूर्ण भूमिका है।

रामकृष्ण डालमियाजी का विचार है कि औरंगजेब रोड पर स्थित जिन्ना के इस बँगले को ही गौहत्या विरोधी आंदोलन का मुख्य केंद्रबिंदु बनाया जाए, इसका प्रतीकात्मक संदेश भी अच्छा रहेगा।

□

कराची

भोजन के पश्चात् अगले सत्र में, पाकिस्तान की संविधान सभा बैठक में कुछ खास काम नहीं हुआ। केवल पकिस्तान के राष्ट्रध्वज के बारे में निर्णय लिया गया।

इसके अनुसार, पाकिस्तान के राष्ट्रध्वज में एक चौथाई सफेद और तीन-चौथाई रंग हरा होगा, तथा इसमें चाँद-तारे की डिजाइन बनी हुई होगी। यह प्रस्ताव संविधान सभा के सामने रखा गया और एकमत से पारित भी हो गया।

□

मद्रास

यहाँ पर जस्टिस पार्टी की बैठक जारी है। यह पार्टी 31 वर्ष पुरानी है, लेकिन आज भी यह ब्राह्मणवाद विरोधी राजनीति ही करती है। इसके अध्यक्ष पी.टी. राजन ने इस बैठक में भारत की स्वतंत्रता का स्वागत करने संबंधी प्रस्ताव रखा, जो बहुमत से पारित किया गया। यह भी निश्चित किया गया कि 15 अगस्त के दिन मद्रास राज्य में स्वतंत्रता दिवस उत्साह और उल्लास के साथ मनाया जाएगा।

इसके साथ ही यह प्रस्ताव भी पारित किया गया कि भारत को स्वतंत्रता मिलने के बाद तत्काल ही भाषावार प्रांतों की रचना करने की माँग रखी जाएगी।

□

लॉर्ड माउंटबेटन का आज का दिन बेहद व्यस्तता भरा रहा। सुबह-सवेरे उठते ही उन्होंने अपने शयनकक्ष में लगे बड़े से कैलेंडर की तरफ हसरत भरी निगाहों से देखा। केवल चार दिन··· ब्रिटिश साम्राज्य के अधीन रहे भारत से अपना बोरिया-बिस्तर समेटने का समय अब केवल चार दिन के लिए ही बचा है···!

सुबह लॉर्ड साहब की डॉ. कुंवर सिंह और सरदार पणिक्कर के साथ एक बैठक हुई। यह बैठक बहुत महत्त्वपूर्ण थी, क्योंकि इससे पहले भोपाल के नवाब की बातों में आकर बीकानेर के महाराजा ने भी उनकी रियासत को भारत में विलीन करने की दिशा में अनिच्छा जाहिर की थी, लेकिन माउंटबेटन को ऐसी छोटी-छोटी स्वतंत्र रियासतें नहीं चाहिए थीं। क्योंकि जितने ज्यादा स्वतंत्र राज्य रहते, ब्रिटिश सत्ता का सिरदर्द उतना ही बढ़ जाता। इसीलिए इस बैठक का बहुत महत्त्व था।

इस बैठक के बाद माउंटबेटन ने डॉ. कुंवर सिंह और सरदार पणिक्कर को ठीक से पूरी स्थिति समझाई कि यदि बीकानेर रियासत पाकिस्तान के साथ विलीन

की गई, तो किस प्रकार की अनिश्चिंतता और अशांति निर्माण हो सकती है। इस मुलाकात के बाद माउंटबेटन को विश्वास हो गया कि संभवतः अब बीकानेर रियासत के विलीनीकरण का प्रश्न समाप्त हो ही जाएगा।

दोपहर को ही माउंटबेटन ने दक्खन के हैदराबाद रियासत के नवाब को पत्र लिख दिया कि हैदराबाद स्टेट के भारत में शामिल होने संबंधी ऑफर अभी दो महीने और बढ़ाई जा रही है।

□

बंगाल के पूर्व में स्थित जेस्सोर, खुलना, राजशाही, दीनाजपुर, रंगपुर, फरीदपुर, बारीसाल, नदिया जैसे गाँवों में शाम के साढ़े पाँच बजे दीया-बाती का और रोशनी करने का समय हो चुका है। अंधियारी शाम का यह उदास वातावरण, हल्की बारिश

और संभावित दंगों का भय···इनके कारण समूचे वातावरण में एक मलिनता-सी छाई हुई है। ये सभी गाँव हिंदू बहुल थे, परंतु पिछले वर्ष 'डायरेक्ट ऐक्शन डे' के बाद से ही यहाँ मुस्लिम लीग के गुंडे बेहद आक्रामक हो चले हैं। इन्होंने हिंदू डॉक्टरों, प्राध्यापकों और जमींदारों को पश्चिम बंगाल भाग जाने का आदेश दिया हुआ है।

बारिसाल···साठ-सत्तर हजार जनसंख्या वाला छोटा-सा शहर। इसे 'पूर्व का वेनिस' भी कहा जाता हैं। 'कीर्तनखोला' नदी के किनारे पर बसा हुआ यह शहर, पूरी तरह से हिंदू संस्कृति में रचा-बसा है। बारिसाल पर तो बंगाल के नवाब का शासन भी संभव नहीं हुआ था। अंग्रेजों द्वारा बंगाल को अधीन करने से पहले यहाँ के अंतिम राजा थे, राजा रामरंजन चक्रवर्ती। मुकुंद दास नामक कविराज द्वारा निर्मित भव्य काली मंदिर और हिंदू राजाओं द्वारा निर्माण किया गया विशाल दुर्गा सरोवर बारिसाल की विशिष्टता है। ऐसे हिंदू चेहरे-मोहरे-संस्कृति वाले बारिसाल से हिंदुओं को मुसलमान जबरन बाहर निकाल रहे हैं।

पता नहीं, बारिसाल और समूचे पूर्वी बंगाल के हिंदुओं ने कौन से पाप किए हैं?

☐

दोपहर के 4:30 बज रहे हैं। धूप अब उतरने लगी है। सोडेपुर आश्रम में थोड़ी व्यस्तता है, क्योंकि अभी गांधीजी कलकत्ता के दंगाग्रस्त भागों का दौरा करनेवाले हैं। खंडित पश्चिम बंगाल के मुख्यमंत्री डॉ. प्रफुल्ल चंद्र घोष, कलकत्ता के मेयर एस.सी. रॉय चौधरी और पूर्व मेयर एस.एम. उस्मान भी आश्रम में पहुँच चुके हैं। इन सभी को साथ लेकर ही गांधीजी यह दौरा करनेवाले हैं।

अगले 5 मिनट में ही कलकत्ता के पुलिस कमिश्नर, एस.एन. चटर्जी भी पहुँच गए और यह दौरा आरंभ हुआ। 5-6 कारें···आगे-पीछे पुलिस की गाड़ियाँ··· इस प्रकार यह काफिला कलकत्ता के दंगाग्रस्त इलाके की परिस्थिति देखने निकला। पाइकपारा, चिट्पोर, बेलगाछी, मानिकतोला, बेलियाघाट, नर्केल, एन्टेली, तंगरा और राजा बाजार···दंगों में पूरी तरह ध्वस्त हो चुके मकान, जलकर खाक हो चुके मंदिर और दुकानें···!

चितपुर में हिंदुओं के जले हुए मकानों के भग्नावशेष देखते हुए गांधीजी कुछ देर वहाँ खड़े रहे। बहुत से मकानों में, जिन्हें दंगाइयों ने नष्ट कर दिया था, अब कोई भी नहीं रहता है। शाम के धुंधलके में ऐसे सुनसान और भयानक दृश्य को गांधीजी देखते ही रह गए।

बेलियाघाट परिसर में कुछ हजार लोग इकठ्ठे हैं। उन्होंने 'महात्मा गांधी की जय' के नारे जरूर लगाए, लेकिन अन्य किसी भी स्थान पर इस काफिले को

देखकर लोगों ने कोई भी प्रतिक्रिया नहीं दिखाई। अपना सबकुछ गँवा चुके ये हिंदू, एकदम शुष्क और निर्विकार चेहरे के साथ गांधीजी की तरफ देख रहे हैं।

पचास मिनट का यह दौरा निपटाकर जब गांधीजी सोडेपुर आश्रम पहुँचे, तब तक उनका मन एकदम विषण्ण और खिन्न हो चुका था…!

□

बारहवाँ : 12 अगस्त, 1947

आज मंगलवार, 12 अगस्त। आज परमा एकादशी है। चूँकि इस वर्ष पुरुषोत्तम मास सावन महीने में आया है, इसलिए इस पुरुषोत्तम मास में आनेवाली एकादशी को परमा एकादशी कहते हैं।

कलकत्ता के नजदीक स्थित सोडेपुर आश्रम में गांधीजी के साथ ठहरे हुए लोगों में से दो-तीन लोगों का परमा एकादशी का व्रत है। उनके लिए विशेष फलाहार की व्यवस्था की गई, लेकिन गांधीजी के दिमाग में कल रात को सुहरावर्दी के साथ हुई भेंट घूम रही हैं।

शहीद सुहरावर्दी

इस नाम में 'शहीद' शब्द का बलिदान से कतई कोई संबंध नहीं है। यदि हुआ भी तो वह 'दूसरों की हत्या करनेवाला' जैसा ही संबंध है। सन् 1946 के 'डायरेक्ट ऐक्शन डे' का खलनायक सुहरावर्दी, उस घटना के एक वर्ष बाद गांधीजी से भेंट करने आया हैं। 'डायरेक्ट ऐक्शन डे' वाले दिन अत्यंत क्रूरता और बर्बरता से 5 हजार हिंदुओं की हत्या का पाप अपने माथे पर लिए शान से घूम रहा है। अत्यंत धूर्त, स्त्री-लंपट, व्यसनी और क्रूर सुहरावर्दी देखने में

एकदम पढ़ा-लिखा और सभ्य व्यक्ति लगता है। बड़े ही आधुनिक कपड़े पहनता है। कट्टर मुसलमान होने के बावजूद इस मामले में वह अंग्रेजीदाँ ही है।

आज गांधीजी की प्रार्थना में काफी भीड़ है। कुछ पत्रकार भी सामने बैठे दिखाई दे रहे हैं। भजन और सूत कातने के बाद गांधीजी बोलना आरंभ करते हैं, "अब केवल दो दिन बाद ही, आनेवाला 15 अगस्त, भारत के इतिहास में एक अत्यंत महत्त्वपूर्ण दिवस सिद्ध होने जा रहा है। मैंने सुना है कि कलकत्ता के कुछ मुसलमान इस दिवस को 'शोक दिवस' के रूप में मनाने जा रहे हैं। मैं आशा करता हूँ कि यह समाचार गलत होगा। जाहिर है कि यह महत्त्वपूर्ण दिवस कैसे मनाना चाहिए, इस बारे में प्रत्येक व्यक्ति का दृष्टिकोण अलग होगा और वैसे भी, हम किसी पर भी यह दिन विशिष्ट पद्धति से मनाने के लिए जबरदस्ती नहीं करेंगे। अब प्रश्न यह है कि पाकिस्तान के हिंदुओं को क्या करना चाहिए? तो मेरा जवाब यही है कि उन्हें पाकिस्तान के राष्ट्रध्वज को प्रणाम करना चाहिए।"

"मैंने यह भी सुना है कि भारत में पुर्तगाल और फ्रांस शासित राज्यों (अर्थात् गोवा, दमण, दीव, पांडिचेरी आदि) में रहनेवाले भारतीय भी 15 अगस्त के दिन स्वतंत्रता की घोषणा करनेवाले हैं। यह पूरी तरह से मूर्खता है। इसका अर्थ यही निकाला जाएगा कि हम भारतीयों में घमंड आ गया है। अभी ब्रिटिश भारत छोड़कर जा रहे हैं, फ्रेंच अथवा पुर्तगाली नहीं। मेरा यह मानना है कि इन राज्यों में रहनेवाले भारतीय भी, आज नहीं तो कल, स्वतंत्र हो ही जाएँगे। परंतु उन्हें आज कानून अपने हाथ में नहीं लेना चाहिए।"

"कल रात को शहीद साहब सुहरावर्दी मुझसे भेंट करने आए थे। उन्होंने मुझसे कहा है कि ऐसी अशांत परिस्थिति में मुझे कलकत्ता छोड़कर नहीं जाना चाहिए। उन्होंने मुझसे अनुरोध किया है कि मैं कलकत्ता में अपना मुकाम कुछ दिन और बढ़ाऊँ और जब तक पूर्ण शांति स्थापित नहीं हो जाती, तब तक मैं यहीं रहूँ।"

"उनका यह अनुरोध स्वीकार करने के लिए मैंने सुहरावर्दी साहब के सामने एक शर्त रखी है। और वह शर्त है कि कलकत्ता के किसी अशांत स्थान पर सुहरावर्दी साहब मेरे साथ एक छत के नीचे रहें और उस स्थान पर पुलिस अथवा सेना की कोई सुरक्षा नहीं हो। अगले एक-दो दिनों में सीमा आयोग का निर्णय घोषित होगा और विभाजन की निश्चित रेखा स्पष्ट हो जाएगी। ऐसे कठिन समय पर हिंदुओं और मुसलमानों, दोनों को ही उस आयोग के निर्णय का सम्मान करना आवश्यक है।"

□

श्रीनगर

कश्मीर के महाराजा ने उनके प्रधानमंत्री रामचंद्र काक को बर्खास्त कर दिया है। प्रधानमंत्री के रूप में काक का केवल दो वर्षों का कार्यकाल अत्यधिक विवादित रहा है। उन्होंने कांग्रेस और जवाहरलाल नेहरू से खुली दुश्मनी मोल ले ली थी।

कुछ माह पूर्व, जब 19 से 23 जून के बीच लॉर्ड माउंटबेटन कश्मीर में प्रवास पर आए थे, तब उन्होंने महाराजा से निवेदन किया था कि कश्मीर का विलीनीकरण पाकिस्तान में कर दिया जाए। उस समय महाराजा ने यह सलाह सिरे से ठुकरा दी थी। लेकिन इसके बाद काक महाशय ने यह पैंतरा चला था कि कश्मीर का विलीनीकरण यदि पाकिस्तान में नहीं हो रहा हो, तो वह भारत में भी नहीं होना चाहिए। काक ने महाराजा को सलाह दी कि कश्मीर को स्वतंत्र ही रखें।

नौ-दस दिन पहले, यदि गांधीजी ने अपनी श्रीनगर यात्रा में स्पष्ट रूप से अपना मत रखा होता कि कश्मीर का विलय भारत में ही होना चाहिए, तो संभवत: कई बातें बेहद सरल हो जातीं। लेकिन गांधीजी को भारत और पाकिस्तान, दोनों ही उनकी अपनी संतानें लगती थीं, इसलिए उन्होंने कश्मीर के विलीनीकरण के बारे में कुछ भी नहीं कहा। नेहरू के आग्रह पर गांधीजी ने 'रामचंद्र काक को निकाल दीजिए', इतना ही सुझाव महाराजा को दिया।

गांधीजी की इस सलाह का सम्मान करते हुए महाराजा हरिसिंह ने उसे अमल में लाया और मूलत: हिमाचल प्रदेश के, परंतु महाराजा के रिश्तेदार जनक सिंह को कश्मीर का नया प्रधानमंत्री घोषित किया। रामचंद्र काक ने भागने का प्रयास किया, परंतु वे सफल नहीं हुए। महाराजा हरिसिंह ने उन्हें घर में ही नजरबंद रखने का आदेश दिया।

अब कश्मीर की राजनीति में एक नया अध्याय शुरू हो चुका है।

□

दिल्ली

भारत सरकार के कार्मिक मंत्रालय का एक आदेश निकला है, जिसमें डॉक्टर जीवराज मेहता को 'डायरेक्टर जनरल ऑफ मेडिकल सर्विसेस' के रूप में नियुक्ति प्रदान की गई है। ब्रिटिश शासन की दृष्टि से यह एक ऐतिहासिक घटना है। क्योंकि ऐसा पहली ही बार हुआ है कि 'इंडियन मेडिकल सर्विस' से बाहर के किसी चिकित्सक की इस सर्वोच्च पद पर नियुक्ति हुई है।

डॉक्टर जीवराज मेहता, गांधीजी के निजी चिकित्सक हैं और पिछले बीस वर्षों

से वे ही गांधीजी के स्वास्थ्य का ध्यान रखते आए हैं।

□

पांडिचेरी

भारत की फ्रेंच सरकार ने आज की अपनी बैठक में सभाओं और रैलियों पर लगाया हुआ प्रतिबंध समाप्त कर दिया। 'इस मामले में गिरफ्तार किए गए लोगों को जल्दी ही छोड़ दिया जाएगा' यह घोषणा भी की गई है।

भारत में फ्रेंच गवर्नर और अन्य फ्रेंच अधिकारियों ने पेरिस से वापस आते ही कलकत्ता में गांधीजी से भेंट की और इसके बाद ही यह घोषणा की गई है। यह घोषणा पांडिचेरी के साथ ही माहे और चंदन नगर में भी लागू मानी जाएगी।

□

लाहौर

कल रात से ही लाहौर में भड़के भीषण दंगों ने अब रौद्र रूप धारण कर लिया है। कल किसी ने यह अफवाह उड़ा दी थी कि रेडक्लिफ के सीमा आयोग ने लाहौर को भारत में शामिल करने का निश्चय कर लिया है।

बस, फिर क्या था! 'मुस्लिम नेशनल गार्ड' के लोग तो इसी अवसर की प्रतीक्षा में थे। उनकी तरफ से तो हिंसा की पूरी तैयारी थी। इस अफवाह के कारण सामान्य मुसलमान भी आक्रोशित हो उठा। कल रात से ही आगजनी की घटनाएँ शुरू हो गई थीं। लाहौर के कुछ इलाकों में संघ के स्वयंसेवकों ने अद्भुत एवं अतुलनीय शौर्य का

प्रदर्शन करते हुए, कई हिंदू-सिखों के प्राण बचाए। संघ कार्यालय हिंदू मोहल्ले में होने के बावजूद 'मुस्लिम नेशनल गार्ड' इस पर हमला करेंगे, ऐसी सूचना मिलने के कारण बहुत से स्वयंसेवक, संघ कार्यालय की रक्षा के लिए वहाँ रात भर मजबूती से डटे रहे।

आज सुबह दस बजे से ही मुस्लिम गुंडों के आक्रमण और भी तीव्र होते चले गए। साथ ही, चूँकि सिख अपने पहनावे के कारण जल्दी पहचान में आ जाते हैं, इसलिए सिखों पर ही सबसे ज्यादा हमले हुए। डिप्टीगंज नामक हिंदू-सिख बहुल इलाके में सुबह ग्यारह बजे, एक प्रौढ़ सिख व्यक्ति को मुस्लिम गुंडों ने सरेराह और दिन-दहाड़े कत्ल कर दिया। उसकी अंतड़ियाँ बाहर निकाल लीं। वह सिख रास्ते के बीचोबीच तड़पता रहा और मात्र 5 मिनट में ही उसने दम तोड़ दिया।

लाहौर की सड़कों पर अत्यंत भयानक और पाशविक अत्याचार जारी थे। दोपहर 3:00 बजे तक अधिकृत रूप से मृतकों की संख्या पचास पार कर चुकी थी। इन मृतकों में अधिकांश हिंदू और सिख ही थे। ऐसे थोड़े बहुत भाग्यशाली लोग थे, जो अस्पताल पहुँच सके। उनके जख्म इतने विचित्र, भयानक और गहरे थे कि डॉक्टर और नर्सें भी एक-एक घायल के साथ अक्षरशः मृत्यु से युद्ध कर रहे थे। दोपहर आते-आते लाहौर के दंगों की आग गुरुदासपुर और लायलपुर तक पहुँच चुकी थी।

अंततः दोपहर 4:00 बजे गवर्नर जेनकिंस ने लॉर्ड माउंटबेटन को टेलीग्राम भेजा कि लाहौर और अमृतसर की पुलिस पर भरोसा नहीं किया जा सकता। 'मुस्लिम नेशनल गार्ड' के कार्यकर्ता पुलिस की वर्दी में दंगे कर रहे हैं। परिस्थिति नियंत्रण से बाहर हो चुकी है।

इधर, लाहौर जल रहा है। लाहौर के साथ ही पूरा पंजाब भी जलने की कगार पर है, लेकिन दिल्ली में बैठे सत्ताधीशों को इससे कोई खास फर्क पड़ता नहीं दिख रहा।

□

कलकत्ता···दोपहर के 2:00 बजे

कलकत्ता बंदरगाह के ढाई लाख मुसलमान खलासियों की ओर से एक पैम्फलेट प्रकाशित किया गया है। इस पैम्फलेट में मुस्लिम खलासियों के संगठन ने धमकी दी है कि यदि कलकत्ता को पाकिस्तान में शामिल नहीं किया गया, तो वे अनिश्चितकालीन हड़ताल करेंगे। इसमें आगे कहा गया है कि सन् 1690 से, जब से कलकत्ता बंदरगाह का निर्माण हुआ है, तभी से यह मुस्लिमों के नियंत्रण में है। इस कारण हिंदू बहुल पश्चिम बंगाल को इसे देना किसी भी अर्थ में उचित नहीं कहा जा सकता।

□

कलकत्ता···सोडेपुर आश्रम, दोपहर 2:00 बजे

आश्रम में गांधीजी झपकी ले रहे हैं। इस कारण अखंड बंगाल के 'प्रधानमंत्री', हुसैन शहीद सुहरावर्दी की ओर से आए हुए, कलकत्ता के पूर्व महापौर उस्मान के

सामने इंतजार करने के अलावा कोई विकल्प नहीं है।

3:00 बजे उस्मान की गांधीजी से भेंट हुई। उस्मान अपने साथ शहीद सुहरावर्दी का एक पत्र लेकर आए हैं। इस पत्र में सुहरावर्दी ने गांधीजी के साथ एक ही छत के नीचे रहनेवाला प्रस्ताव मान्य कर लिया है। यह पत्र पढ़ते समय गांधीजी के चश्मे के अंदर से चमकने वाली उनकी आँखें स्पष्ट दिखाई दे रही हैं। अनेक लोगों ने गांधीजी से कहा था कि सुहरावर्दी पर विश्वास नहीं करना चाहिए। यह एक अहले दर्जे का बदमाश व्यक्ति है। परंतु किसी व्यक्ति के बारे में ऐसी कोई भी राय कायम करना गांधीजी को मंजूर नहीं था। इसीलिए उन्होंने इस व्यक्ति के साथ एक छत के नीचे रहने का प्रयोग करके देखना निश्चित किया।

□

कराची, दोपहर के 2:00 बजे

अब कुछ ही दिनों के लिए शेष रह गए कराची के कांग्रेस कार्यालय से एक प्रेस नोट तमाम अखबारों को भिजवाने के लिए तैयार हो चुकी है। यह प्रेस नोट कांग्रेस के अखिल भारतीय अध्यक्ष आचार्य जे.बी. कृपलानी की है। आचार्य कृपलानी स्वयं कराची में उपस्थित हैं, परंतु कांग्रेस कार्यालय में जो भी बचे-खुचे कार्यकर्ता हैं, उनमें कृपलानी से भेंट करने का कतई कोई उत्साह दिखाई नहीं दे रहा।

इस प्रेस नोट में, कृपलानी ने कल लियाकत अली खान द्वारा उन पर तथा कांग्रेस पार्टी पर जो आरोप लगाए हैं, उनका खंडन किया है। "कल लियाकत अली खान ने मुझ पर आरोप लगाया है कि मैं सिंध के हिंदुओं को भड़का रहा हूँ और उन्हें सरकार के खिलाफ विद्रोह के लिए उकसा रहा हूँ...मैं इस आरोप का पूरी

तरह से खंडन करता हूँ। अपनी कुछ सभाओं में मैंने जिस नारे का उल्लेख किया है, उसमें कहा गया है कि 'हँस के लिया है पाकिस्तान, लड़ के लेंगे हिंदुस्तान।' इस संदर्भ में मैंने हिंदू और मुसलमान, दोनों से ही इस प्रकार की भड़काऊ नारेबाजी बंद करने का आग्रह किया है। ऐसे नारे लगानेवालों से मैंने कहा है कि यदि भारतीय सेना पाकिस्तान की सीमा पर आएगी, तो पाकिस्तान के हिंदुओं को बहुत ही बुरी परिस्थिति का सामना करना पड़ेगा। इसी प्रकार, यदि पाकिस्तानी सैनिक भारतीय सीमा पर पहुँचेंगे तो भारत के मुसलमानों की परिस्थिति बहुत की विकट हो जाएगी।"

कृपलानी ने आगे कहा, "कांग्रेस ने अभी भी अखंड भारत की आशा छोड़ी नहीं है। परंतु यह अखंड भारत शांतिपूर्ण मार्ग से प्राप्त किया जाना चाहिए, ऐसा हमारा प्रयास रहेगा।"

□

दिल्ली का गवर्नर हाउस

लॉर्ड माउंटबेटन का कार्यालय। लॉर्ड साहब अपनी खास आरामकुर्सी पर पीठ टिकाए, आँखें बंद करके विचारमग्न बैठे हैं। उनकी आँखों के सामने भारत में अंग्रेजी साम्राज्य का विस्तीर्ण इतिहास एक चलचित्र की तरह आ रहा है। ठीक

आज के ही दिन, हाँ, आज के ही दिन, तत्कालीन अखंड भारत में अंग्रेजों का राजनीतिक प्रतिनिधित्व आरंभ हुआ था। एकदम सटीक रूप से कहा जाए तो 12 अगस्त 1765 के दिन ही 'इलाहाबाद समझौता' हुआ था। वैसे तो ईस्ट इंडिया कंपनी भारत में सन् 1600 से काम कर रही थी। इसने भारत में अनेक समझौते भी किए। इलाहाबाद समझौते से पहले मुगलों से, विजापुरकर सल्तनत से, मराठों से, निजाम से⋯अनेक से हुए, परंतु ये सारे समझौते व्यापारिक किस्म के थे। सबसे पहले, बक्सर के युद्ध के बाद,

अंग्रेजों ने पहली बार राजनीतिक स्वरूप का समझौता जिसके साथ किया, वह था मुगल बादशाह शाह आलम (द्वितीय)। आज से ठीक 182 वर्ष पहले।

तब से लेकर आज तक गंगा नदी में काफी पानी बह चुका है। इस बीच सन् 1857 का विद्रोह भी हो गया, लेकिन अब यह साम्राज्य केवल दो दिनों के बाद हम इन भारतीयों को सौंपने जा रहे हैं।

एक झटके से लॉर्ड साहब की आँख खुली। फिलहाल भूतकाल में झाँकने का कोई फायदा नहीं। अभी तो वर्तमान की तरफ ध्यान देना जरूरी है। लॉर्ड साहब एक अत्यंत महत्त्वपूर्ण विषय को पूरा करने जा रहे हैं और यह विषय है—अखंड हिंदुस्तान की सेना का विभाजन। इसके द्वारा एयरफोर्स की दस स्क्वॉड्रन में से दो पाकिस्तान को और आठ भारत को मिलेंगी। इसी प्रकार, आर्मी और नेवी के विभाजन में भी दो यूनिट भारत को और एक पाकिस्तान को दी जाएगी, ऐसा विभाजन किया जा रहा है।

अलबत्ता, अप्रैल 1948 तक फील्ड मार्शल सर क्लाउड अचिंलेक ही दोनों देशों की सेनाओं के सुप्रीम कमांडर रहेंगे। इसी प्रकार, लॉर्ड माउंटबेटन भी जॉइंट डिफेंस कौंसिल के चेयरमैन बने रहेंगे। स्वयं माउंटबेटन ने यह घोषणा की।

□

लंदन...

अंग्रेजों की राजधानी में रहनेवाले भारतीय, स्वतंत्रता दिवस समारोह मनाने के लिए बहुत उत्साहित और उत्तेजित हैं। इंडिया हाउस पर 15 अगस्त के दिन भव्य तरीके से तिरंगा फहराया जानेवाला है। इस कार्यक्रम के लिए ब्रिटिश प्रधानमंत्री एटली और उनके मंत्रिमंडल के सहयोगियों को आमंत्रित किया गया है। इस कार्यक्रम की अध्यक्षता करेंगे—ब्रिटेन में भारतीय हाईकमिश्नर कृष्ण मेनन। यह कार्यक्रम 15 अगस्त को सुबह 11:00 बजे होगा।

इसी के साथ लंदन में अनेक सार्वजनिक स्थानों पर, छोटे-छोटे समूहों में भी स्वतंत्रता दिवस मनाया जाएगा। सभी भारतीय रेस्तराँओं को 15 अगस्त के दिन तिरंगे रंग से सजाया जानेवाला है। लंदन के वेस्ट-एंड इलाके में भारतीय विद्यार्थियों ने यह आयोजन 'स्वराज हाउस' में मनाने का निश्चय किया है। इंडियन वर्कर्स एसोसिएशन के भव्य समारोह में प्रमुख वक्ता रहेंगे—भारत के समाजवादी आंदोलन के प्रमुख नेता, अच्युतराव पटवर्धन।

भारत का स्वतंत्रता दिवस मनाने के लिए 14 अगस्त की रात को 11:15 बजे, सिंगापुर के नॉर्थ रिज रोड स्थित 'रॉयल टॉकीज' में 'धरती' नामक हिंदी फिल्म का

खास शो दिखाया जानेवाला है। इस फिल्म में त्रिलोक कपूर और मुमताज शांति प्रमुख भूमिकाओं में हैं और यह फिल्म अन्य सभी स्थानों पर पहले ही काफी हिट हो चुकी है।

□

कलकत्ता के बेलियाघाट की हैदरी मंजिल

शहीद सुहरावर्दी के साथ एक छत के नीचे रहने के लिए गांधीजी ने यह स्थान चुना है। मूलत: यह इमारत एक अंग्रेज व्यापारी की थी, परंतु 1923 में पश्चिम भारत के शिया मुसलमानों में से एक, दाऊदी बोहरा समाज के कुछ लोगों ने कुछ प्रॉपर्टी कलकत्ता में खरीद ली थी। उन्हीं में से एक है, 'हैदरी मंजिल'। शेख आदम नामक बोहरा व्यापारी ने यह इमारत खरीदी थी। अपनी मृत्यु से पहले शेख आदम ने यह स्थान अपनी बेटी हुसैनी बाई बंगाली के नाम कर दिया है। परंतु फिलहाल इस स्थान पर सुहरावर्दी का कब्जा है।

बेलियाघाट एक बेहद गंदा और मलिन परिसर है। हिंदू-मुस्लिमों की मिश्रित जनसंख्या वाला, परंतु फिर भी मुस्लिम बहुल इलाका है। इस परिसर की यह इमारत वीरान पड़ी थी। यहाँ पर कोई भी नहीं रहता था। बड़े-बड़े चूहों का इमारत में साम्राज्य था।

परंतु कल से गांधीजी और सुहरावर्दी यहाँ निवास करनेवाले हैं, इसलिए इस इमारत का थोड़ा रंग-रोगन और साफ-सफाई की जा रही है। बड़ी संख्या में कर्मचारी और कारीगर शाम से ही इस स्थान को थोड़ा ठीकठाक स्वरूप में लाने के लिए संघर्ष कर रहे हैं।

□

बंबई

दादर स्थित 'राष्ट्र सेविका समिति' की एक कार्यकर्ता का मकान। रात के साढ़े 9:00 बजे हैं, परंतु उस विशाल मकान में लगभग पैंतीस से चालीस सेविकाओं की बैठक चल रही है। राष्ट्र सेविका समिति की प्रमुख संचालिका यानी लक्ष्मीबाई केलकर अर्थात् 'मौसीजी', कल सुबह की फ्लाइट से कराची जानेवाली हैं। इसी संदर्भ में यह बैठक है। लगभग आठ-दस दिन पहले हैदराबाद, सिंध की जेठी देवानी नामक सेविका का एक पत्र 'मौसीजी' को प्राप्त हुआ था। इस पत्र में उनके परिवार पर आई विपत्तियों और कठिन परिस्थिति का वर्णन था। वह पत्र पढ़कर ही लक्ष्मीबाई केलकर ने यह निर्णय लिया कि सिंध प्रांत में, विशेषकर कराची में, जाकर सेविकाओं की सारी व्यवस्थाएँ ठीक करनी ही होंगी।

□

खंडित स्वतंत्रता के लिए अब केवल 3 रातें ही बची हैं। सीमाओं पर दंगों की आग भड़की हुई है। पंजाब जैसे राज्य में तो मानो प्रशासन नाम की कोई चीज बाकी नहीं बची है। मुरगियों, भेड़-बकरियों की तरह हिंदू मारे जा रहे हैं और इधर 3 जून को भारत का विभाजन स्वीकार करनेवाले कांग्रेस के नेता, दिल्ली के राजनीतिक वातावरण में 14 अगस्त की रात्रि वाले स्वतंत्रता समारोह की तैयारियों में लगे हुए हैं··· !

□

तेरहवाँ : 13 अगस्त, 1947

बंबई···जुहू हवाई अड्डा

टाटा एयर सर्विसेज के काउंटर पर आठ-दस महिलाएँ खड़ी हैं। सभी अनुशासित हैं और उनके चेहरों पर जबरदस्त आत्मविश्वास दिखाई दे रहा है। ये सभी 'राष्ट्र सेविका समिति' की सेविकाएँ हैं।

इनकी प्रमुख संचालिका यानी लक्ष्मीबाई केलकर अर्थात् 'मौसीजी', कराची जानेवाली हैं। कराची में जारी अराजकता एवं अव्यवस्था के माहौल में हैदराबाद (सिंध) की एक सेविका ने उनको एक पत्र भेजा है। उस सेविका का नाम है—जेठी देवानी। देवानी परिवार सिंध का एक साधारण परिवार है, जो संघ से जुड़ा हुआ है।

जेठी देवानी का पत्र आने के बाद मौसीजी से रहा नहीं गया। सिंध क्षेत्र की सेविकाओं की मदद के लिए तत्काल वहाँ जाने का निश्चय उन्होंने किया। राष्ट्र सेविका समिति का गठन हुए केवल ग्यारह वर्ष ही हुए हैं, परंतु समिति का काम तेजी से आगे बढ़ रहा है। यहाँ तक कि सिंध, पंजाब और बंगाल जैसे सीमावर्ती प्रांतों में भी राष्ट्रसेविका समिति का नाम और काम पहुँच चुका है।

कल कराची में कायदे आजम जिन्ना, पाकिस्तान के राष्ट्र प्रमुख की शपथ लेनेवाले हैं। वहाँ पर कल चारों तरफ स्वतंत्रता दिवस के समारोह मनाए जा रहे होंगे, परंतु फिर भी वहाँ जाना आवश्यक है। इसीलिए मौसीजी अपनी एक अन्य सहयोगी वेणुताई कलमकर के साथ कराची जाने के

लिए हवाई अड्डे पर उपस्थित हैं।

चालीस-पचास यात्रियों की क्षमता वाले उस छोटे से विमान में नौ गज वाली महाराष्ट्रीयन साड़ी पहने हुए केवल यही दोनों महिलाएँ हैं। यात्रियों में हिंदू अधिक नहीं हैं। कांग्रेस में समाजवादी विचारधारा जीवित रखनेवाले जयप्रकाश नारायण भी इस विमान में हैं। पूना के एक सज्जन हैं, जिनका उपनाम देव है और उन्हें मौसीजी ने पहचान लिया। परंतु ये दोनों ही लोग अहमदाबाद में उतर गए। यहाँ से चढ़नेवाले भी अधिकांशत: मुसलमान ही हैं और ऐसे यात्रियों के बीच में केवल ये दोनों महिलाएँ!

विमान में कुछ उत्साही यात्री 'पाकिस्तान जिंदाबाद' का नारा लगा रहे हैं। एक-दो यात्रियों ने 'लड़ के लिया है पाकिस्तान, हँस के लेंगे हिंदुस्तान' जैसे नारे भी लगाए। परंतु मौसीजी का आत्मविश्वास स्थिर बना रहा, उनका निर्णय पक्का था। उनके चेहरे पर एक कठोरता बनी हुई थी। यह देखकर धीरे-धीरे पाकिस्तान के नारे लगाने वाले चुपचाप बैठ गए…!

☐

मुल्तान-लाहौर रेल ट्रैक। नॉर्थ-वेस्टर्न स्टेट रेलवे

लाहौर से पहले का स्टेशन है, रियाजाबाद। सुबह के 11 बजे हैं। बारिश बिल्कुल नहीं है, आकाश एकदम साफ है। स्टेशन पर लगभग सौ-दो सौ मुसलमान हाथों में तलवार और चाकू लेकर खड़े हैं।

अमृतसर और आगे अंबाला जानेवाली यह ट्रेन धीरे-धीरे स्टेशन में प्रवेश कर रही है। पूरे प्लेटफॉर्म पर इन हथियारबंद मुसलमानों के अलावा एक भी आदमी नहीं है। स्टेशन मास्टर अपने केबिन का दरवाजा बंद करके अंदर छिपा हुआ है। उसका असिस्टेंट, रेलवे के सिस्टम पर मोर्स कोड का उपयोग करते हुए अपने मुख्यालय में यह समाचार भेजने का प्रयास कर रहा है, परंतु उसके भी हाथ काँप रहे हैं। इसी कारण कड़-कट, कड़-कट की आवाज के साथ 'डिड-डैश' की भाषा में भेजा जानेवाला टेलीग्राफिक संदेश बार-बार गलत हो रहा है।

गाड़ी प्लेटफॉर्म पर आने तक भयानक शांति छाई हुई है। ट्रेन धीरे-धीरे अंदर आती है। एक जोरदार सीटी बजती है और एक ही क्षण में, 'दीन-दीन, अल्ला-हू-अकबर' के गगनभेदी नारों के साथ, …'मारो-काटो-सालों को' ऐसी आवाजें सुनाई देने लगती हैं। इस ट्रेन से शरणार्थी के रूप में मुल्तान और पश्चिम पंजाब के गाँवों से अपना सबकुछ गँवाकर आए हुए हिंदुओं और सिखों को डिब्बों से बाहर

खींचकर निकाला जाता है। धारदार तलवारों से वहीं-के-वहीं उनकी गरदन उड़ा दी जाती है।

अपने ऑफिस की खिड़की के दरारों से झाँकता हुआ भयभीत स्टेशन मास्टर यह सब देख रहा है, लेकिन कुछ कर नहीं सकता। जाने-अनजाने वह लाशें गिनने लगता है। अभी तक मुसलमानों ने पहले ही झटके में 21 सिखों और हिंदुओं को मार डाला है। आक्रोश व्यक्त करती हुई उनकी महिलाओं और लड़कियों को मुस्लिम गुंडे अपने कंधों पर उठाकर भागते हुए विजयी उल्लास व्यक्त कर रहे हैं। पता नहीं और कितने हिंदू-सिखों को मारा गया होगा? वह अपने असिस्टेंट से कहता है, "यह सारी जानकारी टेलीग्राफ के माध्यम से मुख्यालय भेजो।"

परंतु पंजाब में सेंसरशिप लागू होने के कारण ऐसी न जाने कितनी खबरों को दबा दिया गया है...!

□

कराची

कल पाकिस्तान के स्वतंत्र होने से पहले भारत, पाकिस्तान और ब्रिटिश अधिकारियों की एक गंभीर बैठक चल रही है।

भारत और पाकिस्तान के प्रशासन में सत्ता का विभाजन सरलता से हो सके, इस हेतु यह बैठक बुलाई गई है। व्यापार, संचार, इन्फ्रास्ट्रक्चर, रेलवे, कस्टम इत्यादि अनेक मुद्दों पर इस बैठक में चर्चा हो रही है। अंत में, यह निश्चय किया गया कि फिलहाल संयुक्त भारत (यानी वर्तमान अखंड भारत) की जो नीतियाँ हैं, वही नीतियाँ और नियम मार्च 1948 तक दोनों देशों में लागू रहेंगे। मार्च के बाद दोनों देश अपनी-अपनी नीतियाँ और अपना प्रशासन लागू करेंगे। पोस्ट और टेलीग्राफ का नेटवर्क भी मार्च तक दोनों देशों का एक ही रहेगा। दोनों ही देशों के नागरिक एक-दूसरे के देश में बिना किसी अड़चन के आ-जा सकेंगे।

□

दिल्ली

नेहरू सरकार के सामने सबसे बड़ी चुनौती है, भारत छोड़कर जानेवाले ब्रिटिश अधिकारियों के स्थान पर भारतीय अधिकारियों की नियुक्ति करना। अखंड भारत के मुख्य न्यायाधीश, सर विलियम पेट्रिक स्पेंज कल सेवानिवृत्त हो जाएँगे। अपना पद छोड़ देंगे। इनके स्थान पर सर्वाधिक उपयुक्त व्यक्ति कौन होगा...? कुछ नाम सामने आए हैं। परंतु सारे नामों के बीच अंतत सूरत, गुजरात, के सर हरिलाल

जयकिशनदास कानिया के नाम पर मुहर लगाई गई।

सर कानिया, सूरत के मध्यमवर्गीय परिवार से आए हुए वकील हैं। वे बंबई उच्च न्यायालय में सन् 1930 से न्यायाधीश हैं। 57 वर्षीय सर कानिया आजकल सर्वोच्च न्यायालय के सहयोगी न्यायाधीश हैं। अभी जो मुख्य न्यायाधीश हैं, यानी सर विलियम पेट्रिक स्पेंज, इन्हें भारत-पाकिस्तान आर्बिट्रेशन ट्रिब्यूनल का चेयरमैन नियुक्त किया गया है।

□

पेरिस

आजाद हिंद सेना की ओर से लड़ने वाले अनेक भारतीय, फिलहाल जर्मनी के ब्रिटिश और फ्रेंच इलाकों में एकत्रित हैं। परंतु अब ये सभी सैनिक और अधिकारी भारतीय पासपोर्ट के लिए आवेदन कर सकते हैं और मुक्त रूप से कहीं भी आ-जा सकते हैं। पेरिस में स्थित 'इंडियन मिलिट्री मिशन' ने आज यह घोषणा की। इन कैदियों में डॉ. हरबंस लाल भी शामिल हैं। लाल साहब, नेताजी की 'आजाद हिंद सेना' में लेफ्टिनेंट रहे। अन्य कैदियों के साथ ही डॉ. लाल भी भारत वापस आनेवाले हैं।

□

151, बेलियाघाट, कलकत्ता

हैदरी मंजिल···दोपहर के 3:00 बजे हैं।

सोडेपुर आश्रम से गांधीजी पुरानी-सी शेवरलेट गाड़ी से हैदरी मंजिल पहुँचे। उनके साथ मनु, महादेव भाई और दो अन्य कार्यकर्ता हैं। उन्हीं के पीछे वाली कार से ऐसे ही चार-पाँच कार्यकर्ता आए हैं। हाल ही में बारिश हुई है। चारों तरफ कीचड़ फैला हुआ है। हैदरी मंजिल के सामने बहुत से लोग खड़े हैं। उनमें से अधिकांश हिंदू ही हैं।

गांधीजी की कार के रुकते ही, गांधीजी का नाम लेकर जबरदस्त नारेबाजी शुरू हो गई। परंतु इस बार यह नारेबाजी उनके स्वागत के लिए नहीं, वरन् उन्हें दी जानेवाली गालियाँ और श्राप हैं। गाड़ी से उतरने के बाद ऐसी नारेबाजी सुनते ही गांधीजी की मुद्रा कुछ त्रस्त हो गई, हालाँकि उन्होंने अपना चेहरा निर्विकार रखने का सफल प्रयास किया।

नारेबाजी जारी है—'गांधीजी चले जाओ', 'नोआखाली में जाकर हिंदुओं की रक्षा करो', 'पहले हिंदुओं को जीवनदान, फिर मुसलमानों को स्थान', 'हिंदुओं के गद्दार गांधी, चले जाओ…' और इन नारों के साथ ही पत्थरों और

बोतलों की बारिश भी हो रही है। गांधीजी एक क्षण ठहरते हैं। शांति के साथ पीछे घूमते हैं। हाथ में स्थित शॉल ठीक करते हुए वे भीड़ को हाथ से शांत रहने का निवेदन करते हैं। भीड़ थोड़ी शांत भी हो जाती है।

गांधीजी धीमे स्वरों में बोलने लगते हैं, "मैं यहाँ हिंदुओं और मुसलमानों की एक समान सेवा करने आया हूँ। मैं यहाँ पर आपके संरक्षण में ही रहूँगा। यदि आपकी इच्छा हो तो आप सीधे मुझ पर हमला कर सकते हैं। आपके साथ यहीं रहते हुए, इस बेलियाघाट में रहकर, मैं नोआखाली के हिंदुओं के प्राण भी बचा रहा हूँ। मुसलमान नेताओं ने मेरे सामने ऐसी शपथ ली है। अब आप सभी हिंदुओं से विनती है कि आप लोग भी कलकत्ता के मुस्लिम बंधुओं का बाल भी बाँका नहीं होने दें।"

उस अवाक् खड़ी भीड़ को वैसा ही छोड़कर गांधीजी शांति से हैदरी मंजिल में प्रवेश करते हैं...!

परंतु भीड़ की यह शांति अगले कुछ ही मिनट रही, क्योंकि शहीद सुहरावर्दी का आगमन होते ही वहाँ इकट्ठा भीड़ पुनः क्रोधित हो गई। उनके गुस्से का विस्फोट ही हो गया। 5 हजार हिंदुओं की हत्या का खलनायक, सुहरावर्दी को सामने से जाते हुए देखकर कोई भी हिंदू भला शांत कैसे रह सकता है...? भीड़ ने इमारत को चारों तरफ से घेर लिया है और अब उनमें से कुछ युवा लगातार हैदरी मंजिल पर पथराव जारी रखे हुए हैं।

अखंड हिंदुस्तान में आदर का पात्र बन चुके महात्मा गांधी की ऐसी क्रूर हँसी उड़ानेवाला और इस प्रकार की अपमानास्पद भर्त्सना करने वाला यह पहला ही अवसर है...!

☐

10:30 बजे बंबई के जुहू हवाई अड्डे से निकला हुआ मौसीजी का विमान अहमदाबाद में रुकते हुए लगभग साढ़े चार घंटे की यात्रा के बाद कराची के ड्रीघ रोड स्थित हवाई अड्डे पर दोपहर 3:00 बजे पहुँचा।

हवाई अड्डे पर मौसीजी के जमाई, चोलकर स्वयं आए हुए हैं। चोलकर यानी मौसीजी की बेटी वत्सला के पति। वत्सला को पढ़ने का शौक था, इसलिए मौसीजी ने घर पर ही शिक्षक बुलाकर उसकी पढ़ाई पूर्ण की। वत्सला ने भी राष्ट्र सेविका समिति के कामों में काफी हाथ बँटाया। कराची की शाखा का विस्तार करने में वत्सला का बड़ा योगदान है।

हवाई अड्डे पर पंद्रह-बीस सेविकाएँ भी मौसीजी को लेने आई हुई हैं।

सुरक्षा की दृष्टि से संघ के कुछ स्वयंसेवक भी साथ में उपस्थित हैं। एक सेविका की कार में बैठकर यह काफिला मौसीजी के साथ ही बाहर निकला⋯!

□

जिस समय 'राष्ट्र सेविका समिति' की प्रमुख, लक्ष्मीबाई केलकर का विमान कराची के ड्रीघ रोड स्थित हवाई अड्डे पर उतर रहा था, लगभग उसी समय अखंड भारत के गवर्नर जनरल लॉर्ड माउंटबेटन को लेकर उनका खास डकोटा विमान कराची के मौरीपुर स्थित रॉयल एयरफोर्स के हवाई अड्डे पर उतर रहा था।

विमान से लॉर्ड माउंटबेटन और उनकी पत्नी लेडी एड्विना माउंटबेटन बाहर निकले। यहाँ पर उनके स्वागत हेतु नए बननेवाले पाकिस्तान के सर्वोच्च अधिकारी मौजूद थे। हवाई अड्डे पर जिन्ना नहीं थे। माउंटबेटन दंपती को बताया गया कि कायदे आजम जिन्ना और उनकी बहन फातिमा, उनके सरकारी निवास स्थान पर आपका इंतजार कर रहे हैं।

जिन्ना का कराची स्थित सरकारी निवास स्थान, अर्थात् सिंध के गवर्नर का बँगला। विक्टोरियन शैली में निर्मित इस विशाल बँगले के बड़े से दीवानखाने में आज जबर्दस्त सजावट की गई है। पूरा बँगला हॉलीवुड की फिल्मों के सेट जैसा ही प्रतीत हो रहा है। ऐसे शाही अंदाज में सजाए गए हॉल में कायदे आजम जिन्ना और फातिमा ने माउंटबेटन दंपती का वैसे ही 'शाही' अंदाज में स्वागत किया⋯!

□

लाहौर

दोपहर 4:00 बजे।

टेंपल रोड पर रहनेवाला मुजाहिद ताजदीन। यह रास्ते पर नान और कुल्चे बेचने का काम करनेवाला, एक सीधा-सादा और गरीब व्यक्ति है। परंतु आज सुबह से ही उसके दिमाग में पता नहीं क्या घुसा हुआ है? ताजदीन के लगभग सभी दोस्त 'मुस्लिम नेशनल गार्ड' के कार्यकर्ता हैं। उन सभी ने, और खासकर पुलिस थाना के मुस्लिम हवलदार ने भी, आज सुबह उसे बताया कि टेंपल रोड पर सिखों का जो सबसे बड़ा गुरुद्वारा है, उस पर हमला करके उसे नेस्तानाबूद करना है⋯यह अपने धर्म का ही काम है।

ताज़दीन को नान और कुल्चे के अलावा कुछ पता नहीं था, परंतु उसके दिमाग में इन बातों ने गहरा असर किया। उसने दोपहर को ही अपनी दुकान बंद कर दी और गुरुद्वारे पर हमला करने के लिए वह अपने मित्रों के साथ जा खड़ा हुआ।

लाहौर के टेंपल रोड स्थित मोझंग का गुरुद्वारा 'छेवीन पातशाही' सिखों के लिए अत्यधिक पवित्र गुरुद्वारा है। स्वयं महाराजा रणजीत सिंह ने इस गुरुद्वारे का निर्माण किया है। सन् 1619 में गुरु हरगोविंद सिंहजी, दीवान चंदू के साथ लाहौर आए थे। उस समय उन्होंने जिस स्थान पर निवास किया था, उसी स्थान पर इस

गुरुद्वारे का निर्माण किया गया है।

गुरुद्वारे में प्रतिदिन की नियमित अरदास, लंगर वगैरह व्यवस्थित रूप से जारी हैं। गुरुद्वारे की रक्षा के लिए निहंग संत अपनी तलवारें लिए हुए चौकस हैं, परंतु उनकी कुल संख्या केवल चार है। अधिकांश सिख व्यवसायी हैं और सुबह का यह समय व्यवसाय के लिए महत्त्वपूर्ण है। इसलिए लगभग सारे सिख रात को ही यहाँ इकठ्ठा होंगे। अभी तो गुरुद्वारे में बहुत ही कम लोग मौजूद हैं।

ठीक चार बजे मुस्लिम नेशनल गार्ड ने इस गुरुद्वारे पर हमला किया। ताजदीन सबसे आगे था। सबसे पहला पेट्रोल बम उसी ने फेंका। पचास-साठ मुस्लिम गुंडों का, जो कि तलवारों से लैस थे, सामना भला केवल चार निहंग संत कितनी देर तक कर पाते? परंतु फिर भी उन्होंने असामान्य वीरता दिखाते हुए तीन-चार मुसलमानों को काट डाला, सात-आठ को जख्मी भी किया। परंतु अंततः चारों निहंग अपने ही खून के तालाब में गिर पड़े।

महाराजा रंजीत सिंह द्वारा निर्माण किया हुआ यह 'छेवीन पातशाही' गुरुद्वारा निर्दोष सिखों के रक्त से भर गया था।

□

पेशावर

'नॉर्थ-वेस्ट फ्रंटियर प्रॉविंस' (NWFP) की राजधानी। इस पेशावर में अपनी गढ़ी के विशाल मकान में, सत्तावन वर्ष के खान अब्दुल गफ्फार खान अन्यमनस्क अवस्था में बैठे हैं...अकेले और विषण्ण...!

खान अब्दुल गफ्फार खान। एक भारी-भरकम नाम और ठीक वैसा ही भारी-भरकम उनका व्यक्तित्व भी है। समूचे नॉर्थ-वेस्ट फ्रंटियर प्रॉविंस के सर्वमान्य नेता। खान साहब गांधीजी के परम अनुयायी हैं। इसीलिए इन्हें 'सरहदी गांधी' की उपाधि भी मिली हुई है, परंतु वे अपने पठानों में 'बादशाह खान' के नाम से अधिक प्रसिद्ध हैं। इस पहाड़ी इलाके के सभी अनपढ़ आदिवासियों को गफ्फार खान ने कांग्रेस के झंडे तले इकट्ठा किया था।

इसीलिए सन् 1945 के प्रांतीय चुनावों में, मुस्लिम बहुल होने के बावजूद, इस प्रांत में कांग्रेस को सत्ता मिली। मुस्लिम लीग को कोई खास सीटें नहीं मिलीं। अब जबकि यह स्पष्ट हो गया कि भारत का विभाजन होनेवाला है, तब पठानों के सामने सवाल खड़ा हुआ कि वे किस तरफ जाएँ? पठानों का और पाकिस्तान के पंजाबियों का आपस में बैर बहुत पुराना है। इस कारण, इस प्रांत के सभी पठानों

की इच्छा थी कि वे भारत में विलीन हों। प्रांतीय असेंबली में बहुमत भी इसी पक्ष में था। केवल भौगोलिक निकटता का ही सवाल था, परंतु तर्क यह दिया गया कि पूर्वी और पश्चिमी पाकिस्तान के बीच भी तो हजारों मील की दूरी है। दूसरी बात यह भी थी कि यदि कश्मीर की रियासत भारत के साथ मिल जाती है, तो ये प्रश्न भी हल हो जाएगा क्योंकि गिलगिट के दक्षिण वाला इलाका नॉर्थ वेस्ट फ्रंटियर से सटा हुआ ही है।

परंतु इस सबके बीच नेहरू ने अड़ँगा लगा दिया। उनका कहना था कि हमें वहाँ सार्वमत (रेफरेंडम) से फैसला करना चाहिए। कांग्रेस की कार्यकारिणी में भी यह मुद्दा गरमाया और सरदार पटेल ने इस कथित सार्वमत का जमकर विरोध किया। सरदार पटेल का कहना था, "प्रांतीय विधानसभाएँ यह तय करेंगी कि उन्हें किस देश में शामिल होना है। देश के अन्य भागों में भी हमने यही किया है। इसीलिए जहाँ-जहाँ मुस्लिम लीग का बहुमत है, वे सभी प्रांत पाकिस्तान में शामिल होने जा रहे हैं। इसी न्याय के आधार पर नॉर्थ वेस्ट फ्रंटियर राज्य को भारत में विलीन होना ही चाहिए, क्योंकि वहाँ कांग्रेस का बहुमत है।" परंतु नेहरू अपनी बात पर अड़े रहे। नेहरू ने कहा, "मैं लोकतंत्रवादी हूँ। इसलिए वहाँ के निवासियों को जो लगता है, उन्हें वैसा निर्णय लेने की छूट मिलनी चाहिए।"

बादशाह खान को अखबारों के माध्यम से ही यह पता चला कि उनके प्रांत में सर्वमत का निर्णय किया गया है। जिस व्यक्ति ने इस बेहद कठिन माहौल और मुस्लिम बहुल इलाका होने के बावजूद, पूरा प्रदेश कांग्रेसी बना डाला था, उन्हें नेहरू ने ऐसे अत्यंत महत्त्वपूर्ण प्रश्न पर चर्चा करने लायक भी नहीं समझा। इसीलिए यह समाचार मिलते ही खान अब्दुल गफ्फार खान ने दु:खी स्वरों में कहा, "कांग्रेस ने यह प्रांत थाली में सजाकर मुस्लिम लीग को दे दिया है···!"

इस प्रांत में जनमत (सर्वमत—रेफेरेंडम) की प्रक्रिया 20 जुलाई, 1947 से आरंभ हुई, जो लगभग दस दिनों तक चली। सर्वमत से पहले और सर्वमत जारी रहने के दौरान, मुस्लिम लीग ने बड़े पैमाने पर धार्मिक भावनाओं को भड़काया। यह देखकर कांग्रेस ने इस सर्वमत का बहिष्कार कर दिया। खुदाई-खिदमतगार, यानी बादशाह खान इस बात की चिंता कर रहे थे कि नेहरू की गलतियों की हमें कितनी और कैसी सजा भुगतनी पड़ेगी।

यह मतदान केवल और केवल एक धोखा भर था। जिन 6 आदिवासी जमातों पर खान अब्दुल गफ्फार खान का गहरा प्रभाव था, उन्हें मतदान में भाग लेने से रोक दिया गया। पैंतीस लाख जनता में से केवल पाँच लाख बहत्तर हजार लोगों को ही मतदान करने लायक समझा गया। सवत, दीर, अंब और चित्राल—इन तहसीलों में मतदान हुआ ही नहीं।

जितने पात्र मतदाता थे, उनमें से केवल 51 प्रतिशत मतदान हुआ। पाकिस्तान में विलीन होने का समर्थन करनेवालों के लिए हरे डिब्बे रखे गए थे, जबकि भारत में विलीन होनेवालों को मतदान हेतु लाल डिब्बे थे। पाकिस्तान की मतपेटी में 2,89,244 वोट पड़े और कांग्रेस के बहिष्कार के बावजूद भारत में विलीनीकरण के पक्ष में 2,874 वोट पड़े। अर्थात्, पैंतीस लाख लोगों में से केवल 3 लाख के आस-पास वोट पाकिस्तान के पक्ष में पड़े थे।

बादशाह खान के मन में इसी बात को लेकर नाराजगी थी। 'नेहरू और गांधीजी ने हम लोगों को लावारिस छोड़ दिया और वह भी इन पाकिस्तानी भेड़ियों के सामने···' ऐसी भावना लगातार उनके मन में घर कर रही थी।

इसीलिए पेशावर, कोहट, बानू, स्वात इलाकों से उनके कार्यकर्ता उनसे पूछ रहे थे कि क्या हमें भारत में विस्थापित हो जाना चाहिए? तब सीमांत गांधी के पास इन प्रश्नों का कोई उत्तर नहीं था। वे क्या जवाब दें, यह समझ नहीं पा रहे थे···!

□

कराची

कायदे आजम जिन्ना का निवास स्थान... रात के 9:00 बजे हैं।

लॉर्ड माउंटबेटन के स्वागत हेतु, पाकिस्तान के स्वतंत्रता दिवस की पूर्व संध्या पर, जिन्ना ने शाही भोजन का आयोजन रखा है। कुछ देशों के राजदूत और राजनयिक भी स्वयं वहाँ उपस्थित हैं। पानी की तरह महँगी शराब बहाई जा रही है। लेकिन इस पार्टी में पार्टी के मेजबान, यानी खुद कायदेआजम जिन्ना, सभी लोगों से थोड़े दूर-दूर हैं, अलिप्त हैं।

औपचारिक भोज आरंभ होने से पहले मेजबान के संक्षिप्त भाषण की बारी आई। जिन्ना ने अपनी एक आँख वाला चश्मा नाक पर ठीक किया और वे पढ़ने लगे, "योर एक्सीलेंसी, योर हायनेस! हिज मैजेस्टी सम्राट् के दीर्घ एवं स्वस्थ जीवन के लिए आपके समक्ष यह जाम पेश करते हुए मुझे बेहद खुशी हो रही है। योर एक्सीलेंसी, लॉर्ड माउंटबेटन, 3 जून की बैठक में निहित सभी सैद्धांतिक एवं नीतिगत बातों को आपने जिस संपूर्णता और कुशलता से लागू किया है, हम उसकी तारीफ करते हैं। पाकिस्तान और हिंदुस्तान आपके योगदान को कभी भुला नहीं सकेंगे..."

क्या विडंबना है कि इसलाम के लिए, इसलामिक सिद्धांतों के लिए जो राष्ट्र कल जन्म लेने जा रहा है, उस राष्ट्र का निर्माण शराब की नदियाँ बहाकर किया जा रहा है।..!

□

ऑल इंडिया रेडियो, लाहौर केंद्र। रात के 11 बजकर 50 मिनट हुए हैं। रेडियो पर उद्घोषणा की जाती है—"यह ऑल इंडिया रेडियो का लाहौर केंद्र है। आप चंद मिनट हमारे अगले ऐलान का इंतजार कीजिए।" फिर अगले दस मिनट कुछ वाद्यवृंद बजता है।

ठीक 12 बजकर 1 मिनट पर—

"अस्सलाम आलेकुम। पाकिस्तान की ब्रांडकास्टिंग सर्विस में आपका स्वागत है। हम लाहौर से बोल रहे हैं। कुबूल-ए-सुबह-ए-आजादी... !"

और इस प्रकार पाकिस्तान के जन्म की अधिकृत घोषणा हो गई।

□

चौदहवाँ : 14 अगस्त, 1947

कलकत्ता¨गुरुवार, 14 अगस्त

सुबह की ठंडी हवा भले ही खुशनुमा और प्रसन्न करनेवाली हो, परंतु बेलियाघाट इलाके में ऐसा बिल्कुल नहीं है। चारों तरफ फैले कीचड़ के कारण यहाँ निरंतर एक विशिष्ट प्रकार की बदबू वातावरण में भरी पड़ी है।

गांधीजी प्रात:भ्रमण के लिए बाहर निकले हैं। बिल्कुल पड़ोस में ही उन्हें टूटी-फूटी और जली हुई अवस्था में कुछ मकान दिखाई देते हैं। साथ चल रहे कार्यकर्ता उन्हें बताते हैं कि परसों हुए दंगों में मुस्लिम गुंडों ने इन हिंदुओं के मकान जला दिए हैं। गांधीजी ठिठकते हैं, विषण्ण निगाहों से उन मकानों की तरफ देखते हैं और पुनः चलने लगते हैं। आज सुबह की सैर में शहीद सुहरावर्दी उनके साथ नहीं हैं, क्योंकि उस हैदरी मंजिल में रात को सोने की उसकी हिम्मत ही नहीं हुई। आज सुबह 11 बजे वह आनेवाला है।

एक कार्यकर्ता उन्हें सूचित करता है कि गांधीजी द्वारा आह्वान किए जाने की वजह से पूरे कलकत्ता शहर में हिंदुओं और मुसलमानों की संयुक्त रैलियाँ निकल रही हैं। कल दिन भर से कलकता में दंगों की एक भी खबर नहीं आई है।

□

कराची। सुबह के 9:00 बजे

साधारण से दिखाई देनेवाले, परंतु फिर भी भव्य असेंबली हॉल में काफी अफरा-तफरी मची हुई है। कुछ ही पलों में आधिकारिक रूप से पाकिस्तान अस्तित्व में आने जा रहा है।

शंख की आकृति वाले इस सभागृह में विभिन्न प्रकार के लोग बैठे हैं। ये सभी लोग अपने-अपने क्षेत्रों के नेता हैं। इनमें पठान हैं, अफरीदी हैं, वजीर हैं, महसूद हैं, पंजाबी भी हैं, बलूच हैं, सिंधी और बंगाली भी हैं। डेढ़ हजार मील दूर रहनेवाले ये

बंगाली अन्य लोगों से थोड़े अलग दिखाई दे रहे हैं।

लॉर्ड माउंटबेटन अपनी नौसेना अधिकारी वाली पूर्ण यूनिफॉर्म में मौजूद हैं। पहला भाषण उन्हीं को करना है। उनका भाषण लिखने वाले सज्जन हैं, जॉन क्रिस्टी। एक-एक शब्द के उच्चारण पर जोर देते हुए माउंटबेटन ने बोलना शुरू किया, "पाकिस्तान का उदय यह एक ऐतिहासिक घटना है। प्रत्येक इतिहास कभी किसी हिमखंड की तरह धीमी गति से, तो कभी पानी के जोरदार प्रवाह की तरह तेजी से आगे बढ़ता है। हमें केवल इतिहास के प्रवाह की अड़चनें दूर करते हुए इन घटनाओं के प्रवाह में स्वयं को झोंक देना चाहिए। अब हमें पीछे नहीं देखना है, हमें केवल आगे भविष्य की ओर देखना चाहिए।"

भावशून्य एवं कठोर चेहरे वाले जिन्ना की तरफ देखते हुए माउंटबेटन आगे कहते हैं, "इस अवसर पर मुझे मिस्टर जिन्ना को धन्यवाद ज्ञापन करना है। हम दोनों के बीच मित्रता और आत्मीयता है, इस कारण आगे भविष्य में भी हमारे संबंध अच्छे बने रहेंगे, इसका मुझे पूरा विश्वास है।"

आज जिन्ना को कुछ खास नहीं बोलना है। वे अपने सांक्षिप्त भाषण के लिए खड़े हुए। चमकदार और शानदार शेरवानी। गले तक बटन बंद की हुई।

एक ही आँख पर लगाया जानेवाला चश्मा और वह भी नाक के आधार पर टिका हुआ। जिन्ना ने बोलना आरंभ किया… "ब्रिटेन और उनके द्वारा निर्माण किए गए उपनिवेश आज भले ही इनका संबंध-विच्छेद हो रहा है, परंतु हमारा परस्पर स्नेह भाव आज भी जाग्रत् है। पिछले तेरह सौ वर्षों से अस्तित्व में रहे हमारे पवित्र इसलाम की तरफ से मैं आपको वचन देता हूँ कि पाकिस्तान में अन्य धर्मों के प्रति सहिष्णुता का पालन किया जाएगा। हमारे पड़ोसी राष्ट्रों एवं दुनिया के अन्य सभी देशों के साथ दोस्तीपूर्ण संबंध निर्माण करने की दिशा में पाकिस्तान कभी भी पीछे नहीं रहेगा… !"

इस छोटे से भाषण के पश्चात्, पाकिस्तान के पहले गवर्नर जनरल के रूप में उन्हें शपथ ग्रहण करनी थी, वह उन्होंने ली और इसी के साथ आधिकारिक रूप से पाकिस्तान नामक एक राष्ट्र का उदय हुआ!

अब इस कड़ी में अगला चरण था, जुलूस का। एक सजी-धजी, काले रंग की और खुली छतवाली रोल्स रॉयस कार में यह जुलूस निकलने वाला था। असेंबली हॉल से गवर्नर हाउस तक, अर्थात् जिन्ना के वर्तमान निवास स्थान तक। केवल 3 मील की दूरी थी। दोनों तरफ जनता खड़ी थी। गाड़ी की पिछली सीट पर

जिन्ना और लॉर्ड माउंटबेटन बैठे हुए थे। इक्कीस तोपों की सलामी दी गई और गाड़ी धीरे-धीरे आगे सरकने लगी। कुछ दूर चलने के बाद कार हल्के से वेग के साथ चलने लगी थी।

जिन्ना और माउंटबेटन, दोनों को ही ऐसा प्रतीत हो रहा था कि कहीं इस भीड़ में से कोई उन पर बम न फेंक दे, क्योंकि रास्ते पर कार के दोनों तरफ काफी भीड़ थी। हजारों लोग जिन्ना और पाकिस्तान की जय-जयकार कर रहे थे। थोड़ी-थोड़ी दूरी पर पुलिसवाले और सैनिक खड़े थे। 3 मील की यह दूरी लगभग पौने घंटे में पूर्ण हुई।

गवर्नर हाउस के मुख्य द्वार पर कारों के रुकने के पश्चात, सदैव कठोर चेहरा रखनेवाले जिन्ना ने हल्की-सी मुस्कान के साथ अपना हड्डियों के ढाँचे जैसा हाथ माउंटबेटन के घुटने पर रखा और बोले, "इंशाअल्लाह···मैं आपको जीवित वापस ला सका··· !"

माउंटबेटन, जिन्ना की तरफ देखते ही रहा है। वे मन-ही-मन विचार करने लगे कि कौन, किसको जीवित लाया है? 'अरे बदमाश, मेरे कारण ही तू यहाँ तक जीवित वापस आया है··· !'

□

श्रीनगर···सुबह के 10:00 बजे हैं।

शहर का मुख्य पोस्ट ऑफिस (जी.पी.ओ.)। पोस्ट के अधिकारी पाकिस्तान का झंडा कार्यालय पर लगा रहे हैं। वहीं पर खड़े संघ के दो स्वयंसेवक यह देखकर तत्काल पोस्ट मास्टर से जवाब-तलब करते हैं, "आप पाकिस्तान का झंडा यहाँ कैसे लगा सकते हैं? अभी महाराजा हरिसिंह ने कश्मीर का विलय पाकिस्तान में नहीं किया है।"

इस पर उस मुस्लिम पोस्ट मास्टर ने शांति से जवाब दिया, "अभी श्रीनगर पोस्ट ऑफिस, सियालकोट सर्कल के अंतर्गत आता है और अब चूँकि सियालकोट पाकिस्तान का हिस्सा बन चुका है, इसलिए इस पोस्ट ऑफिस पर हमने पाकिस्तान का झंडा लगा दिया।"

दोनों स्वयंसेवकों ने, जम्मू-कश्मीर के प्रांत संघचालक प्रेमनाथ डोगरा को यह सूचना दी। डोगराजी ने तत्काल महाराजा हरिसिंह के कार्यालय में जिम्मेदार अधिकारियों तक यह बात पहुँचा दी और दस-पंद्रह स्वयंसेवकों को मुख्य पोस्ट ऑफिस की तरफ भेजा। इन स्वयंसेवकों ने उस पोस्ट मास्टर को समझाया, और

अगले आधे घंटे में पाकिस्तान का झंडा उतार लिया गया।

□

कराची···दोपहर के 2:00 बजे हैं

सुबह वाले समारोह के 'दरबारी' कपड़े बदलने के बाद, लॉर्ड माउंटबेटन और लेडी माउंटबेटन, दोनों ही दिल्ली जाने के लिए निकले हैं। दोनों ही प्रसन्नचित्त दिखाई दे रहे हैं। उन्हें आज रात को भारत के राज्यारोहण समारोह में उपस्थित रहना है। कायदे आजम जिन्ना और उनकी बहन फातिमा ने इस अंग्रेज दंपती को विदाई दी।

इस प्रकार, नवनिर्मित पाकिस्तान के पहले राजनीतिक अतिथि के रूप में भारत के गवर्नर जनरल लॉर्ड और लेडी माउंटबेटन, जिन्ना को अलविदा कह रहे थे।

□

कलकत्ता हवाई अड्डा···दोपहर के 3:00 बज रहे हैं···

विभाजित बंगाल, अर्थात् 'पश्चिम बंगाल' के गवर्नर नियुक्त किए गए चक्रवर्ती राजगोपालाचारी का विशेष विमान आज दिल्ली से आनेवाला है। आज रात को ही राजाजी का शपथ-ग्रहण समारोह होनेवाला है। हवाई अड्डे पर कांग्रेस के कुछ कार्यकर्ता एकत्रित हैं। परंतु उनमें कोई उत्साह नहीं दिखाई दे रहा। क्योंकि बंगाल में राजाजी का विरोध जारी है। राजगोपालाचारी को बंगाल की जनता पर लादने के विरोध में सुभाषचंद्र बोस के भाई और बंगाल कांग्रेस के वरिष्ठ नेता शरतचंद्र बोस ने अपना इस्तीफा पहले ही दे दिया है।

अंततः गवर्नर हाउस के कुछ अधिकारी और कर्मचारी, हवाई अड्डे से राजाजी को उनकी खास 'गवर्नर वाली कार' में लेकर सीधे गवर्नर हाउस पहुँचे।

□

सिंगापुर

सिंगापुर की 'इंडियन इंडिपेंडेंस डे सेलिब्रेशन कमेटी' ने मलय एयरवेज के साथ कल का दिवस उत्साह के साथ मनाए जाने की विशेष योजना बनाई थी। मलय एयरवेज का एक विशेष विमान, पडांग के वॉटरलू स्ट्रीट के उपर से उड़ान भरनेवाला था। यह उड़ान ठीक उसी समय होनेवाली थी, जिस समय वहाँ पर तिरंगा फहराए जाने का समारोह होनेवाला था। इस विमान में सुभाषचंद्र बोस की 'आजाद हिंद सेना' के सिपाही और अधिकारी··· 'रानी झांसी रेजिमेंट' की महिला सैनिक और बाल सेना के कुछ कार्यकर्ता सफर करनेवाले थे। ये सभी लोग तिरंगा ध्वजारोहण के अवसर पर विमान से पुष्पवर्षा करनेवाले थे।

परंतु 'आजाद हिंद सेना' का नाम सामने आते ही सिंगापुर के सिविल एविएशन विभाग ने इस विशेष कार्यक्रम पर आपत्ति उठाई और इस उड़ान को दी गई अनुमति रद्द कर दी। अब 'इंडियन इंडिपेंडेंस डे सेलिब्रेशन कमेटी' कल अलग पद्धति से स्वतंत्रता दिवस समारोह मनाने की योजना बनाने में लगी हुई है।

□

कराची···दोपहर के 4:00 बज रहे हैं

कराची की एक बड़ी-सी हवेली। संघ से संबंधित एक परिवार का घर है। घर की दो महिलाएँ 'राष्ट्र सेविका समिति' की सक्रिय सेविकाएँ हैं। इस हवेली की छत पर सेविकाओं का एकत्रीकरण कार्यक्रम रखा गया है। कराची शहर की हिंदू बहुल बस्तियों से सेविकाओं का आगमन जारी है। सुबह, कायदे आजम जिन्ना और लॉर्ड

माउंटबेटन की शोभायात्रा काफी पहले ही संपन्न हो चुकी है। इस कारण अब रास्तों पर अधिक भीड़ नहीं है। आज गुरुवार होने के बावजूद पाकिस्तान के स्वतंत्रता दिवस के उपलक्ष्य में स्कूल, कॉलेज सभी बंद हैं।

हवेली की छत काफी बड़ी है। लगभग सात-आठ सौ सेविकाएँ उपस्थित होंगी। उन्हें बैठने के लिए स्थान की कमी पड़ रही है। कुछ सेविकाएँ नीचे भी खड़ी हैं। वातावरण भले ही गंभीर हो, परंतु उत्साही भी है। शाखा लगाई जाती है। ध्वज लगाया जाता है। सेविकाओं के मन में उम्मीद जगाने और आत्मविश्वास का संचार करनेवाला गीत होता है। इसके पश्चात् लक्ष्मीबाई केलकर, यानी मौसीजी अपनी धीर-गंभीर आवाज में प्रतिज्ञा का उच्चारण करती हैं। उसी दृढ़ता और गंभीरता के साथ सभी सेविकाएँ उनके साथ प्रतिज्ञा का उच्चारण करती हैं। यह प्रतिज्ञा मन की संकल्प शक्ति का आह्वान करने संबंधी है। कुछ समय प्रश्नोत्तर के लिए भी रखा गया है। एक नौजवान सेविका पूछती है, "पाकिस्तान में हमारी इज्जत खतरे में है। हमें क्या करना चाहिए? हम कहाँ जाएँ?"

मौसीजी उन्हें अपने आश्वासक स्वरों में बताती हैं, "जैसे भी संभव हो, हिंदुस्तान आ जाओ। यहाँ से निकलकर हिंदुस्तान कैसे पहुँचा जाए, केवल इस बात पर विचार करें। बंबई और अन्य शहरों में संघ ने आपके लिए व्यवस्था की हुई है, चिंता न करें। हम सभी एक ही परिवार हैं। यह कठिन समय आपस में मिल-जुलकर किसी तरह निकाल ही लेंगे।"

समारोह के अंत में अपने संक्षिप्त भाषण में मौसीजी ने कहा, "बहनें धैर्यशाली बनें, धीरज रखें···अपनी इज्जत बचाएँ···अपने संगठन पर पूरा भरोसा करें। इस कठिन समय में भी अपनी मातृभूमि की सेवा का व्रत निरंतर जारी रखें। संगठन की ताकत द्वारा, हम इस संकट से सुरक्षित रूप से निकल जाएँगे।"

मौसीजी के मुँह से ऐसे आश्वासक शब्द सुनकर सिंध की उन सेविकाओं के मन में निश्चित रूप से एक आत्मविश्वास का निर्माण हुआ है।

□

एक बार फिर कराची

कराची में जिन्ना-माउंटबेटन की शोभायात्रा और समारोह में हुए जय-जयकार को यदि छोड़ दिया जाए, तो पाकिस्तान में स्वतंत्रता दिवस का कोई खास उत्साह दिखाई नहीं दे रहा है। चाँद-तारे वाला पाकिस्तान का हरा झंडा अनेक स्थानों पर दिखाई तो दे रहा है, परंतु केवल पश्चिम पाकिस्तान में ही। पूर्वी पाकिस्तान में चाँद-

तारे वाला झंडा लगभग नहीं के बराबर है। संभवत: ऐसा इसलिए भी हो सकता है कि रमजान के अंतिम दिन चल रहे हैं।

परंतु एक बात तो निश्चित है कि पाकिस्तान का उदय होने के कारण, इसलामी राष्ट्रों के बीच एक सशक्त नेतृत्व करनेवाला एक देश उत्पन्न हुआ है, ऐसा सभी को लग रहा है।

□

कलकत्ता, बेलियाघाट

गांधीजी की सायंकालीन प्रार्थना का समय हो चुका है। आज गुलाम भारत की उनकी यह अंतिम प्रार्थना होगी। आज तक हमेशा ही गांधीजी ने ऐसी अनेक सायंकालीन प्रार्थनाओं में अनेक विषयों पर बात की है। अपने पसंदीदा विषय सूत-कताई से लेकर अणुबम के खतरों, शरीर में स्थित आंतों की संरचना, शौच स्वच्छता, ब्रह्मचर्य व्रत पालन के फायदे, भगवद्गीता की शिक्षा, अहिंसा आदि अनेक विषयों पर वे बोलते रहे हैं।

स्वतंत्रता की पूर्व संध्या पर 'गांधीजी का आज क्या बोलते हैं, इस बारे में सभी के मन में कौतूहल है'''और इसीलिए आज शाम की प्रार्थना बेलियाघाट के सार्वजनिक बगीचे में होने जा रही है।

सामने खड़े लगभग दस हजार लोगों की भीड़ के सामने गांधीजी शांत स्वर में बोलने लगे, "सबसे पहले आप सभी लोगों का मैं अभिनंदन करता हूँ कि आप लोगों ने कलकत्ता में हिंदू-मुसलमान का विवाद मिटा दिया है। यह बहुत ही अच्छा हुआ, क्योंकि मैं ऐसी आशा करता हूँ कि यह तात्कालिक समाधान नहीं, बल्कि आप दोनों सदैव आगे भी बंधुभाव के साथ ही रहेंगे।"

"कल से हम ब्रिटिश गुलामी से मुक्त होने जा रहे हैं। परंतु इसी के साथ आज रात से हमारा यह देश भी विभाजित होने जा रहा है। इसलिए कल का दिन जैसे एक ओर आनंददायक है, तो दूसरी तरफ दुःखदायी भी है। स्वतंत्रता प्राप्ति के बाद हम सभी लोगों की जिम्मेदारी काफी बढ़ जाएगी। यदि कलकत्ता शहर की बुद्धि और बंधुभाव साबुत रहा तो संभवतः हमारा देश एक बड़े संकट से बच निकलेगा। परंतु यदि जातीय-धार्मिक वैमनस्यता की ज्वालाओं ने इस देश को घेर लिया, तो नई-नई मिली हुई हमारी स्वतंत्रता क्या अधिक समय तक टिक सकेगी?"

"मुझे आपको यह बताते हुए बहुत कष्ट हो रहा है कि व्यक्तिगत रूप से मैं कल का स्वतंत्रता दिवस आनंद से नहीं मनाऊँगा। अपने अनुयायियों से भी मैं यही आग्रह करूँगा कि कल चौबीस घंटे का उपवास रखें, प्रार्थनाओं में अपना समय बिताएँ और चरखे पर सूत-कताई करें। इससे हमारा देश बचा रहेगा।"

□

दिल्ली...कांग्रेस मुख्यालय में शाम के 6:00 बज रहे हैं। बारिश लगातार जारी है।

कांग्रेस के राष्ट्रीय अध्यक्ष का प्रेस वक्तव्य प्रकाशन के लिए निकलनेवाला है। इसमें अध्यक्ष आचार्य जे.बी. कृपलानी ने लिखा है, "आज का दिन हमारे लिए दुःख का दिन है। हमारी प्रिय मातृभूमि का विभाजन होने जा रहा है, लेकिन हम इससे भी उबरेंगे और एक नए भारत का निर्माण करेंगे...!"

□

दिल्ली, शाम के 6:00 बज रहे हैं

डॉ. राजेंद्र प्रसाद का बँगला। नेहरू को छोड़कर उनके मंत्रिमंडल के अधिकांश मंत्री यहाँ उपस्थित हैं। रक्षा मंत्री बलदेव सिंह पंजाब के दौरे पर हैं, इसलिए वे अभी तक नहीं पहुँचे हैं, लेकिन जल्दी ही पहुँचनेवाले हैं।

इस बँगले के परिसर में आनेवाले स्वतंत्र भारत के उज्ज्वल भविष्य हेतु यज्ञ जारी है। वेदविद्या में पारंगत आचार्यों द्वारा यज्ञ करवाया जा रहा है। शुद्ध संस्कृत

में, स्पष्ट और ऊँची आवाज में मंत्रोच्चारण जारी है। बाहर धीमी बारिश हो रही है। समूचा वातावरण एक प्रसन्न और पवित्र भावना से भर गया है।

इस यज्ञ की पूर्णाहुति के पश्चात्, स्वल्पाहार ग्रहण करके सभी मंत्रियों को स्टेट कौंसिल बिल्डिंग में राज्यारोहण समारोह के लिए जाना है।

□

दिल्ली···रात के 10:00 बजने वाले हैं

बाहर अभी भी बारिश जारी है। स्टेट कौंसिल बिल्डिंग में संविधान सभा के सभी सदस्य, मंत्री, वरिष्ठ अधिकारी धीरे-धीरे एकत्रित होते जा रहे हैं। गोलाकार सभागृह के बाहर हजारों लोग बारिश और भीगने की परवाह किए बिना अपने स्थान पर जमे हुए हैं।

सरदार पटेल, आजाद, डॉ. राजेंद्र प्रसाद, श्यामा प्रसाद मुखर्जी, डॉ. आंबेडकर, बलदेव सिंह, नेहरू, राजकुमारी अमृत कौर···सारे मंत्री एक के बाद लगातार आ रहे हैं और वहाँ उपस्थित जनता का उत्साह चरम पर पहुँचने लगा है। एक-एक मंत्री के आगमन पर उनके नाम से जय-जयकार हो रही है। लोग नारे लगा रहे हैं, 'वंदे मातरम्', 'महात्मा गांधी की जय'।

सभागृह में सर्वोच्च आसन पर इस सभागृह के अध्यक्ष यानी डॉ. राजेंद्र प्रसाद बैठे हैं। उनकी बाईं तरफ, थोड़ा नीचे लॉर्ड माउंटबेटन अपनी पूर्ण सैन्य पोशाक में मौजूद हैं। नेहरू ने भी सफेद झक चूड़ीदार पाजामा, नई सिलवाई हुई अचकन (अर्थात् बंद गले का कोट) और उस कोट पर एक शानदार जैकेट तथा उस जैकेट

में एक गुलाब···ऐसी शानदार पोशाक धारण की है।

डॉ. राजेंद्र प्रसाद ने सभा का आरंभ किया। उन्होंने सभी ज्ञात-अज्ञात सैनिकों, स्वतंत्रता संग्राम सेनानियों को स्मरण किया। उन्हें भी स्मरण किया, जिन्होंने इस देश की स्वतंत्रता के लिए अत्यधिक कष्ट सहे और मृत्यु का वरण भी किया। अपने भाषण के अंत में उन्होंने महात्मा गांधी का विशेष उल्लेख किया और बताया, "हम सभी के गुरु और हम सभी को दिशा दिखानेवाले दीपस्तंभ जैसे हमारे गांधीजी, आज हमसे हजार मील दूर, शांति स्थापित करने के काम में लगातार मगन हैं··· !"

इसके बाद नेहरू बोलने के लिए खड़े हुए। उनकी सूती जैकेट के बटन होल में लगा हुआ गुलाब का फूल, मध्य रात्रि के इस प्रहर में भी एकदम तरोताजा दिखाई दे रहा है।

शांत और गंभीर आवाज में नेहरू ने बोलना शुरू किया, "अनेक वर्षों पूर्व हमने नियति से एक संधि की थी। आज उसकी पूर्ति, पूरी तरह से तो नहीं, लेकिन काफी हद तक करने जा रहे हैं। ठीक मध्यरात्रि 12:00 बजते ही, जब समूची दुनिया शांति के साथ नींद में होगी, तब भारत की स्वतंत्रता का एक नए युग में, नए जन्म में प्रवेश होगा··· !" नेहरू एक से बढ़कर एक सरस शब्दों से अपने भाषण की सजावट किए हुए हैं। ऐसा भाषण तैयार करने के लिए उन्होंने अनेक रातें खर्च की हैं··· !

रात के ठीक 12:00 बजे उस सभागृह में बैठे हुए, गांधी टोपी पहने एक सदस्य ने अपने साथ लाया हुआ शंख फूँका। उस शंखध्वनि से वहाँ उपस्थित प्रत्येक व्यक्ति का रोम-रोम रोमांचित हो उठा। एक नया इतिहास रचा जा रहा था··· एक नए युग का आरंभ होने जा रहा था। स्वर्ग में उपस्थित अनेक क्रांतिकारियों की आत्मा यह दृश्य देखकर तृप्त हो रही थी, शांत हो रही थी···।

भारत अब स्वतंत्र हो चुका था।

□

दिल्ली, मध्यरात्रि

बहुत तेज बारिश लगातार जारी है। पुरानी दिल्ली के दरियागंज, मिंटो ब्रिज जैसे इलाकों में पानी भरना शुरू हो गया है। ऐसी भीषण बारिश में भी ई-42, कमला नगर स्थित संघ के छोटे से कार्यालय में कुछ प्रचारक और दिल्ली के संघ के कुछ प्रमुख कार्यकर्ता एकत्रित हैं। उनके समक्ष अनेक मुद्दे हैं। पंजाब और सिंध से अनेक निर्वासित दिल्ली आ रहे हैं। उनकी निवास और भोजन की व्यवस्था करनी

है। कल के दिन, स्वतंत्रता दिवस समारोह में मुसलमानों के कुछ समूह गड़बड़ी कर सकते हैं, ऐसी भी सूचना उनके पास है। उस तरफ भी इन्हें ध्यान देना है।

अनेक स्वयंसेवक पिछली कई रातों से सोए नहीं हैं। अगली कुछ रातें भी इनके सामने ऐसी ही अनेक चुनौतियाँ पेश करनेवाली हैं।

□

कलकत्ता, गवर्नर हाउस में मध्यरात्रि 1:00 बजे

उधर दूर दिल्ली में सत्ता हस्तांतरण का कार्यक्रम संपन्न हो गया है, और इधर अंग्रेजों की इस पुरानी राजधानी में एक नया अध्याय लिखा जा रहा है।

गवर्नर हाउस में चक्रवर्ती राजगोपालाचारी को गवर्नर के रूप में शपथ ग्रहण करवाने का कार्यक्रम शुरू होने जा रहा है। बेहद संक्षिप्त-सा कार्यक्रम। निवर्तमान गवर्नर सर फ्रेडरिक बरोज, राजगोपालाचारी को अपना कार्यभार सौंपते हैं। केवल दस-पंद्रह मिनट के इस कार्यक्रम में राजाजी ने अंग्रेजी में शपथ ग्रहण की, परंतु नवनियुक्त मुख्यमंत्री डॉ. प्रफुल्लचंद्र घोष एवं अन्य सभी मंत्रियों ने बांग्ला भाषा में शपथ ली।

इस कार्यक्रम को देखने के लिए भारी भीड़ जमा हुई है। आज की रात वैसे भी स्वतंत्रता की रात है। इसीलिए गवर्नर हाउस आज आम जनता के लिए खोला गया है। अतः मध्यरात्रि के इस प्रहर में भी खासी जनता जुटी हुई है। लोग बड़े उत्साह से नारेबाजी कर रहे हैं, 'जय हिंद', 'वंदे मातरम्', 'गांधीजी जिंदाबाद'। आज तक जो

गवर्नर हाउस सारे भारतीयों को, और खासकर क्रांतिकारियों को पूरी तरह से नष्ट करने में लगा हुआ था, उसी गवर्नर हाउस में जोर-शोर से 'वंदे मातरम्' के नारे लगाने में सभी को एक विशेष आनंद, विशेष उत्साह महसूस हो रहा है।

राजाजी द्वारा गवर्नर पद का कार्यभार ग्रहण करते ही यह भारी भीड़ बेकाबू हो गई। उन्हें लग रहा था कि गवर्नर हाउस में क्या करें, क्या न करें? इसी आवेश और अति-उत्साह में यह भीड़ गवर्नर हाउस में मौजूद कीमती वस्तुएँ, चाँदी की कटलरी वगैरह साथ में लेकर 'महात्मा गांधी जिंदाबाद' के नारे लगाते हुए बाहर की ओर निकलने लगी!

स्वतंत्र भारत का पहला सूर्य अभी निकला भी नहीं था कि स्वतंत्र देश के पहले सार्वजनिक समारोह का अंत इस प्रकार से हुआ⋯!

□

पंद्रहवाँ : 15 अगस्त, 1947

आज की रात तो भारत मानो सोया ही नहीं है। दिल्ली, बंबई, कलकत्ता, मद्रास, बंगलौर, लखनऊ, इंदौर, पटना, बड़ौदा, नागपुर···कितने नाम लिये जाएँ? कल रात से ही देश के कोने-कोने में उत्साह का वातावरण है। इसीलिए इस पृष्ठभूमि को देखते हुए, कल के और आज के पाकिस्तान का निरुत्साहित वातावरण और भी स्पष्ट दिखाई देता है।

रात भर शहर में घूम-घूमकर, स्वतंत्रता का आनंद लेने के पश्चात् सभी लोग अपने-अपने घरों में पहुँच चुके हैं और उन्हें इंतजार है, आज सुबह के समाचार-पत्रों का। भारत के इस स्वतंत्रता समारोह का वर्णन इन अखबारों ने कैसा किया होगा? लेकिन आज के अखबार कुछ देर से ही आए। क्योंकि सभी अखबारों को संविधान सभा के मध्यरात्रि वाले समाचार प्रकाशित करने थे। प्रत्येक अखबार ने आज 8 कॉलम का शीर्षक छापा है।

दिल्ली के 'हिंदुस्तान टाइम्स' ने शीर्षक दिया है—India Independent: British Rule Ends.

The Times of India

BIRTH OF INDIA'S FREEDOM

NATION WAKES TO NEW LIFE

Mr. Nehru Calls For Big Effort From People

"INCESSANT STRIVING TASK OF FUTURE"

Assembly Members Take Solemn Pledge

NEW CABINET OF INDIA

Fourteen Members

STATE VISIT TO KARACHI

LORD MOUNTBATTEN GREETS PAKISTAN

Mr. Jinnah Re-Affirms Firm Friendship With Britain

FRENZIED ENTHUSIASM IN BOMBAY

Crowds In Festive Mood

"MAY BOMBAY PROSPER"

Governor's Message

GOOD WISHES TO FREE INDIA

कलकत्ता के 'स्टेट्समैन' का शीर्षक है—Two Dominions are Borne.

दिल्ली के 'हिंदुस्तान' ने बड़े-बड़े अक्षरों में लिखा है—'शताब्दियों की दासता के बाद, भारत में स्वतंत्रता की मंगल प्रभात'।

बंबई का 'टाइम्स ऑफ इंडिया' लिखता है—Birth of India's Freedom.

कराची से प्रकाशित होनेवाले 'डॉन' का शीर्षक है—Birth of Pakistan – an Event in History.

□

कलकत्ता शहर भी रात भर जाग रहा था। जनता को देश की स्वतंत्रता के स्वाद का अनुभव पूरी तरह से लेना था। आज कलकत्ता के वातावरण में एक चमत्कारिक बदलाव दिखाई दे रहा है। कहीं से भी हिंदू-मुस्लिम तनाव की कोई खबर नहीं है। मात्र दो-तीन दिनों पहले, जो हिंदू और मुसलमान एक-दूसरे के खून के प्यासे हो रहे थे, आज वही आपस में गले मिल रहे हैं। पूरे शहर में हिंदू-मुस्लिम एकता के नारे लगाए जा रहे हैं और निश्चित ही इस जादुई चमत्कार का पूरा श्रेय, बेलियाघाट की हैदरी मंजिल जैसी साधारण हवेली में बैठे गांधीजी को ही जाता है।

हैदरी मंजिल इन दिनों कलकत्तावासियों के लिए एक तीर्थक्षेत्र बना हुआ है। कल से ही लोगों के जत्थे-के-जत्थे, भले ही दूर से हो, लेकिन गांधीजी के दर्शनों के लिए लगातार चले आ रहे हैं। आज का दिन भी ऐसा ही रहेगा, ऐसी संभावना लग रही है।

लेकिन गांधीजी के लिए आज का दिन हमेशा की तरह सामान्य ही है। प्रतिदिन के नियमानुसार आज भी वे तड़के 3 बजे जाग गए थे। आज उन्होंने अपने कामों की

सूची में शौचालय की सफाई का कार्य जोड़ा था। यह सारे कार्य संपन्न करके गांधीजी रोज की तरह प्रातः भ्रमण के लिए निकले। आज दिन भर वे उपवास रखनेवाले थे और अधिकांश समय सूत कताई में बिताने वाले थे।

□

सिंगापुर

इधर भारत में सुबह के 8:30 बज रहे हैं, तो उधर सिंगापुर में सुबह के 11:00। आर्चर रोड, वॉटरलू स्ट्रीट, सेरंगून रोड जैसे इलाकों में भारतीय समुदाय ने भारत की स्वतंत्रता के उपलक्ष्य में ध्वजारोहण के बड़े-बड़े कार्यक्रम आयोजित किए हुए हैं।

इस कार्यक्रम के लिए राष्ट्रगीत कौन सा रखना चाहिए, इस बारे में भ्रम की स्थिति है। इसलिए सिंगापुर के भारतीयों ने इस गीत को भारत के राष्ट्रगीत के रूप में गाना शुरू किया है—

सुधा, सुख चैन की बरखा बरसे
भारत भाग है जागा।
पंजाब, अवध, गुजरात, मराठा
द्रविड़, उत्कल, बंग
चंचल सागर, विंध्य, हिमाला
नीला जमुना गंगा
तेरे नित गुण गाए
तुझसे जीवन पाएँ
सब तन पाए आशा
सूरज बनकर जग पर चमके
भारत भाग है जागा।।
जय हो, जय हो, जय हो, जय जय-जय-जय हो¨ !

□

कलकत्ता, बेलियाघाट

सुबह के 9:00 बजे हैं। भारत सरकार के सूचना और प्रसारण मंत्रालय के अधिकारी, अपने सारे उपकरण लेकर गांधीजी की प्रतिक्रिया लेने के लिए आए हुए हैं। परंतु गांधीजी का उत्तर एकदम सपाट स्वर में है, "मेरे पास बताने के लिए कुछ नहीं है", परंतु उन्हें फिर से आग्रह किया गया, "यदि आज के दिन आप कोई संदेश

नहीं देंगे तो वह ठीक नहीं लगेगा"। इसके बावजूद गांधीजी का सीधा-सपाट सा उत्तर है, "मेरे पास कोई संदेश नहीं है। यदि यह ठीक नहीं दिखता, तो ऐसा ही सही।"

कुछ देर के बाद बी.बी.सी. के प्रतिनिधि भी आए। इनका प्रसारण समूची दुनिया में होनेवाला है, लेकिन गांधीजी ने उन्हें भी ठीक यही उत्तर दिया।

□

दिल्ली, वॉयस रीगल पैलेस···

भूतपूर्व वायसरॉय का निवास स्थान, अर्थात् राजप्रासाद। अब यह 'गवर्नमेंट हाउस' हो गया है और भारत के पहले गवर्नर जनरल, लॉर्ड माउंटबेटन आज यहीं पर शपथ ग्रहण करनेवाले हैं। इस गवर्नमेंट हाउस का विशाल दरबार हॉल आज के इस अवसर हेतु काफी सजाया गया है। सुबह का समय होने के बावजूद हॉल में स्थित बड़ी-बड़ी लाइटें और झूमर प्रकाशमान किए गए हैं।

ठीक 9 बजे औपचारिक कार्यक्रम शुरू हुआ। चाँदी की तुरही बजाकर कार्यक्रम का आरंभ किया गया। इसके पश्चात् शंखध्वनि की गई। इस वायसरॉय हाउस की दीवारों ने अपने जीवन में पहली ही बार तुरही और शंख की आवाज सुनी है।

भारत के पहले मुख्य न्यायाधीश, सर हरिलाल जयकिशन दास कानिया के सामने कड़क पोशाक में लॉर्ड माउंटबेटन खड़े हुए। उन्होंने बाईबल का चुंबन लिया और अपनी शपथ का उच्चारण किया। पूरा दरबार हॉल मंत्री, संविधान सभा के सदस्यों और अधिकारियों से भर गया है, लेकिन ऐसे अवसरों पर नियमित रूप से उपस्थित रहनेवाले राजे-रजवाड़े आज अनुपस्थित हैं।

□

कलकत्ता, बेलियाघाट

सुबह के 8:00 बजे गांधीजी ने सूत कताई करते-करते अपनी ब्रिटिश मित्र मिस अगाथा हैरिसन के लिए एक पत्र डिक्टेट करवाया। इसमें उन्होंने मजाक-मजाक में लिखा, "तुम्हारा राजाजी के मार्फत भेजा हुआ पत्र मुझे मिला। जाहिर है कि राजाजी स्वयं तो यहाँ आकर यह पत्र दे नहीं सकते थे क्योंकि कल रात से ही उनके गवर्नर हाउस में, अंग्रेजों का घर देखने के लिए ढेरों सर्वसामान्य जनता इकट्ठा हुई है''' !"

इसके बाद गांधीजी ने पश्चिम बंगाल के नवनियुक्त मंत्रियों के लिए एक पत्र डिक्टेट किया। इस पत्र में प्रमुखता से उन्होंने अपने पसंदीदा तत्त्वों, अर्थात् 'सत्य, अहिंसा और नम्रता' का पालन करने का आग्रह किया। 'सत्ता' की बुराइयों के बारे में आगाह करते हुए उन्होंने लिखा, "ध्यान रहे कि सत्ता भ्रष्ट बनाती है''' यह बात न भूलें कि आप लोग यहाँ गरीबों की सेवा करने आए हैं।"

थोड़ी देर बाद, अर्थात् लगभग सुबह 10:00 बजे, पश्चिम बंगाल के नवनियुक्त गवर्नर, चक्रवर्ती राजगोपालाचारी गांधीजी से भेंट करने आए। यह भेंट बहुत ही हृदयस्पर्शी थी। स्वतंत्रता के लिए संघर्ष करनेवाले दो तपस्वियों की थी यह भेंट''' !

राजगोपालाचारी ने मिलते ही गांधीजी से कहा, "बापू, आपका अभिनंदन करता हूँ। आपने तो कलकत्ता में बिल्कुल जादू ही कर दिया है!" परंतु गांधीजी का उत्तर कुछ अलग ही था। वे बोले, "परंतु मैं अभी कलकत्ता की स्थिति से संतुष्ट नहीं हूँ''' जब तक दंगों की आग में झुलसे हुए सभी लोग अपने-अपने घरों को वापस नहीं लौटते, तब तक कोई खास काम हुआ है, ऐसा मुझे नहीं लगता।"

राजाजी ने कल रात को संपन्न हुए कार्यक्रम के किस्से सुनाए। गांधीजी का

आज उपवास था, इस कारण कुछ खाने का सवाल ही नहीं उठता था। लगभग एक घंटे की भेंट के बाद राजाजी वापस निकले।

□

बंबई, दादर, सावरकर सदन

सुबह से ही तात्याराव यानी विनायक सावरकर कुछ खिन्न से दिखाई दे रहे हैं। उन्होंने कुछ भी खाया-पिया नहीं है। खंडित भारत की कल्पना उनके सीने में गहराई तक चुभ गई है। उन्हें यह बात स्पष्ट रूप से महसूस हो रही है कि हम अपना देश अत्यंत दुर्बल लोगों के हाथों में सौंप रहे हैं।

फिर भी स्वतंत्रता का आनंद तो है ही। वह स्वतंत्रता, जिसके लिए दो-दो कालेपानी की सजा भुगती, पंद्रह वर्षों की नजरबंदी सही, समुद्र के उस अथाह पानी में छलाँग भी लगाई। अंडमान की काल कोठरी का कष्ट सहन किया। कोल्हू में बैल की तरह लगकर तेल निकाला...

खंडित क्यूँ न हों, स्वतंत्रता आज हासिल तो हुई है।

10 बजने को हैं। हिंदू महासभा के अनेक कार्यकर्ता तात्याराव से भेंट करने आए हैं। उन सभी की उपस्थिति में क्रांतिवीर विनायक दामोदर सावरकर ने दो ध्वज फहराएँ। पहला, भगवा ध्वज, जो कि अखंड हिंदुस्तान का प्रतीक है और दूसरा, भारत का राष्ट्रध्वज, यानी तिरंगा। दोनों ही ध्वजों को उन्होंने पुष्प अर्पित किए और कुछ देर स्तब्ध खड़े रहे।

□

दिल्ली, काउंसिल हाउस का गोलाकार भवन

सुबह के 10:30 बज रहे हैं। आज यहाँ पर आधिकारिक रूप से भारत के राष्ट्रध्वज के रूप में अशोक चक्र से अंकित तिरंगा फहराने का शासकीय कार्यक्रम है। वॉइस रीगल पैलेस से शपथ ग्रहण किए हुए सभी मंत्री, वरिष्ठ अधिकारी और

कांग्रेस के वरिष्ठ नेता धीरे-धीरे काउंसिल हाउस की तरफ आने लगे हैं। यह कार्यक्रम छोटा और सादा-सा ही है। थोड़ी ही देर में नेहरू यहाँ पर राष्ट्रध्वज फहराने आनेवाले हैं।

छोटी पहाड़ी पर स्थित इस गोलाकार भवन, 'काउंसिल हाउस' के चारों तरफ भारी भीड़ एकत्रित हो चुकी है। ये सभी स्वतंत्र भारत के नागरिक हैं। अंग्रेजों के शासन में सामान्य भारतीय के लिए इस स्थान पर प्रवेश प्रतिबंधित था, परंतु आज ऐसा नहीं है। इसीलिए कौतूहल, आनंद, उत्साह इन सभी भावनाओं से मिश्रित ये सैकड़ों लोग 'वंदे मातरम्' के नारे लगा रहे हैं। गांधी और नेहरू की जय-जयकार कर रहे हैं। आनंद और खुशी के मारे इन्हें समझ ही नहीं आ रहा कि क्या करें, क्या नहीं करें?

नेहरू कार्यक्रम स्थल पर आते हैं। उनके मंत्रिमंडल के सहयोगी भी उनके साथ ही हैं। एड्विन लुटियन और हर्बर्ट बेकर द्वारा पहाड़ी पर निर्मित इस 'काउंसिल हॉल' में पहली बार ही तिरंगा फहराया जानेवाला है। चूँकि अभी राष्ट्रगीत कौन सा होगा, यह निश्चित नहीं है, इसलिए सभी लोगों ने 'वंदे मातरम्' नारे का जय-जयकार करते हुए आसमान गुंजा दिया है।

□

लाहौर, डी.ए.वी. कॉलेज, दोपहर 2:00 बजे

कॉलेज के परिसर और होस्टल में, राष्ट्रीय स्वयंसेवक संघ द्वारा संचालित 'पंजाब सहायता समिति' का शरणार्थी शिविर है। लाहौर मेडिकल कॉलेज के स्वयंसेवक चिकित्सक, विद्यार्थी, कुछ महिला डॉक्टर और नर्सों ने आपस में मिलकर बीस खटिया वाला एक छोटा सा अस्पताल चलाना शुरू किया है। समूचे पश्चिम पंजाब से हिंदू और सिख अपनी घर-गृहस्थी, खेती-बाड़ी, दुकान-कारखाने लावारिस अवस्था में छोड़कर, सभी कुछ गँवाकर बेहद दयनीय अवस्था में इस शिविर में आते जा रहे हैं।

कल रात से ही जहाँ उधर पूरा हिंदुस्तान स्वतंत्रता समारोह उत्साह से मना रहा था, इधर परिस्थिति बहुत ही भयानक हो चली थी। हिंदुओं-सिखों के जत्थे-के-जत्थे अपने प्राण बचाकर इस शिविर में पहुँच रहे हैं। उन सभी पर हुए अत्याचारों की कहानियाँ अक्षरशः दिमाग सुन्न करनेवाली हैं, भीषण क्रोध उत्पन्न करनेवाली हैं। अनेक सिखों की बहनों, पत्नियों को मुस्लिम गुंडे उठा ले गए हैं, जबकि कुछ औरतों-लड़कियों ने कुओं में छलाँग लगाकर आत्महत्या कर ली है।

रोजाना दोपहर को ठीक 1:30 बजे, सरदार कुलवंत सिंह नामक एक संघ स्वयंसेवक इस शिविर में भर्ती घायलों के लिए भोजन लेकर आता है। यह भोजन लाहौर के भाटी गेट नामक हिंदू मोहल्ले में संघ के स्वयंसेवक ही तैयार करते हैं। हालाँकि पिछले 3-चार दिनों से यह भी कठिन होता जा रहा है।

आज तो सवा दो/ढाई बजनेवाले हैं, फिर भी कुलवंत सिंह आया क्यों नहीं, यह देखने के लिए दीनदयाल यह स्वयंसेवक लाहौर शहर में निकला। दीनदयाल संघ के एक भाग का कार्यवाह है। बीच रास्ते में ही उसे भीड़ दिखाई दी। उसने नजदीक जाकर देखा, तो बीच रास्ते में कुलवंत सिंह खून के तालाब में डूबा पड़ा था। पास में ही उसकी मोटरसाइकिल भी गिरी पड़ी थी। मोटरसाइकिल से कॅरियर से बँधे हुए भोजन के डिब्बों में से सब्जी का रस रिस-रिसकर उसके फैले हुए खून में जाकर मिल रहा था।

जहाँ एक ओर दिल्ली के दरबार हॉल में मंत्रियों द्वारा शपथ लेने का कार्यक्रम चल रहा है, बेलियाघाट में गांधीजी बंगाल के मंत्रिमंडल को पत्र लिख रहे हैं कि मुसलमानों को सुरक्षित रहने दो···और इधर लाहौर में मुस्लिम गुंडों द्वारा जख्मी हिंदुओं-सिखों के लिए भोजन पहुँचाने वाले संघ स्वयंसेवक कुलवंत सिंह की दिन-दहाड़े, बीच रास्ते में चाकू घोंपकर हत्या कर दी है··· !

□

दिल्ली, इंडिया गेट स्थित मैदान

यहाँ भी सार्वजनिक रूप से तिरंगा फहराने का एक भव्य कार्यक्रम आयोजित किया गया है। हजारों लोगों की उपस्थिति से मैदान पूरी तरह भर गया है। बारिश के कारण कहीं-कहीं कीचड़ है, परंतु लोगों को इसकी परवाह नहीं है। उनका उत्साह और आनंद चरम पर है।

ठीक 4:30 बजे नेहरू यहाँ पर तिरंगा फहराते हैं। अभी-अभी बारिश हुई है, इसलिए आकाश में, ऊपर की तरफ जाते हुए तिरंगे के ठीक पीछे एक सुंदर-सा इंद्रधनुष दिखाई देने लगता है। एक मंत्रमुग्ध करनेवाला यह दृश्य है! लॉर्ड माउंटबेटन एकटक यह अलौकिक दृश्य देखते ही रह जाते हैं!

□

कलकत्ता, बेलियाघाट... शाम के 5:30 बजने वाले हैं

गांधीजी की आज की सायं प्रार्थना बेलियाघाट के राश बागान मैदान में आयोजित की गई है। चूँकि स्वतंत्र भारत में गांधीजी की यह पहली सायं प्रार्थना है, इस कारण ऐसा अनुमान है कि आज इसमें भारी भीड़ रहेगी।

गांधीजी की जिद है कि वे पैदल ही उस मैदान तक जाएँगे। वैसे तो मैदान

पास ही है। सामान्य दिनों में यहाँ 5 मिनट में ही पहुँचा जा सकता है, परंतु आज मैदान में बड़ी मात्रा में लोग एकत्रित हैं। तीस हजार लोगों की क्षमता वाला मैदान पूरी तरह भर चुका है। इसलिए आज गांधीजी को मैदान में बने मंच तक पहुँचने में बीस मिनट लग गए।

प्रार्थना और सूत कताई के पश्चात् गांधीजी शांत और धीमे स्वरों में बोलने लगे, "कल जो मैंने कहा था, वही मैं आज भी दोहरा रहा हूँ। कलकत्ता के सभी हिंदू-मुसलमानों का मैं अभिनंदन करता हूँ। आप लोगों ने एक असंभव कार्य को संभव बना दिया है। अब आप मुसलमानों को मंदिरों में प्रवेश दें और मुस्लिम बंधु हिंदुओं को मसजिदों में। ऐसा करने से हिंदू-मुस्लिम एकता और भी मजबूत होगी"!

"कहीं-कहीं पर मुझे अभी भी मुसलमानों को सताने के समाचार मिल रहे हैं। परंतु यह ध्यान रहे कि कलकत्ता और हावड़ा इन, इलाकों में एक भी मुसलमान को किसी भी प्रकार का कष्ट नहीं होना चाहिए।"

इसके बाद गांधीजी ने कल मध्यरात्रि को राजभवन में घटित भीड़ द्वारा लूटपाट का उल्लेख किया। उन्होंने कहा, "लोग यह सोच रहे हैं कि हमें स्वतंत्रता मिल गई, तो हम पर लगे हुए सारे प्रतिबंध समाप्त हो गए। हम चाहे जैसा आचरण कर सकते हैं। परंतु यह ठीक नहीं है। कल रात को राजभवन में भीड़ ने जो भी किया, वह दुर्भाग्यपूर्ण था। हमें अपनी स्वतंत्रता का सही उपयोग करना चाहिए। जो भी यूरोपीय बंधु भारत में ही रहना चाहते हैं, हमें उनके साथ भी वैसा ही व्यवहार करना चाहिए, जो कि हमें उनके द्वारा अपेक्षित हैं।

शाम की इस प्रार्थना के बाद गांधीजी ने अपना चौबीस घंटे का उपवास, नीबू का शरबत ग्रहण करके समाप्त किया।

☐

अनेक वर्षों का अंधकार समाप्त हुआ है और देश पुनः एक बार स्वतंत्र हुआ है। पिछली अनेक पीढ़ियों की गुलामी के कारण भारतीयों की दुर्बल हो चुकी मानसिकता को बदलना एक सबसे बड़ी चुनौती है।

हालाँकि विभाजन तो हो चुका है, परंतु नवनिर्मित पाकिस्तान से अधिक

मुस्लिम जनसंख्या, हिंदुस्तान में अभी भी मौजूद है। डॉ. बाबासाहब आंबेडकर ने जनसंख्या की पूर्ण अदला-बदली की योजना का जो आग्रह किया था, उसे कांग्रेस ने ठुकरा दिया था। अभी देश के अनेक भागों में धार्मिक विद्वेष की आग लगी हुई है, और यह आगे और फैलेगी, इसकी पूरी संभावना है। विस्थापितों का प्रश्न अभी मुँह बाए खड़ा है।

कश्मीर का सवाल अभी भी हल नहीं हुआ है। देश के बीचोबीच स्थित निजाम की रियासत आज भी हिंदुस्तान में शामिल नहीं है और हिंदुओं को लगातार कष्ट दे रही है। गोवा अभी भी पुर्तगाल के कब्जे में है। पांडिचेरी, चंदनगर भी अभी हिंदुस्तान में वापस नहीं आए हैं। उधर नेहरू की जिद के कारण खान अब्दुल गफ्फार खान के नेतृत्व वाला नॉर्थ वेस्ट फ्रंटियर प्रॉविंस भी भारत ने गँवा दिया है।

आज के दिन स्वतंत्रता का स्वागत करते समय जब भारत का यह चित्र देखते हैं तो हमारी छाती फटती है। ये सभी भू-भाग शामिल नहीं होने से, रक्षात्मक दृष्टि से, सामरिक दृष्टि से भारत बेहद कमजोर दिखाई दे रहा है। हमारे नेतृत्व की कमजोरी और दूरदृष्टि नहीं होने के कारण देश के भविष्य के सामने एक बड़ा सा प्रश्नचिह्न लगा हुआ है।

स्वतंत्र होकर यह देश जब एक नए युग में प्रवेश कर रहा है, तो इन सभी कठिन प्रश्नों की एक लंबी सूची हमारे सामने नृत्य कर रही है। एक मजबूत, दमदार और दूरदृष्टि वाले नेतृत्व के हाथों में यह देश सौंपा जाए, तभी इस देश का भविष्य उज्ज्वल होगा…!

□

समापन

15 अगस्त के बाद…

भारत तो स्वतंत्र हो गया। विभाजित होकर!

परंतु अब आगे क्या?

दुर्भाग्य से गांधीजी ने मुस्लिम लीग के बारे में जो मासूम सपने पाल रखे थे, वे टूटकर चूर-चूर हो गए। गांधीजी को लगता था कि मुस्लिम लीग को पाकिस्तान चाहिए, उन्हें वो मिल गया। अब वो क्यों किसी को तकलीफ देंगे? 5 अगस्त को 'वाह' के शरणार्थी शिविर में उन्होंने यह कहा था कि मुस्लिम नेताओं ने उन्हें आश्वासन दिया है कि हिंदुओं को कुछ नहीं होगा। पाकिस्तान की असेंबली में जिन्ना ने भी यही कहा था कि पाकिस्तान सभी धर्मों के लिए है।

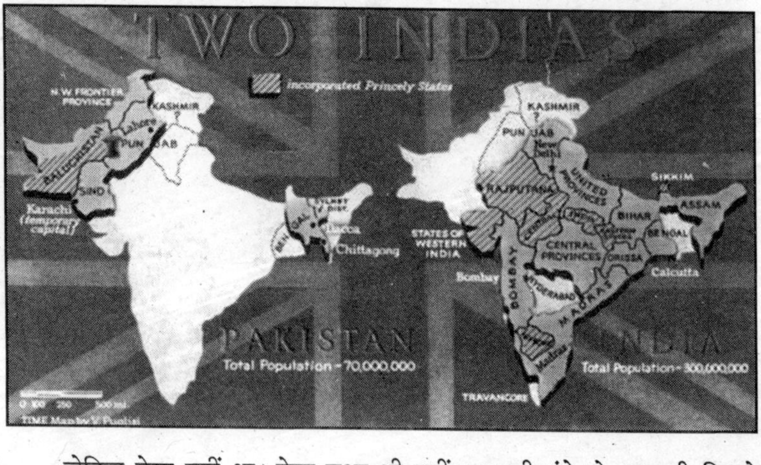

लेकिन ऐसा नहीं था। ऐसा हुआ भी नहीं। असली दंगे तो आजादी मिलने के बाद शुरू हुए। अगस्त का अंतिम सप्ताह, सितंबर और अक्तूबर, 1947 में

जबरदस्त दंगे हुए। 17 अगस्त को रेडक्लिफ द्वारा विभाजन की रेखा घोषित की गई। इसके बाद भयानक रक्तपात हुआ। लाखों लोगों को अपना घर-बार छोड़ना पड़ा। अपने लोगों से बिछुड़ना पड़ा।

विभाजन की इस त्रासदी में लगभग दस लाख लोग मारे गए। डेढ़ करोड़ से ज्यादा लोग विस्थापित हुए।

इस स्वतंत्रता से हमने क्या पाया?

ढाका की देवी ढाकेश्वरी, अब हमारी नहीं रही। बारीसाल के काली मंदिर में दर्शन करना और दुर्गा सरोवर में नहाना हमारे लिए दूभर हो गया। सिख पंथ के संस्थापक गुरुदेव नानक साहब की जन्मस्थली, ननकाना साहिब, अब हमारे देश का हिस्सा नहीं रही। पवित्र गुरुद्वारा पंजा साहिब हमसे दूर हो गया। माँ हिंगलाज देवी के दर्शन हमारे लिए दूभर हो गए।

क्या पाप किया था हमने कि हमें हमारा ही देश पराया हो गया?

'पंजाब बाउंड्री फोर्स' का मुख्यालय तो स्वतंत्रता दिवस के अवसर पर ही, लाहौर में जला दिया गया। अक्तूबर में 'गिलगिट स्काउट' के मुस्लिम सिपाहियों ने विद्रोह किया और पूरे गिलगिट-बाल्टीस्तान पर कब्जा कर लिया। अक्तूबर के दूसरे पखवाड़े में पाकिस्तानी सेना ने कबायलियों के रूप में कश्मीर का कुछ हिस्सा हथिया लिया। अंतत: 27 अक्तूबर को महाराजा हरिसिंह ने काश्मीर के विलय-पत्र पर हस्ताक्षर कर दिए। 1948 के मार्च में पाकिस्तान ने पूरे कलात के क्षेत्र अर्थात् बलूचिस्तान पर बलात् रूप से कब्जा कर लिया।

11 सितंबर, 1948 को कायदे-आजम जिन्ना का इंतकाल हुआ, और इसके ठीक एक सप्ताह के अंदर अर्थात् 17 सितंबर, 1948 को विशालकाय हैदराबाद रियासत को सैनिकी काररवाई करके भारत में शामिल करवा लिया गया।

30 जनवरी, 1948 को गांधीजी की हत्या की गई। इसके पहले भी उन्हें मारने के एक-दो प्रयास हुए थे। 21 जून, 1948 को लॉर्ड माउंटबेटन, भारत छोड़कर इंग्लैंड वापस चले गए।

उन पंद्रह दिनों के प्रत्येक चरित्र का, प्रत्येक पात्र का भविष्य भिन्न था!

उन पंद्रह दिनों ने हमें बहुत कुछ सिखाया…।

माउंटबेटन के कहने पर स्वतंत्र भारत में यूनियन जैक फहराने के लिए तैयार नेहरू हमने देखे। "लाहौर अगर मर रहा है, तो आप भी उसके साथ मौत का सामना करो…" ऐसा जब गांधीजी लाहौर में कह रहे थे, तब राजा दाहिर की प्रेरणा

जगाकर, हिम्मत के साथ संगठित होकर जीने का सूत्र उनसे मात्र 800 मील की दूरी पर, उसी दिन, उसी समय, राष्ट्रीय स्वयंसेवक संघ के प्रमुख, 'गुरुजी', हैदराबाद (सिंध) से बता रहे थे।

कांग्रेस अध्यक्ष की पत्नी, सुचेता कृपलानी कराची में सिंधी महिलाओं को बता रही थी कि आपके मेक-अप के कारण, लो कट ब्लाउज के कारण, मुस्लिम गुंडे आपको छेड़ते हैं। तब कराची में ही, राष्ट्र सेविका समिति की मौसीजी, हिंदू महिलाओं को संस्कारित रहकर, बलशाली, सामर्थ्यशाली बनने का सूत्र बता रही थी! जहाँ कांग्रेस के हिंदू कार्यकर्ता, पंजाब, सिंध छोड़कर हिंदुस्तान भागने में लगे थे और मुस्लिम कार्यकर्ता—मुस्लिम लीग के साथ मिल गए थे, वहीं संघ के स्वयंसेवक डटकर, जान की बाजी लगाकर हिंदू-सिखों की रक्षा कर रहे थे। उन्हें सुरक्षित हिंदुस्तान में पहुँचाने का प्रयास कर रहे थे।

फर्क था, बहुत फर्क था—कार्यशैली में, सोच में, विचारों में... सभी में।

लेकिन, स्वतंत्रता दिवस की पहली वर्षगाँठ पर क्या चित्र था?

हिंदू-सिखों को बचाने वाले स्वयंसेवक जेल के अंदर थे। उन पर गांधी हत्या का झूठा आरोप लगाया गया था! देश को एक रखने, अखंड भारत बनाएँ रखने के लिए, अपनी सीमित ताकत के साथ पूरा जोर लगानेवाले 'राष्ट्रीय स्वयंसेवक संघ' पर प्रतिबंध लगा था। स्वयंसेवकों की हिम्मत बढ़ानेवाले, बलशाली राष्ट्र की कल्पना करनेवाले, संघ के सरसंघचालक गुरुजी भी जेल में थे। 'अपना देश सैनिकी शक्ति से संपन्न होना चाहिए', ऐसा आग्रह रखनेवाले, क्रांतिकारियों के मुकुटमणि, वीर सावरकर भी जेल में थे।

और सत्ता किसके पास थी? अपनी जिद के कारण, नॉर्थ-वेस्ट फ्रंटियर प्रॉविंस गँवानेवाले, अभी भी ब्रिटिश सत्ता के सामने झुकनेवाले, अंग्रेजी रीति-रिवाजों में पूर्णतः पले-बढ़े, रचे-बसे नेहरू के पास... !

उन पंद्रह दिनों ने हमें यह स्पष्ट कर दिया कि हम हमारे देश का नेतृत्व किसके हाथों में सौंप रहे थे... !

उन 'पंद्रह दिनों' की यह गाथा यहीं समाप्त!

□

संदर्भ

अंग्रेजी

1. Partition—Barney White-Spunner
2. An Era of Darkness—Shashi Tharoor
3. The Punjab : Bloodied, Partitioned and Cleansed—Dr. Ishtiq Ahmed
4. The Aftermath of Partition in South Asia—Gyanesh Kudaisya and Tan Tai Young
5. The Hindu Civilization : A Miracle of History—Shashibhushan Sahani
6. Pakistan : Counting the Abyss—Tilak Devashree
7. Gandhiji's Moral Politics—Naren Nanda
8. A Life in Shadow (Secret Story of ACN Nambiar)—Vappala Balachandran
9. Partition and Independence of India—Manmath Nath Das
10. Remembering Partition : Violence, Nationalism and History in India—Gyanendra Pandey
11. Bahuroope Gandhi—Ann Bandopadhyay
12. Mahatma : Life of M. K. Gandhi (Volume 8)—D. G. Tendulkar
13. Join Indian Union Movement in Warangal District (1946–48)—Dr. M. Brahmaih
14. The Politics of Punjab Boundry Award—Pervaiz Iqbal Cheema

15. The Partition of Bengal and Assam (1932–1947)—Bidyut Chakrabarty
16. Now It Can Be Told—A. N. Bali
17. Midnight Furies : The Deadly Legacy of India's Partition—Nisid Hajari
18. The Longest August—Dilip Hiro
19. Freedom at Midnight—Dominique Lapierre and Larry Collins
20. Pangs of Partition : Lahore in 1947—Sukhdev Singh Sohal
21. Fifty Years of Modern India – Vidya Dhar Mahajan
22. Abdul Gaffar Khan : Faith is a Battle—D.G. Tendulkar
23. Jinna—Stenali Volapart
24. RSS in Sindh : (1942–48)—Rita Kothari (Economic and Political Weekly. July 8-21, 2006)
25. 1947 Archives—Guneeta Singh Bhalla
26. Veer Savarkar : Thought and Action—Jyoti Trehan
27. Mountbatten's Response to the Communal Riots in Punjab. 20th March to 15th August : An Overview—Muhammad Iqbal Chawala
28. Did Sikh Squad Participate in an Organized Attack to Cleanse East Punjab During Partition?—Nisid Hajari/Caravan/30th June, 2015
29. Why Wasn't Sindh Partitioned in 1947?—South Asia Blog
30. The Unfolding Crisis in Punjab : March–August 1947—V. Sundaram (Retd IAS)
31. Constituent Assembly of Pakistan—http://www.na.gov.pk/uploads/documents/1434523779_849.pdf
32. Letter Correspondence of Jawaharlal Nehru—https://archive.org/stream/HindSwaraj-Nehru-SW2-03/nehru.sw2.vol.s03_djvu.txt

33. Redcliff Line—Kuldip Nayar (The Tribune, September 24, 2006)
34. Various issues of 'Indian Daily Mail' newspaper
35. Various issues of Hidustan Times and Times of India

हिंदी

1. विभाजन : भारत और पकिस्तान का उदय—यास्मीन खान
2. क्या देश का विभाजन अनिवार्य ही था ?—भवानीप्रसाद चट्टोपाध्याय
3. भारत का विभाजन—डॉ. भीमराव (बाबासाहेब) आंबेडकर
4. चक्र से चरखे तक—दिनकर जोशी
5. मुस्लिम मन का आईना—राजमोहन गांधी
6. बोस बंधू और भारतीय स्वतंत्रता : एक करीबी का विवरण—माधुरी बोस
7. खोज गांधी की—वर्ष 1, अंक 3, सितंबर 2011
8. विनायक दामोदर सावरकर—राघवेंद्र तंवर
9. और देश बँट गया—हो.वे. शेषाद्री
10. भारत विभाजन का दु:खांत और संघ (भाग 3)—मदनलाल विरमानी

मराठी

1. 1947—वि.स. वालिंबे
2. आणि भारतमाता खंडित झाली—श्री. म. जोशी
3. फालणी : युगांतापूर्वीचा कालोख—वि.ग. कानिटकर
4. दंभस्फोट—डॉ. ना.भा. खरे
5. तेजाची आरती—हरी विनायक दात्ये
6. स्वातंत्र्य संग्राम : ज्ञात आणि अज्ञात—वि.स. वालिंबे
7. अकोला करार—http://thinkmaharashtra.com/node/561

□□□